W0174082

SCIENCE FICTION

Herausgegeben
von Wolfgang Jeschke

Weitere Auswahlbände aus
The Magazin of Fantasy and Science Fiction
erschienen als Heyne-Bücher:

JEFFTY IST FÜNF

Eine Auswahl der besten Erzählungen

aus
THE MAGAZINE
OF FANTASY AND SCIENCE FICTION

56. Folge

zusammengestellt von
Manfred Kluge

Deutsche Erstveröffentlichung

WILHELM HEYNE VERLAG

MÜNCHEN

HEYNE-BUCH Nr. 3739
im Wilhelm Heyne Verlag, München

Deutsche Übersetzung von Marcel Bieger, Bernd W. Holzrichter,
Johannes Jaspert, Werner Vetter und Keto von Waberer

Redaktion: Wolfgang Jeschke
Copyright © 1975, 1977, 1978 und 1979 by
Mercury Press, Inc.
Copyright © 1980 der deutschen Übersetzungen
by Wilhelm Heyne Verlag, München
Titelbild: Karel Thole
Umschlaggestaltung: Atelier Heinrichs & Schütz, München
Gesamtherstellung: Mohndruck Graphische Betriebe GmbH, Gütersloh

ISBN 3-453-30642-2

INHALT

Ein moderner Magier

Sie saßen sich im Garten des Bauernhäuschens am Teetisch gegenüber. Helen lehnte sich zurück und betrachtete mit kalten Augen Jims Gesicht. Dieses Gesicht hatte ein seltsam kindliches Aussehen und wirkte fast wie das eines Fetusses, mit seinen großen braunen Augen, der Stupsnase und den aufgeworfenen Lippen. Es war kindlich, aber in den runden dunklen Augen glitzerte manchmal ein leiser Wahnsinn auf. Sie mußte zugeben, daß sie sich irgendwie zu diesem merkwürdigen jungen Mann hingezogen fühlte, teilweise waren daran seine überaus große Naivität und die linkische und pubertäre Art schuld, wie er versuchte, ihr den Hof zu machen, teilweise aber auch zog sie dies böse Glitzern seiner Augen an.

Jim beugte sich vor und sprach voller Eifer auf sie ein. Er sprach schon ziemlich lange, aber sie hatte ihm nicht mehr zugehört. Sie stellte fest, daß sie ihn eigentlich nicht mochte, obgleich sie sich zu ihm hingezogen fühlte. Warum nur war sie wieder mit ihm ausgegangen? Er war ein ichbezogener Schwächling. Und doch war sie mit ihm gegangen.

Etwas, das er sagte, erregte ihre Aufmerksamkeit aufs neue. Er schien sich darüber zu ärgern, daß sie ihm nicht zugehört hatte. Irgend etwas, über das er sprach, versetzte ihn deutlich in Aufregung. Sie hörte ihn sagen: »Ich weiß, du verachtest mich, aber du machst einen großen Fehler. Ich sage dir, ich habe *Kräfte*. Ich wollte dich nicht in mein Geheimnis einweihen, noch nicht, aber verdammt noch mal, ich werde es tun. Ich habe sehr viel über die Kräfte herausgefunden, die der Geist über die Materie hat. Es gelingt mir, die Materie aus der Entfernung unter meine Kontrolle zu bringen, indem ich meinen Willen einsetze. Ich werde so etwas wie ein moderner Magier werden. Ich habe auch schon Wesen mit meinem puren Willen getötet.«

Helen, die Medizin studierte, war stolz auf ihren scharfsinnigen Materialismus. Sie lachte verächtlich.

Sein Gesicht rötete sich vor Zorn, und er sagte: »Na schön, ich muß es dir offenbar zeigen.«

Auf einem nahen Busch sang ein Rotkehlchen. Die Augen des jungen Mannes wandten sich vom Gesicht des Mädchens ab und blickten entschlossen zu dem Rotkehlchen hinüber. »Beobachte diesen Vogel genau«, sagte er, seine Stimme war fast nur noch ein Flüstern. Es dauerte nicht lange, und der Vogel hörte auf zu singen. Ein paar Minuten saß er, den Kopf an den Körper gezogen, auf dem Ast und sah elend aus, dann fiel er aus dem Baum zu Boden, ohne seine Flügel zu öffnen. Er lag im Gras, und seine Füße ragten in den Himmel. Tot. Jim stieß einen erstickten Triumphschrei aus und starrte sein Opfer an. Dann wandte er seinen Blick Helen zu. Er betupfte sein bleiches Gesicht mit dem Taschentuch und sagte: »Das war nicht übel. Mit 'nem Vogel hab' ich's noch nie versucht. Nur mit Fliegen und Käfern.«

Das Mädchen starrte ihn wortlos an, sie bemühte sich darum, nicht allzu erschreckt zu erscheinen. Er machte sich nun daran, ihr sein ganzes Geheimnis zu enthüllen. Sie langweilte sich nicht mehr.

Er erzählte ihr, daß er vor ein paar Jahren begonnen hatte, sich für »all diese paranormalen Dinge« zu interessieren. Er hatte Seancen besucht und physikalische Studien gelesen. All das wäre ihm wohl nicht eingefallen, hätte er nicht geahnt, daß in ihm selbst seltsame Kräfte steckten. Geister und Gedankenübertragung und dergleichen hatten ihn nie besonders interessiert. Was ihn wirklich interessierte, war die Möglichkeit, daß der Geist in der Lage war, Materie direkt anzugreifen. »Psychokinese« nannte man diese Art von Kräften und viel wußte man darüber nicht. Aber das theoretische Rätselspiel an der Sache reizte ihn wenig. Was er wollte, das waren die Kräfte. Er erzählte Helen von den merkwürdigen Experimenten, die er in Amerika mit Würfeln ausgeführt hatte. Man warf zwei Würfel immer wieder und befahl ihnen mit dem Willen, so zu fallen, daß die beiden Sechsen erschienen. Gewöhnlich taten sie es nicht, aber wenn man das Experiment oft genug wiederholt hatte und die Resultate notiert waren, fand man heraus, daß mehr Sechsen gewürfelt worden waren als aufgetaucht wären, wenn man nur auf gut Glück würfelte. Es sah wirklich so aus, als habe der Geist einen leisen Einfluß auf den Fall der Würfel. Dies eröffnete ungeahnte Möglichkeiten.

Er hatte angefangen, eigene kleine Experimente zu machen; er stützte sich auf die Ergebnisse der Wissenschaftler, aber er hatte auch eigene Ideen, die er beisteuerte. Die Kraft in ihm war noch ungewöhnlich schwach, und er mußte sie in Situationen ausprobieren, in denen der winzigste Einfluß das möglichst greifbare Ergebnis zeitigen konnte und die Waagschale sich deutlich senkte.

Mit den Würfeln hatte er wenig Erfolg, denn (das erklärte er ihr) er wußte eigentlich nicht, was er genau tun sollte. Die Würfel rollten ihm viel zu schnell. Er hatte ebenfalls nur das hauchdünne Ergebnis, das die Amerikaner erreicht hatten. So kam es, daß er sich neue Tricks ausdenken mußte, die seine Kraft sichtbarer zum Tragen brachten. Da er eine wissenschaftliche Ausbildung hatte, beschloß er, chemische Reaktionen und einfache physikalische Prozesse zu beeinflussen. Er machte viele Versuche und lernte eine Menge. Er hinderte einen winzigen Wassertropfen daran, eine Messerklinge zum Rosten zu bringen. Er ließ ein Salzkristall sich nicht in Wasser auflösen. Er formte ein winziges Eiskristall in einen Wassertropfen und fror dann, indem er mit seinem Willen die Hitze verdrängte, den ganzen Tropfen ein. In Wirklichkeit brachte er die Molekularbewegung zum Stehen. Er erzählte Helen von seinem ersten erfolgreichen Mord, einem mikroskopischen Erfolg, wortwörtlich gesprochen. Er hatte Wasser in einem Behälter stagnieren lassen und tropfte ein wenig davon auf eine Glasplatte. Dann beobachtete er durch das Mikroskop einen Schwarm durcheinanderschwirrender Mikroorganismen. Die meisten sahen aus wie dicke Würste, an denen ein beweglicher Schwanz zum Schwimmen befestigt war. Sie hatten die unterschiedlichsten Größen. Er sah in ihnen Elefanten, Kühe, Schafe und Hasen. Er wollte die chemischen Vorgänge in einer dieser winzigen Kreaturen zum Stehen bringen und sie damit töten. Er hatte viel darüber gelesen, wie ihr Inneres funktionierte, und wußte, welchen Schlüsselprozeß er selbst am besten bearbeiten konnte. Nun, die verdammten Dinger schwirrten unter dem Mikroskop hin und her, und es gelang ihm nicht, sich lange genug auf ein einzelnes zu konzentrieren. Immer wieder verlor er sein Opfer in der Menge. Wie dem auch sei, schließlich schwamm ein »Häschen« in einen weniger bevölkerten Teil des Präparats, und es gelang ihm, seine Aufmerksamkeit lange genug auf den Organismus zu richten, um sein Vorhaben auszuführen. Durch Willenskraft brachte er einen wichtigen chemischen Prozeß zum Stillstand, und es klappte. Die Kreatur hörte auf sich zu bewegen und lag still. Sie war fast sicher tot. Dieser Erfolg gab ihm das Gefühl, wie er sagte, »Gott zu sein«.

Später lernte er, Fliegen und Käfer zu töten, indem er ihr Gehirn gefror. Dann versuchte er es mit einem Frosch und hatte keinen Erfolg. Er hatte nicht genügend von der Physiologie dieses Tieres gewußt, um einen winzigen Schlüsselprozeß im Organismus herauszufinden. Also las er Literatur zu diesem Thema, und endlich glückte das Experiment. Er tat nichts weiter, als in gewissen Fasern des Rückenmarks den Nervenstrom zum Stillstand zu bringen, der den Herzschlag kontrollierte. Das war die Methode, die er nun auch bei dem Rotkehlchen angewandt hatte.

»Dies alles ist nur ein Anfang«, sagte er, »bald wird mir die Welt zu Füßen liegen. Und wenn du dich mit mir zusammentust, wird sie auch dir zu Füßen liegen.«

Das Mädchen hatte seinem Monolog mit Aufmerksamkeit zugehört, in ihrer Brust kämpften Ekel mit Faszination. Irgendwie lag ein fremder, widerwärtiger Geruch über der ganzen Sache, aber wer konnte sich heutzutage leisten, zimperlich zu sein. Wer wußte, ob an den Moralbegriffen irgend etwas dran war. Und doch spielte Jim mit dem Feuer. Seltsamerweise schien er, während er sprach, erwachsener geworden zu sein. Mit einemmal sah er nicht mehr so hilflos und kindlich aus. Seine Erregung und das Wissen, daß er wirklich über derartige Kräfte verfügte, gaben ihm ein aufreizend böses Aussehen. Aber sie beschloß, kühl zu bleiben und auf der Hut zu sein.

Als Jim endlich schwieg, gab sie vor, ein Gähnen zu unterdrücken, und sagte: »Du bist helle, stimmt's! Der Trick war gut, aber auch gräßlich. Wenn du damit einen Schritt weitergehst, wirst du im Gefängnis landen.«

Er lachte und sagte: »Das sieht dir gar nicht ähnlich, ein Feigling zu sein.«

Diese kleine Herausforderung versetzte ihr einen Stich. Ärgerlich antwortete sie: »Mach dich nicht lächerlich! Und wieso sollte ich mich mit dir zusammentun, wie du es nennst, nur weil du mit irgendeinem billigen Trick einen Vogel töten kannst?«

In Jims Leben hatte es Ereignisse gegeben, von denen er nicht sprach. Sie schienen ihm in bezug auf die augenblicklichen Situationen irrelevant, aber das waren sie in Wirklichkeit nicht. Er war immer ein Schwächling gewesen. Sein Vater, ein Fußball-Profi, haßte ihn und gab der zerbrechlichen Mutter die Schuld daran. Das Ehepaar hatte seit den Flitterwochen wie Katz und Hund zerstritten miteinander gehaust. In der Schule war Jim von den anderen Kindern gequält worden, und das hatte in ihm einen tiefen Haß gegen alle, die stärker waren als er, heraufbeschworen. Zur gleichen Zeit jedoch fühlte er die überwältigende Sehnsucht, selbst zu den Starken zu gehören. Er war ein kluger Junge und es gelang ihm, ein Stipendium an einer Provinzuniversität zu erlangen. In den ersten Semestern hielt er sich meistens von den

Kommilitonen fern und arbeitete an seinen wissenschaftlichen Scheinen. Er bereitete sich auf eine Karriere vor, die sich mit Untersuchungen in der Atomphysik beschäftigte. Er wählte dieses auffällige Fachgebiet, weil er schon damals hauptsächlich und leidenschaftlich an physikalischen Kräften interessiert war. Aber seine Pläne ließen sich nicht so verwirklichen, wie er gehofft hatte. Obgleich er ziemlich gute akademische Qualifikationen vorweisen konnte, entdeckte er bald, daß er sich in einem untergeordneten Job festgefahren hatte, der ihn an ein Industrie-Labor fesselte, ein Job, den er übernommen hatte, um die Zeit zu überbrücken, bis es ihm gelang, einen Posten in den wichtigeren Institutionen zu erringen, die sich mit Atomphysik beschäftigten. Man kann sich leicht vorstellen, daß seine bereits wenig optimistische Lebensanschauung bei diesem Stillstand noch mehr verbittert wurde. Er hatte das Gefühl, als erhalte er keine wirkliche Chance. Männer, die weniger konnten als er, stachen ihn aus. Das Schicksal war gegen ihn. Nun fing er an, etwas wie einen Verfolgungswahn zu entwickeln. Aber in Wahrheit war er ein schlechter Mitarbeiter. Er konnte nie Gemeinschaftsgeist entwickeln, und der ist in dem ungeheuren komplexen Bereich physikalischer Grundlagenforschung unerläßlich. Er zeigte auch kein wirkliches Interesse an physikalischen Theorien und verlor die Geduld, wenn sich für ihn die Dringlichkeit fortgeschrittener theoretischer Studien ergab. Was er sich wünschte, war Macht, Macht für sich selbst als Individuum. Er entdeckte, daß die modernen Wissenschaften eine kooperative Angelegenheit waren und daß man dabei, obgleich man vielleicht Ehren erringen mochte, als Individuum keine Macht entwickeln konnte. Andererseits war es möglich, daß die Phychokinese ihm das ermöglichte, was er sich so brennend wünschte. Seine Interessen verschoben sich rasch auf dieses vielversprechende Feld, und von da an arbeitete er im Labor nur noch, um seinen Lebensunterhalt zu verdienen.

Nach der Unterhaltung im Garten konzentrierte er sich mit noch größerem Eifer auf seine Unternehmungen. Er wollte noch auffälligere Kräfte in sich mobil machen, um Helen damit beeindrucken zu können. Er kam zu dem Entschluß, daß für ihn der vielversprechende Weg auf jeden Fall in der Weiterentwicklung seiner Fähigkeiten lag, kleine physikalische und chemische Prozesse zu beeinflussen und zum Stehen zu bringen. Er lernte, ein angerissenes Streichholz davon abzuhalten, sich zu entzünden.

Er versuchte die Atomphysik zu umgehen, indem er seine Kräfte der Psychokinese auf die Entfesselung der Energie verwendete, die im Atom liegt. Bei dieser erregenden Unternehmung aber blieb der Erfolg aus. Vielleicht lag es daran, daß er trotz seiner Ausbildung über nicht genügend theoretisches Wissen in Physik verfügte noch den Zugang zu jener Art von Apparatur hatte, die er für das Experiment benötigte. Im Feld der Biologie dagegen konnte er einen Erfolg aufweisen. Er tötete einen kleinen Hund durch dieselben Prozesse, die er bei dem Rotkehlchen angewendet hatte. Er war zuversichtlich und glaubte, nach einiger Übung in der Lage zu sein, auch Menschen zu töten.

Er machte eine beunruhigende Erfahrung. Er hatte beschlossen, den Zündfunken im Motor seines Motorrads zu stoppen. Er stellte das Motorrad auf den Ständer und machte sich daran, willentlich zu befehlen, daß kein Funke entstehen sollte. Er konzentrierte seine Aufmerksamkeit auf die Punkte an der Zündkerze und den überspringenden Funken und »wollte«, daß der Zwischenraum zwischen den Punkten undurchdringlich würde wie ein Isolator. Bei diesem Versuch waren selbstverständlich größere Eingriffe in physikalische Prozesse vonnöten als vorher beim Gefrieren von Nervenfasern oder bei der Verhinderung einer Streichholzflamme. Der Schweiß brach ihm aus, als er sich auf seine Aufgabe konzentrierte. Schließlich fing die Maschine an zu stottern und hatte eine Fehlzündung. Aber in ihm selbst geschah etwas Eigenartiges. Er durchlebte einen Augenblick entsetzlicher Verwirrung und Übelkeit, und verlor dann das Bewußtsein. Als er wieder zu sich kam, lief die Maschine des Motorrads wieder völlig normal.

Dieses Mißgeschick war für ihn wie eine Herausforderung. Er hatte sich nie von sich aus ernsthaft für die rein theoretische Seite seiner Experimente interessiert. Nun aber war er gezwungen, sich zu fragen, was exakt vor sich ging, wenn ein »Akt des Willens« in physikalische Prozesse eingriff. Die Erklärung, die sich anbot, war, daß auf irgendeine Weise physikalische Energie, die den Zwischenraum zwischen den beiden Punkten hätte überspringen sollen, sich auf seinen eigenen Körper gerichtet hatte. Er hatte tatsächlich so etwas wie einen elektrischen Schlag erlitten, wenn er die beiden Punkte berührt hätte. Es ist zu bezweifeln, ob diese Erklärung den Tatsachen entsprach, denn die Symptome, die er zeigte, waren nicht die gewesen, die bei einem elektrischen Schlag auftreten. Wahrscheinlich kam es der Wahrheit näher, anzunehmen, daß das Hemmen einer so starken phy-

sikalischen Energie bei ihm eine tiefe physikalische Störung be-
wirkt hatte, oder anders und einfacher ausgedrückt: physikalische Energie verwandelte sich auf irgendeine Weise in die physikalische Energie in seinem Körper. Diese Theorie sah er in der
Tatsache bestätigt, daß er sich, als er wieder zu sich kam, in einem Zustand großer Erregung und geistiger Vitalität befand,
ganz so, als habe er ein stimulierendes Medikament wie etwa
Benzedrin eingenommen.

Wie immer die Wahrheit auch ausgesehen haben mag, er
glaubte an die einfache Theorie und machte sich daran, die ein-
dringende Energie abzuleiten, um sich so selbst zu schützen.
Nach vielen schwierigen und anstrengenden Experimenten fand
er heraus, daß er diese Ableitung erreichte, wenn er seine Aufmerksamkeit nicht nur auf die Zündkerze, sondern gleichzeitig
auf einen anderen lebenden Organismus richtete, der dann »die
Elektrizität abzog« und demzufolge unter ihr litt. Ein Spatz genügte. Der Vogel starb am elektrischen Schlag, blieb jedoch
lange genug bei Bewußtsein, um den Motor abzustellen. Bei einem anderen Versuch benutzte er den Hund seines Nachbarn als
»Blitzableiter«. Das Tier brach zusammen, aber sobald es wieder
zu sich gekommen war, rannte es wie verrückt durch den Garten
und stieß dabei ein fröhliches Gebell aus.

Sein nächster Versuch war noch viel erregender als die vorher-
gehenden, aber auch viel skrupelloser. Er fuhr aufs Land hinaus
und ließ sich auf einem kleinen Hügel nieder, von dem er ein
ziemlich langes Stück Straße überblicken konnte. Bald bemerkte
er ein Auto, das auf der Straße daherkam. Er konzentrierte seine
Aufmerksamkeit auf die Zündkerzen und »wollte«, daß die elek-
trische Energie, die frei wurde, in den Fahrer eindrang. Der Wagen verlangsamte sein Tempo, fuhr in Zickzacklinien und kam
dann quer über der Fahrbahn zum Stehen. Er konnte deutlich
den Fahrer sehen, der über dem Steuerrad zusammengebrochen
war. Niemand sonst saß im Auto. Jim war ungeheuer erregt und
wollte sehen, was nun geschehen mochte. Bald darauf kam ein
anderes Auto aus der entgegengesetzten Richtung und hupte
heftig. Es hielt mit quietschenden Reifen an. Der Fahrer stieg aus,
ging zu dem quer über der Straße stehenden Wagen und öffnete
die Tür. Er entdeckte den ohnmächtigen Fahrer. Während der
entsetzte Hinzugekommene sich fragte, was hier zu tun sei, kam
der Fahrer zu sich. Es folgte eine erregte Unterhaltung, und endlich fuhren die beiden Autos in verschiedenen Richtungen davon.

Jim wußte, daß er nun in der Lage war, seine Freundin gebührend zu beeindrucken. Seit jenem Tag, an dem er das Rotkehlchen tötete, hatten sie sich ab und zu getroffen, und er versuchte in seiner linkischen jugendhaften Art, um sie zu werben. Sie hatte ihn stets ermutigt, jedoch sie war ganz offensichtlich seit dem Zwischenfall mit dem Rotkehlchen an ihm interessiert. Obwohl er manchmal fühlte, daß sie ihn haßte, wußte er doch, daß sie sich im geheimen von ihm angezogen fühlte.

Eines Tages aber erlebte er eine unangenehme Überraschung. Er war eben in einen Bus eingestiegen, um vom Labor nach Hause zu fahren, ging die Treppen nach oben und setzte sich auf eine Bank. Plötzlich bemerkte er Helen, die ein paar Bänke weiter vorn neben einem blonden jungen Mann saß, der einen sportlichen Mantel trug. Das Paar war ganz in eine Unterhaltung vertieft und steckte die Köpfe zusammen. Ihre Haare streiften die Wange des jungen Mannes. Nun lachte sie, und das Lachen klang so glücklich, wie er es noch nie von ihr gehört hatte. Sie wandte ihrem Begleiter ihr Gesicht zu. Es strahlte vor Lebensfreude und Liebe. Jedenfalls schien es dem eifersüchtigen Liebhaber so, der das Geschehen von hinten beobachtete.

Eine unfaßbare Wut übermannte ihn. Er wußte nicht, wie Mädchen sich benahmen, und war entrüstet, daß *»sein Mädchen«* (denn als das betrachtete er Helen) einen anderen Mann überhaupt beachtete. Vor Eifersucht wie von Sinnen konnte er an nichts anderes mehr denken, als seinen Rivalen zu zerstören. Seine Augen hefteten sich auf den verhaßten Nacken, den er vor sich aufragen sah. Leidenschaftlich ließ er vor seinem geistigen Auge Bilder der verborgenen Vertebrae, die dort in Nervenfasern eingebettet lag, entstehen. Der Fluß der Nerven mußte aufhören, mußte, *mußte* aufhören. Kurz darauf sank der Kopf des jungen Mannes auf Helens Schulter, und sein Körper glitt vom Sitz.

Der Mörder erhob sich rasch von seinem Platz und wandte der Aufregung drei Bänke weiter den Rücken zu. Er stieg aus dem Bus, als hätte er von dem Unglücksfall nichts bemerkt.

Als er seinen Weg zu Fuß fortsetzte, war er immer noch so erregt, daß er keinen klaren Gedanken fassen konnte, sondern nur freudige Verzückung und Triumph empfand. Aber langsam ließ der Taumel nach, und er mußte der Tatsache ins Auge sehen, daß er ein Mörder war. Dringlich erinnerte er sich selbst daran, daß es keinen Sinn hatte, sich schuldig zu fühlen, da die Moral nichts weiter war als ein Aberglaube. Und doch, er fühlte sich schuldig, grauenvoll schuldig, um so mehr, als er nicht fürchten mußte, gefaßt zu werden.

Die Tage vergingen, und Jim schwankte zwischen berauschenden Hochgefühlen und solche, die er als »irrationale« Schuldgefühle bezeichnete. Nun lag die Welt wirklich zu seinen Füßen. Aber er mußte seine Trümpfe vorsichtig ausspielen. Unglücklicherweise ließ ihm sein schlechtes Gewissen keine Ruhe. Er konnte nicht mehr ruhig schlafen, und wenn er einschlief, plagten ihn Alpträume. Am Tage wurde er von grauenhaften Phantasien heimgesucht, in denen er glaubte, seine Seele dem Teufel verkauft zu haben. Diese Vorstellung ärgerte ihn besonders, weil er sie in vernünftigen Momenten für ausgesprochen blödsinnig hielt. Er konnte sich aber nicht von ihr befreien. Er fing an zu trinken. Aber bald fand er heraus, daß der Alkohol seine psychokinetischen Kräfte reduzierte, und entschlossen trennte er sich von dieser schlechten Angewohnheit.

Eine andere Möglichkeit, um seine Schuldgefühle zu entlasten, war die Erotik. Aber irgendwie brachte er es nicht fertig, Helen gegenüberzutreten. Im Unterbewußtsein fürchtete er sich vor ihr, obgleich sie nicht wissen konnte, daß er es gewesen war, der ihren Liebsten getötet hatte.

Eines Tages traf er sie zufällig auf der Straße. Er konnte ihr nicht mehr aus dem Wege gehen. Sie sah mitgenommen aus, dachte er bei sich, aber sie lächelte ihm zu und schlug sogar vor, sich bei einer Tasse Kaffee ein wenig mit ihm zu unterhalten. Er war hin- und hergerissen zwischen Angst und Sehnsucht, aber da saßen sie schon zusammen im Café. Nach ein paar oberflächlichen Sätzen sagte sie: »Bitte, ich brauche Trost. Ich habe erst vor kurzem einen furchtbaren Schock erlitten. Ich saß mit meinem Bruder, der nach drei Jahren aus Afrika zurückgekommen war, im Bus. Während wir uns unterhielten, brach er plötzlich zusammen und starb ein paar Minuten später. Vorher schien er vollkommen gesund und fit. Sie sagen, es muß ein seltsamer Virus gewesen sein, der die Wirbelsäule angegriffen hat.« Sie bemerkte, daß Jims Gesicht leichenblaß geworden war. »Was ist mit dir los?« rief sie. »Du wirst doch nicht auch tot zusammenbrechen?« Er riß sich zusammen und erklärte ihr, daß er sich aus Anteilnahme schwach gefühlt habe. Er liebe sie so sehr, sagte er ihr. Wie könne er sich ihrem Unglück entziehen? Zu seiner Erleichterung ließ sich Helen von seiner Erklärung täuschen. Zum erstenmal schenkte sie ihm das strahlende Lächeln, mit dem sie sich damals ihrem Bruder zugewandt hatte.

Ermutigt versuchte er, weitere Punkte zu gewinnen. Er gestand ihr, daß er sich danach sehnte, sie zu trösten. Er bat sie darum, sie bald wieder treffen zu dürfen, und wollte wissen, ob sie noch an seinen Experimenten interessiert sei und ob er ihr zu gegebener Zeit eine aufregende Sache zeigen dürfe. Sie kamen überein, am folgenden Sonntag aufs Land zu fahren. Bei sich beschloß er, den Trick mit dem vorbeifahrenden Auto für sie noch einmal zu demonstrieren.

Am Sonntag war das Wetter hell und sonnig. Sie saßen zusammen in einem leeren Abteil des Zuges und unterhielten sich hauptsächlich über ihren Bruder. Er langweilte sich ziemlich bei diesem Gespräch, mimte jedoch glühendes Mitgefühl. Sie sagte ihm, sie hätte sich nie vorgestellt, daß in seiner Brust ein so warmes Herz schlüge. Er griff nach ihrem Arm. Ihre Gesichter waren nun dicht beisammen, sie sahen einander in die Augen. Eine überwältigende Zärtlichkeit für dieses eigenartige und irgendwie grotesk jungenhafte Gesicht überkam sie. Sie sah darin die Unschuld der Kindheit, über die sich langsam das erwachsene Bewußtsein der Macht schob. Sie fühlte dahinter eine gewisse Härte liegen, und das gefiel ihr an seinem Gesicht. Jim dagegen bemerkte nur, daß sie sehr anziehend war. Das warme Strahlen der Gesundheit färbte ihre Wangen (oder glühte sie vor Liebe?). Die vollen süßen Lippen und die freundlichen grauen Augen, die so gut beobachten konnten, füllten ihn nicht nur mit körperlicher Begierde, sondern auch mit einer Art berauschender Zärtlichkeit, die er noch nie empfunden hatte. Er erinnerte sich an seine Schuldgefühle, und die Vorstellung quälte ihn in diesem Moment außerordentlich. Sein Gesicht nahm einen leidenden Ausdruck an. Er ließ ihren Arm los, beugte sich vor und bedeckte sein Gesicht mit den Händen. Erstaunt und mitfühlend legte sie den Arm um seine Schultern und küßte sein Haar. Mit einemmal brach er in Tränen aus und verbarg seinen Kopf an ihrer Brust. Sie drückte ihn an sich und flüsterte beruhigende Worte in sein Ohr, als wäre er ihr Kind. Sie bettelte darum, ihr mitzuteilen, warum er traurig wäre, aber er konnte nur stammeln: »Oh, ich bin so entsetzlich! Ich bin deiner nicht wert!«

Am Nachmittag aber hatte er seine Fröhlichkeit zurückerlangt, und sie streiften Arm in Arm durch den Wald. Er erzählte ihr von seinen jüngsten Erfolgen und endete mit der Beschreibung des Autozwischenfalls. Sie schien beeindruckt und amüsiert, aber gleichzeitig moralisch geschockt über seine Verantwortungslosigkeit, wenn er das Risiko eines tödlichen Unfalls einging, um seine Kräfte auszuprobieren. Zur selben Zeit aber war sie deutlich von dem Fanatismus fasziniert, der ihn zu solchen Handlungen trieb. Ihr Interesse schmeichelte ihm, und er war berauscht von ihrer Zärtlichkeit und ihrer körperlichen Nähe. Nun hatten sie sich auf dem kleinen Hügel niedergelassen, von dem aus er seinen Autotrick vorzuführen gedachte. Er legte seinen Kopf in ihren Schoß und sah hinauf in ihr Gesicht; es war ihm, als habe die ganze Liebe, die er sein Leben lang hatte entbehren müssen, sich dort vereinigt. Es dämmerte ihm, daß er die Rolle eines Kindes spielte und nicht die Rolle des Liebhabers. Aber ihm schien, als erwarte sie das von ihm, und er selbst genoß diese Rolle. Bald aber regte sich körperliche Begierde erneut in ihm und gleichzeitig seine männlichen Selbstgefühle. Er spürte den unkontrollierbaren Drang, ihr seine gottähnliche Natur durch irgendeine spektakuläre Vorführung seiner Kräfte zu demonstrieren. Aus ihm wurde der primitive Wilde, der den Feind vor den Augen seiner Geliebten töten muß.

Über sich, zwischen Helens wehendem Haar, sah er im Blau des Himmels einen kleinen schwarzen Punkt fliegen. Zuerst hielt er ihn für eine Mücke, dann erkannte er, daß der Punkt ein hochfliegendes Flugzeug war, das sich näherte.

»Beobachte das Flugzeug«, sagte er. Sie fuhr zusammen, als er sie so plötzlich ansprach. Sie schaute hinauf in den Himmel und dann wieder herunter auf ihn. Sein Gesicht war verzerrt vor Anstrengung. Seine Augen blickten starr, seine Nasenflügel bebten. Er sah so brutal aus, daß sie der Drang überkam, ihn von sich zu stoßen. Aber die Faszination war stärker als der Ekel. »Behalte das Flugzeug im Auge«, befahl er. Sie sah hinauf, dann wieder ihn an und dann wieder in den Himmel. Sie wußte, daß sie den teuflischen Zauber hätte brechen sollen. (Immerhin gab es etwas, was man Moral nannte, aber das war wahrscheinlich eine Täuschung.) Ihre Faszination triumphierte.

Kurz darauf setzten die vier Maschinen des näherkommenden Flugzeugs eine nach der anderen aus. Das Flugzeug glitt noch eine Weile dahin, aber bald konnte man sehen, daß es außer Kontrolle geriet. Es schwankte, taumelte und dann senkte es die Nase zur Erde und kam in einer grotesken Spirale herunter. Helen schrie auf, unternahm aber nichts. Das Flugzeug verschwand hinter dem fernen Waldstreifen. Nach ein paar Sekunden begann eine schwarze Rauchwolke hinter den Bäumen aufzusteigen.

Jim hob den Kopf aus Helens Schoß, wandte sich ihr zu und

drückte sie nach hinten ins Gras. »So sehr liebe ich dich.« Seine Stimme war ein stürmisches Flüstern. Dann begann er sie fast wütend auf die Lippen und auf den Hals zu küssen.

Das Mädchen versuchte sich zusammenzureißen und der Lust zu widerstehen, sich diesem Irrsinnigen hinzugeben. Sie kämpfte unter dem Griff seiner Hände, dann ließ sie es geschehen. Danach standen sie sich beide keuchend gegenüber. »Du bist verrückt!« rief sie. »Überleg doch, was du getan hast! Du hast Menschen umgebracht, nur um mir zu zeigen, wie großartig du bist. Und dann hast du noch die Nerven, mit mir...« Sie brach ab, bedeckte ihr Gesicht mit den Händen und schluchzte.

Er war noch immer in einem Zustand irrsinniger Seligkeit, und er lachte laut auf. »Du nennst dich eine Realistin«, neckte er sie, »du bist zimperlich. Na gut, jetzt weißt du, wie ich wirklich bin und was ich tun kann. Und eins mußt du sehen! Du gehörst mir. Ich kann dich töten, jede Sekunde, wo du auch sein magst. Ich werde mit dir tun, was ich will, und wenn du mich aufhalten willst, dann wirst du enden wie das Rotkehlchen und — der Mann im Bus.« Ihre Hände fielen von ihrem tränenüberströmten Gesicht, und sie starrte ihn mit einer Mischung aus Entsetzen und — Zärtlichkeit an. Sie sagte leise: »Du bist wirklich verrückt! Du bist wirklich verrückt! Mein Gott! Wie schrecklich!«

Lange schwiegen sie beide. Dann brach Jim mit einemmal zusammen und fiel schluchzend wie ein Kind ins Gras. Sie beugte sich verwirrt über ihn.

Sie überlegte fieberhaft, was sie tun konnte, und machte sich Vorwürfe, den Zauber nicht gebrochen zu haben, bevor es zu spät war. Derweilen lag er, von Selbsthaß gequält, wimmernd am Boden. Dann begann er, seine Technik an sich selbst anzuwenden, um nicht noch mehr anzurichten. Es war schwerer, als er es erwartet hatte. Denn sobald er die Besinnung verlor, verlor er auch die Kraft, die Tat durchzuführen, die er vorhatte. Er machte eine verzweifelte Anstrengung. Als Helen bemerkte, wie still er lag, kniete sie neben ihm nieder.

Er war tot.

Aus dem Englischen übersetzt von Keto von Waberer

Nachwort

von Sam Moskowitz

Wenn große Schriftsteller sterben, fängt die Nachwelt an, in ihren Papieren zu wühlen und nach Arbeiten zu suchen, die zu ihren Lebzeiten nicht veröffentlicht wurden. Es wird nach unvollendeten Manuskriptfragmenten, Briefen und notierten Handlungsverläufen gefahndet. So verfuhr man mit dem Nachlaß von H. P. Lovecraft. Jede bislang veröffentlichte Erzählung erhält in diesem Zusammenhang ein zusätzliches Gewicht, das das menschliche und literarische Bild des Mannes abrundet, der sie geschrieben hat. Es braucht nicht mehr bewiesen zu werden, daß er groß ist, aber das zusätzliche Material verhilft dem Fundament dieser Größe zu weiterer Tiefe und Klarheit.

Die meisten Historiker der Science Fiction stimmen darin überein, daß Olaf Stapledon einer der größten Denker und Autoren auf dem Gebiet gewesen ist. Sein erster Roman, *Last and First Men* (1930), beschreibt die Geschichte der Menschheit vom Jahr 1930 an über die nächsten zwei Milliarden Jahre hinweg, in denen der Mensch sich entwickelt und sich physisch verändert, geistig heranwächst, wissenschaftliche Fortschritte erzielt, sich gesellschaftlich modifiziert, und in der Philosophie und den Künsten weiter vervollkommnet. *The Star Maker* (1937) behandelt diese zwei Milliarden Jahre als Episode ohne Konsequenzen und geht sogar so weit, eine Zukunftsgeschichte des gesamten *Universums* zu entwerfen.

Aus diesen beiden Büchern haben spätere Science Fiction-Autoren eine Nomenklatur der Zukunft entwickelt, die galaktische Reiche einschließt, symbiotisches Leben und kosmische Gesellschaften. Stapledon lieferte die Schlüsselgeschichten über Psychologie, Philosophie und Handlungsweisen außerirdischer Lebewesen und beeinflußte damit namhafte Schriftsteller wie Robert A. Heinlein, Arthur C. Clarke, Isaac Asimov, A. E. van Vogt, Clifford D. Simak, Eric Frank Russell und C. S. Lewis — um nur ein paar von ihnen zu nennen.

Die Tatsache, daß jüngst im Nachlaß Stapledons unveröffentlichte Arbeiten gefunden wurden, ist von außerordentlichem Interesse. Vor einigen Jahren hat sich in England eine Olaf Stapledon Society konstituiert, der die Frau Stapledons, Agnes Stapledon, vorsteht. Sie hat seinen Arbeitsraum in genau dem Zustand belassen, in dem er sich an seinem Todestag befand, und Notizen und Papiere unberührt erhalten. Besuche von Mitgliedern der Gesellschaft förderten unveröffentlichte philosophische Werke und Erzählungen zutage. Zwei davon wurden inzwischen in England bei Brans Head Books Ltd. veröffentlicht. Es handelt sich um die *4 Encounters*, eine Sammlung von erzählerischen philosophischen Essays, und *The Nebula Maker*, eine Kurzfassung von *The Star Maker*, die dem später entstandenen Roman vorausging. Ein Band mit Essays von Olaf Stapledon ist in Vorbereitung, liegt aber noch nicht vor; darin wird sich auch eine längere Biographie finden, die ich kürzlich verfaßt habe und die auf Gesprächen basiert, die ich bei Besuchen in seinem Heim mit seiner Frau und seinem Adoptivsohn führte. Außerdem sind dem Band vier philosophisch-phantastische Erzählungen beigefügt, von denen erst eine veröffentlicht wurde.

A Modern Magician ist eine dieser Erzählungen, und sie erscheint hier zum erstenmal. Es ist die Geschichte eines Mannes, der übernatürliche Kräfte entwickelt, ohne über die nötige Reife zu verfügen, sie richtig anzuwenden. In ihr gibt es einige Hinweise, vor allem was die Erwähnung der Theoretischen Physik und der Atomphysik betrifft, die eine Entstehungszeit in den letzten Lebensjahren Stapledons vermuten lassen. Offensichtlich hat er sie nach 1945 geschrieben, wahrscheinlich erst gegen Ende seines Lebens (1950). Die Tatsache, daß drei von ihnen nicht zur Veröffentlichung gekommen sind, legt die Vermutung nahe, daß Stapledon geplant hatte, einen Band mit SF-Erzählungen zusammenzustellen, und daß er sein Projekt entweder aufgab oder nicht lange genug lebte, um es auszuführen.

Die Veröffentlichung dieser Kurzgeschichte ist von besonderem historischen Interesse, denn ohne Zweifel ist Olaf Stapledon eines der größten Talente auf dem Gebiet der Science Fiction gewesen, wie sich heute immer deutlicher erweist.

Aus dem Amerikanischen übersetzt von Keto von Waberer

Zerbrochene Treppen — Mauern aus Zeit

Ich kann nie an Aventine denken, ohne mich gleichzeitig an Cybele Bournais zu erinnern. Damals, vor Jahren, liebten wir uns an diesem Ort. Zehn unvergeßliche Monate, einen Frühling, einen Sommer und bis in den Winter hinein, verlebten wir dort, ehe meine Holosymphonie »Sommer und Cybele« uns auf getrennten Wegen zum Ruhm führte. Sie ist in meinem Gedächtnis leuchtender gegenwärtig als auf irgendeiner Holo-Kassette. Ich sehe sie immer noch auf den geborstenen Treppen ihres Baumhauses, hinter den Mauern aus Zeit, die zwischen uns gewachsen sind, jung für immer, für immer begabt mit dieser Stimme wie aus Gold. Ich versuche, aus meinem Gedächtnis zu streichen, wie unsere letzte Begegnung endete, doch hin und wieder frage ich mich, welche teuflische Laune des Schicksals uns damals wieder zusammenbringen mußte, um dann einen solchen Preis dafür zu fordern.

Ich dachte nicht an Cybele, als ich nach Aventine zurückkehrte. Ich hielt Ausschau nach Architektur. Meine neue Holosymphonie handelt von den Persönlichkeiten von Häusern, und Aventine war voll von Häusern mit eigenem Charakter. Schon vor fünfundzwanzig Jahren, als gerade die Sternwarte oberhalb von Gateside auf dem Diana Mountain erbaut worden war und Aventine noch eine Künstlerkolonie bildete und nicht diesen Schlupfwinkel für Reiche und Berühmtheiten darstellte, der es heute ist, lebten und wohnten hier Exzentriker. Sie bauten hochindividuelle und oftmals bizarre Häuser. An Tagen, an denen die fiebrige Spannung der Kreativität nachließ und niemandem nach etwas anderem zumute war, als in Xhosar Kains Studio herumzulungern oder zu Jessica Vaniers Häuschen am Birch Cove hinabzugehen, konnten wir Häuser betrachten. Wir konnten einen Nachmittag damit totschlagen, auf Tadsch Mahals und normannische Burgen zu starren, und Pseudo-Frank Lloyd Wrights und andere Konstruktionen anzuschauen, die sich jeglicher Einordnung entzogen. Nun aber hatte ich von Margo Chen, meiner Agentin in Gateside, gehört, daß es dort neue und noch seltsamere Häuser gab.

Ich hatte die Möglichkeit, aus erster Hand zu erfahren, wie recht sie hatte. Da ich nicht sicher war, was ich vorfinden würde, wollte ich nicht, daß Margo jemanden anheuerte, um mit den Besitzern zu verhandeln. Mit einem Mietwagen fuhr ich durch Aventine und fragte die Eigentümer der Häuser selbst nach der Erlaubnis, die Bauten auf Band nehmen zu dürfen. Manche lehnten ab, doch die meisten boten bereitwillig ihre Mitarbeit an. Sie waren geschmeichelt, daß ihre Häuser in einer Holosymphonie des berühmten Simon Doyle gezeigt werden sollten.

Und so fuhr ich denn an einem frühen Nachmittag die piniengesäumte Auffahrt zu dem Haus hinauf, das wir fünfundzwanzig Jahre zuvor das »Baumhaus« genannt hatten. Es war nicht etwa ein Haus in Baumform. Von einer ebenerdigen Empfangshalle aus schwangen sich ein halbes Dutzend Treppenaufgänge in klaren durchsichtigen Plastikröhren wie die großen Äste eines Baumes nach oben. An diesen wunderbaren Arabesken blühten die Räume wie Blumen.

Ich hielt an. Während der Wagen in einem ersterbenden Winseln der Düsen zu Boden sank, bemerkte ich, daß das Haus alterte. Die Plastikhüllen der Treppenröhren waren vergilbt. Auf manchen der oberen Stufen war der Teppichbelag fadenscheinig geworden, ja es gab klaffende Löcher, wo Stufen und Geländer fehlten. Der Rasen wucherte wild und ungepflegt. Ich stieg aus und fragte mich, wieso die Nachbarn diese halbe Ruine in ihrer Mitte duldeten. In ganz Aventine befand sich kein zweites Haus in einem solchen Zustand des Verfalls. Vielleicht war dies nur deshalb möglich, weil man es von der Straße her nicht sehen konnte.

Ich ging unter den Treppenaufgängen hindurch um das Haus herum und sah zu den Plattformen hinauf, auf denen die Räume erbaut waren. Die Vorhänge hinter den durchsichtigen Wänden waren zugezogen, aber die Aufhängung der Vorhänge in den oberen Räumen verriet die gleiche Vernachlässigung. Ich sah Möbel, die dick mit Staub bedeckt waren. War das Haus verlassen? Und wenn ja, wie konnte ich dann Kontakt mit dem Besitzer aufnehmen? Natürlich wollte ich es in meiner Holosymphonie verwenden. Die heruntergekommene äußere Erscheinung verstärkte noch seinen eigenwilligen Charakter.

»Verzeihen Sie«, sagte eine Stimme hinter mir, »aber dies ist Privatbesitz. Wenn Sie hier nichts zu suchen haben, muß ich Sie bitten, das Grundstück zu verlassen.«

Einen Augenblick lang war ich wie erstarrt. Es gab nur eine einzige Stimme auf der Welt, die so höflich, so erfüllt von Leben und Lachen klingen und doch gleichzeitig eine dünne stählerne

Saite mitschwingen lassen konnte. Ich drehte mich um und sah in jene Jadeaugen, die sich so tief in mein Gedächtnis eingeprägt hatten.

Cybele Bournais war noch immer das schlanke hochbusige Mädchen, das ich vor fünfundzwanzig Jahren gekannt hatte. Immer noch hing ihr jadegrünes Haar lose herab, ein seidig schimmerndes Cape, lang genug, um darauf zu sitzen. Und immer noch trug sie diese hochgeschlossenen Kleider, die so eng saßen, als seien sie direkt auf den Körper gemalt. Dieses Kleid war schwarz.

»Cybele«, sagte ich. »Das ist aber eine erfreuliche Überraschung.«

Die Jadeaugen glitten über mich hin ohne ein Zeichen des Erkennens.

Ich runzelte die Stirn.

»So sehr kann ich mich doch nicht verändert haben. Ich bin Simon Doyle.«

Sie sah mich nachdenklich an. »Einen Augenblick.« Sie verschwand.

Ich starrte auf die Stelle, an der sie eben noch gestanden hatte. Abermals und wie schon viele Male zuvor fragte ich mich, ob sie ganz und gar ein menschliches Wesen war. Sie war eines Winters plötzlich aufgetaucht, ein Niemand von Nirgendwoher, ein winziges Mädchen mit einem umwerfenden Appetit und einer magischen Stimme. Gott, diese Stimme! Sie war alles, was sie benötigte. Sie war ein wunderbares Instrument, das sie in höchster Vollkommenheit beherrschte. Sie baute damit Visionen vor uns auf, ließ Blumen im Schnee erblühen und Kometen durch den Mittag ziehen; sie brachte uns damit zu jeder Emotion, die sie wünschte. Zu Beginn sang sie in Bars in Gateside, und wenn sie keine Arbeit fand, wohnte sie bei diesem oder jenem. Unter uns gab es immer einen, der bereit war, ihr ein Bett zu bieten.

Cybele kam zurück. Dieses Mal trug sie ein metallisch rotes Etuikleid und hatte das Haar hinten zu einem Pferdeschwanz zusammengefaßt.

»Simon, natürlich erkenne ich dich wieder.« Ihre Stimme war das sanfte Gold eines Frühlingsmorgens. »Ich hatte nur nicht erwartet, dir hier zu begegnen.«

Mir wurde klar, was geschehen war. Dies war nicht die wirkliche Cybele, dies war ein holographisches Bild. Die erste war eine Aufzeichnung, die durch meine Gegenwart ausgelöst worden war und die Aufgabe hatte, mich wegzuscheuchen. Meine Antwort paßte nicht in das gespeicherte Programm und so wurde jenes Holo durch ein anderes ersetzt, das sich mit mir unterhalten konnte. Warum aber, so fragte ich mich, nun dieses zweite Holo?

»Cybele, steckst du irgendwo hinter deinem Wachhund?«

Das Holo sah mich einen Augenblick lang prüfend an und lächelte dann. »Ja, ich bin da.«

»Warum dieses Puppentheater? Komm doch selbst herunter.«

»Laß mir doch meinen Spaß, Simon.« Ihre Stimme kitzelte wie eine Peitsche mit Federn am Ende der Schnur. »Du hast in mir die Begeisterung für die Holographie ausgelöst, weißt du? Vermutlich habe ich deshalb auch Eldon geheiratet.«

Mir fiel ein, daß ich von ihrer Heirat mit Eldon Kleist, dem Computerkönig, erfahren hatte, als ich in einer Zeitung las, daß er bei einem Hovercraftunfall ums Leben gekommen war. Das war — ich rechnete rasch zurück — vor etwa sechs Jahren gewesen.

»Was hat dich hierher zum Baumhaus geführt?« fragte Cybele durch das Holo.

»Eine neue Komposition. Wie lange wohnst du schon hier?«

»Seit mein Mann gestorben ist.« Sie hob eine Augenbraue. »Ich weiß, daß ihr anderen darüber gelacht habt, aber ich habe dieses Haus immer geliebt. Frauen sehen so hübsch aus auf Treppen.« Das Holo bewegte sich auf die Eingangstür zu. »Komm mit hinauf!«

Mit einem Klick ging die Tür auf. »Tritt ein!« sagte das Holo und verschwand.

In der Eingangshalle setzte sich der Eindruck des Verfalls, der draußen herrschte, nicht fort. Der schwarzweiße Fließenfußboden glänzte wie ein Spiegel und reflektierte die hellen Tapisserien und Gemälde, die an den Wänden zwischen den einzelnen Aufgängen hingen. Hinter mir schloß sich die Tür. In dem Augenblick, da sie zufiel, tauchte in einem der Treppenaufgänge ein weiteres Holo auf. Es war abermals eines von Cybele, aber diesmal war das Haar schwarz und auf Kinnlänge geschnitten. Sie trug ein Leinenkleid und einen kunstvollen ägyptischen Kopfschmuck.

»Hier herauf«, sagte sie.

Ich ging hinter ihr her die Treppen hinauf.

»Wie gefällt dir mein Kostüm?«

»Es ist aus ›Kleopatra‹, nicht wahr?«

»Du kennst es?« Cybeles Stimme klang geschmeichelt. »Hast du jemals...« Sie löste sich in Nichts auf, als wir um eine Ecke der Treppe bogen, doch einen Augenblick später erschien sie wieder und fuhr fort, als habe es keine Unterbrechung gegeben: »...die Show gesehen? Ich habe fünf Jahre lang darin gesungen.« Sie begann eines der Lieder, die sie populär gemacht hatte. Ihre Stimme klang magisch wie immer. Sie brach ab, als wir in schwindelnder Höhe über dem Erdboden die Tür eines Zimmers erreichten. »Tritt ein!«

Ich stieß die Tür auf und trat ein.

»Hallo, Simon!«

Cybele saß in einem riesigen Korbstuhl am anderen Ende des Wohnraumes. Ich ging auf sie zu, hielt jedoch augenblicklich inne, als ich die beiden schwarzen Panther sah, die neben dem Sessel auf dem Boden lagen. Einer von ihnen hob den Kopf und knurrte.

»Sie tun dir nichts, Simon. Setz dich irgendwohin.«

Ich schielte mißtrauisch zu den Panthern hin und fand einen Ledersessel, der für meinen Geschmack genügend Sicherheitsabstand bot.

Cybele hob die Brauen und zuckte dann die Achseln.

»Du mußt mir alles erzählen, was sich ereignet hat, seit wir uns das letzte Mal sahen.«

»Erzähl du mir lieber von dir«, erwiderte ich.

»Deine Arbeit ist viel faszinierender. Ich bin einer der begeistertsten Sammler deiner Kassetten, weißt du das? Ich habe alles, was du gemacht hast. Dies hier ist natürlich mein Lieblingsstück.«

Ich hatte nicht bemerkt, daß sie irgendeine Bewegung machte, aber plötzlich war der Wohnraum eine sommerliche Bergwiese. Zu meinen Füßen wuchsen Blumen. Sie sahen so real aus, daß man glaubte, sie pflücken zu können, und obgleich ich sie natürlich nicht riechen konnte, glaubte ich doch, ihren Duft zu verspüren. Musik klang auf und wurde zum Eingangsthema von »Sommer und Cybele«.

Ich hörte kritisch zu. Es hätte besser sein können. Ich wünschte, mir hätten, als ich den Ton dieser Holosymphonie synthetisierte, die Möglichkeiten heutiger Computer zur Verfügung gestanden.

Eine schmale Gestalt in Weiß rannte über die Wiese auf mich zu. Augenblicke später ließ sich Cybele lachend in die Blumen zu meinen Füßen fallen. Die Tonspur begann die ersten Klänge des Themas, das Paul McCartney später für sie in die Worte faßte: »Ich bin der Sommer«.

Die Wiese wurde jäh wieder zum Wohnraum. Cybele lächelte mich an. »Wo wohnst du?«

»Ich habe ein Hotelzimmer in Gateside.«

Sie zog die Augenbrauen zusammen. »Gateside? Aber das bedeutet doch, daß du jeden Morgen und jeden Abend eine Stunde mit der Seilbahn fahren mußt.«

Ich zuckte die Achseln. »Es gibt nun mal keine Hotels in Aventine.«

Sie sah mich an. »Ich habe vierzehn Schlafzimmer, die ich nicht brauche.«

»Über den zerbrochenen Treppen?«

»Die meisten darunter. Oben sind meine Räume.«

Ich wurde ernst. »Deine Räume? Aber Cybele, diese Treppen sind gefährlich.«

Ihr Gesichtsausdruck blieb gelassen und ruhig, aber in ihrer Stimme glitzerte ein Lächeln durch. »Das sichert mir meine Ruhe.«

Ich war überrascht. Seit wann wünschte Cybele Bournais, die Ich-möchte-immer-im-Mittelpunkt-stehen-Cybele, ihre *Ruhe*? Und seit wann hatte sie Maßnahmen ergriffen, um sich diese Ruhe zu *sichern*?

Doch davon abgesehen, war mein Widerstand nur vorgegeben. Dies wäre natürlich ein idealer Ausgangspunkt für meine Aufnahmen. Ich konnte jedes Haus, das für mich in Frage kam, in wenigen Minuten erreichen. In den meisten Fällen konnte ich sogar zu Fuß gehen. Und abends hätte ich die Gesellschaft dieser faszinierenden Frau, die ich einst leidenschaftlich begehrt und fast geliebt hatte. Ich wollte erfahren, wie sehr sie sich verändert hatte und warum. Ich gab nach.

Sie nickte, als habe sie gar nichts anderes erwartet. Dann stand sie auf und ging zur Tür. »Wir machen einen Rundgang durch das Haus, und du kannst dir das Zimmer aussuchen, das dir am besten gefällt.«

Gähnend und sich streckend erhoben sich auch die Panther, um ihr zu folgen.

Ich biß mir auf die Lippen. »Kommen die hier auch mit?«

Sie lächelte über die Schulter zurück. »Ich habe dir doch gesagt, daß sie dir nichts tun werden.«

Einer der Panther ging so dicht an mir vorbei, daß sein Schwanz mein Bein streifte. Dennoch verspürte ich nichts. Und mir wurde bewußt, daß ich die Tiere auch nicht roch.

»Das sind Holos, nicht wahr?«

Cybele nickte. Einer der beiden Panther rieb sich an ihrem Bein. Sie streichelte den großen schwarzen Kopf.

Ich begriff. Die großen Katzen mochten zwar sehr realistisch sein, doch Holos kann man nicht berühren.

»Wir gehen hier, Simon.«

Als sie durch die Tür ging, verschwand sie für einen Augenblick. Ich war keineswegs überrascht.

»Und du bist auch eines.« Nur Holos können andere Holos berühren.

Sie drehte sich zu mir um. Wieder schwang ihre Stimme die gefiederte Peitsche über mich hin. »Du hast aber ziemlich lange gebraucht, um das zu bemerken. Das hier ist sehr gut gelungen, findest du nicht?«

Ich seufzte. »Was für ein Spiel spielst du hier eigentlich mit mir?«

Sie lächelte. »Das soll einem alten Liebhaber zeigen, daß er nicht der einzige ist, der mit Holos spielen kann.«

»Und wann bekomme ich dein wirkliches Ich zu sehen?«

»Bald genug. Habe noch ein bißchen Nachsicht mit mir. Nun komm, und sieh dir mein Baumhaus an.«

Das Holo führte mich durch das Haus. Wir gingen die schwingenden Arabesken seiner Treppenäste hinauf, wir schauten in vierzehn leerstehende Schlafzimmer, wir betrachteten die Wohnzimmer und die Spielzimmer und warfen auch einen Blick in das Eßzimmer. Das Holo, das ich insgeheim Pantherlady getauft hatte, bewegte sich so natürlich und reagierte so angemessen auf mich und das Haus, ja, es veränderte seinen Gesichtsausdruck um feine Nuancen, daß es schwer war, daran zu glauben, es hier nur mit einem Bild und nicht mit einer wirklichen Frau zu tun zu haben. Doch zu ihren Füßen waren die Panther, die hin und wieder zwischen meinen Beinen durchliefen, die Pantherlady verschwand momentanweise an bestimmten Punkten und wenn wir durch Türen gingen. In diesen Augenblicken wurde ich immer wieder darauf gestoßen, daß sie nicht real war.

In einem Raum stießen wir auf ein automatisches Holo. Es tauchte in einem goldfarbenen Kleid vor einem Kamin auf; das Haar war orange und rot gestreift. »Willkommen«, sagte es, »dieser Raum ist dazu bestimmt...« Die Stimme brach ab. Als sie wieder erklang, war der Ton eher beiläufig statt gastfreundlich höflich. »Das ist Lady Sunshine aus ›Plötzlicher Frühling‹. Entschuldige, aber ich habe vergessen, sie auszuschalten, ehe du kamst. Wenn du dich allein im Haus bewegst, findest du noch mehr von ihrer Art. Sie sind dazu da, die Einrichtungen der einzelnen Räume zu erklären.«

Lady Sunshine lächelte, machte einen Knicks und wurde abgeschaltet.

Wir begegneten auch noch ein paar anderen Holos. Einmal trafen wir auch wieder auf Kleopatra, und ein paar Augenblicke, ehe Cybele sie ausschaltete, sahen wir auf der Treppe eine Frau in Tudorkleidung. Ich erkannte Anna Boleign, wie Cybele sie in Kyle Rogers' Operette »Anna« gespielt hatte.

Schließlich wählte ich ein ziemlich tief unten an einer soliden Treppenflucht liegendes Schlafzimmer und fuhr dann zum Stadtplatz hinunter, um den Spätnachmittagszug nach Gateside zu erreichen. Gegen Mitternacht war ich mit der Ausrüstung und dem Gepäck wieder zurück und richtete mich im Baumhaus ein. In der Eingangshalle befand sich Kleopatra, aber sie gab auf meine Fragen nur vorprogrammierte Antworten. Das übrige Haus war dunkel und still.

Am Morgen fand ich beim Erwachen eine kurzhaarige Cybele vor, die in einem grünen Wams und grüner Hose gemütlich auf dem Fußende meines Bettes saß. Eine kleine Fee flatterte um ihren Kopf herum. Ich schob vorsichtig meinen Fuß unter ihr hindurch und fand keinen Widerstand.

»Guten Morgen, Peter Pan«, sagte ich.

Das Holo lachte. »Du bist wirklich clever, Simon. Wenn du fertig bist, komm zum Frühstück ins Eßzimmer.«

»Bist du auch dort?«

Sie sah mich einen Augenblick lang schweigend an und sagte dann amüsiert: »Ja. Aber jetzt beeil dich, sonst wird alles kalt.«

Peter und Tinkerbell erloschen.

Cybele war wirklich im Eßzimmer. Es waren sogar Dutzende von Cybelen da, alle Manifestationen ihrer eigenen Gestalt, die sie in ihrem Computer gespeichert hatte: Kleopatra, Anna Boleign, Lady Sunshine, die Pantherlady und viele andere Cybelen, deren Kostüme ich nicht zu identifizieren vermochte. Die Panther waren da und auch noch ein paar wunderschöne Leoparden, die majestätisch zwischen den Cybelen umherstrichen. Alle diese Holos sprachen miteinander.

Respekt erfüllte mich, als ich daran dachte, welches Programm man brauchte, um so viele Gespräche darzustellen — bis ich genauer hinhörte. Sah man von gelegentlichen Scherzen oder einer Anekdote ab, so bestanden diese »Unterhaltungen« lediglich aus unendlichen Wiederholungen von »Murmeln, Brummeln, Schwatzen, Murmeln«.

Ich stand da und fragte mich, wie ich in diesem Mob zu einem Frühstück kommen sollte, als Cybeles Stimme den Lärm ihrer Doppelgängerinnen übertönte: »Ich bin hier, Simon.«

Die Frage war, wo; aber ich hatte keine Lust, sie in dieser Masse von Phantomen zu suchen. »Ich habe keine Zeit für Spiele, tut mir leid. Ich muß heute arbeiten. Ich hoffe, daß ich dich heute abend sehe.«

Ich drehte mich um und wollte hinausgehen.

Der Lärm erlosch so plötzlich, daß er ein Vakuum hinterließ. Ich sah mich um. Die Holos waren allesamt verschwunden. Ich war allein mit dem langen Tisch und einer Frau, die am anderen Ende des Tisches saß, einer Frau mit jadefarbenen Haaren, einem jadegrünen Etuikleid und einem weiten Gürtel aus geknoteten goldenen Schnüren.

Sie hob die Brauen und fuhr mit den Fingern spielerisch über die Knoten ihres Gürtels. »Wie seriös du geworden bist.« In ihrer Stimme klang leiser Spott mit.

Cybele — falls sie es diesmal wirklich war — sah weniger hungrig aus als das Mädchen, mit dem ich zusammengelebt hatte, war aber sonst durch die Jahre kaum verändert.

»Setz dich und frühstücke«, sagte sie.

Ich starrte sie an. »Bist du es wirklich?«

Statt einer Antwort nahm sie aus der Schale, die vor ihr stand, eine Orange und warf sie nach mir. Ich erwartete, daß meine Hand durch die Frucht hindurchgreifen würde, aber als ich sie auffing, war sie fest und real.

Cybeles Finger glitten über den Gürtel an ihrer Hüfte. »Ich habe heute ebenfalls zu arbeiten.«

»Cybele...«, begann ich.

Aber sie erhob sich und glitt hinter mir aus dem Raum.

Ich wünschte, ich hätte sie heute aufnehmen können, denn dann könnte ich mit ihr durch das Haus gehen und mit ihr sprechen. Aber ich hatte bereits die Vorbereitungen für ein anderes Haus getroffen. So frühstückte ich, nahm meine Kameras und verließ das Baumhaus.

Das Haus, das ich mir vorgenommen hatte, nahm den ganzen Tag in Anspruch. Da es in die Felsen oberhalb der sich windenden Küste des Lunameeres gehauen war, wurden die Aufnahmen äußerst schwierig. Ich mußte sie mit einer Telelinse von den Felsen auf beiden Seiten des Hauses und von einem Boot aus von unten machen. Es war bereits später Nachmittag, als ich endlich die Außen- und Innenaufnahmen in der Kassette hatte.

Ich kam erst am frühen Abend zum Baumhaus zurück. Es funkelte von Licht und Musik und wogte von Holos, die sich treppauf und treppab bewegten. Kleopatra wartete in der Eingangshalle. Als ich sie nach Cybele fragte, führte sie mich hinauf in den Wohnraum.

Cybele saß am anderen Ende des Raumes in einem Sessel vor einem Kamin mit flackerndem Feuer, zu Füßen die beiden Leoparden. Ihre Augen waren auf ein Holo gerichtet, das inmitten des Zimmers auf einem hohen Hocker saß und sang. Ich erkannte das Lied wie auch das Holo sofort wieder. Sie stammten von einer Kassette, die Cybele nicht lange nach ihrem Weggang von Aventine gemacht hatte.

Ich hüstelte. Cybeles Blick löste sich von dem Holo und glitt zu mir herüber. Das Mädchen auf dem Stuhl verschwand.

»Ah, Simon, du bist zurück?« Ihre Stimme hatte einen freundlichen Klang, der mir eine alte, vertraute Wärme über den Rücken rieseln ließ.

Ich ging auf sie zu und wollte sie küssen. Cybele zog die Augenbrauen zusammen. Die Leoparden hoben die Köpfe und knurrten. Ich wußte, daß es sich nur um Holos handelte, und doch blieb ich stehen. Es war zu deutlich, was Cybele mir damit sagen wollte. Aber es verwirrte, ja, verstörte mich. Die Cybele von früher hatte es gern, wenn man sie berührte, wenn man ihr unmittelbare Zuneigung entgegenbrachte.

Als fühlte sie die Fragen, die sich in mir formten, zog sich Cybele noch tiefer in ihren Sessel zurück. Sie spielte mit den Knoten ihres Gürtels. »Ich hoffe, daß der Tag zu deiner Zufriedenheit verlaufen ist.«

Ich überlegte, ob ich sie direkt fragen sollte, was los sei. Doch die Cybele von früher war eisern, wenn es sich darum handelte, Gespräche über Dinge zu verweigern, die sie nicht mochte, und ich glaubte nicht, daß sich daran etwas geändert hatte. So ließ ich die drängenden Fragen unausgesprochen. »Wie gut, das weiß ich erst, wenn ich die Bänder abspiele. Willst du sie auch sehen?«

Ihr Gesicht wurde heller. »Gern. Danke.«

Das Feuer ging aus. Die Leoparden folgten uns hinab und dann hinüber zu meinem Zimmer. Und als Cybele sich in der Nähe der Tür in einen Sessel setzte, streckten sie sich wieder zu ihren Füßen aus.

»Warum kommst du nicht hierher zu mir?« fragte ich.

Sie lächelte. »Ich kann es von hier aus genau so gut sehen.«

Hätte ich nicht bemerkt, daß sie in den Türen nicht für einen Augenblick erlosch, hätte ich nicht auf dem Weg hierher gelegentlich bei zufälligen Berührungen ihre Leiblichkeit gefühlt, gespürt, daß sie physisch vorhanden war, so hätte ich mich gefragt, ob dies wirklich Cybele war oder nicht abermals eines ihrer Holos. Ich spielte mit dem Gedanken, schob ihn dann jedoch zur Seite und legte das Band in meinen Computer ein.

»Natürlich habe ich noch keinen Ton dabei. Aber ich möchte es erst synthetisieren, wenn ich die optischen Sequenzen in die Form gebracht habe, die ich brauche.«

»Ich verstehe.«

Das Schlafzimmer wurde zum Teil einer Grotte, mit Lampen und Pflanzenkübeln, die an Stalaktiten hingen, und mit Stalagmiten, die aus der Erde herauswuchsen und die Tische und Sitzgelegenheiten trugen. Eine Wand aus Glas gab den Blick frei auf das kobaltfarbene Wasser des Lunameeres.

»So sieht das also innen aus«, sagte Cybeles Stimme. »Weißt du noch, wie oft wir uns gefragt haben, wie das wohl sein mag da drin. Es muß ein Vergnügen für dich gewesen sein zu sehen, wie weit unsere Mutmaßungen richtig waren.«

Ich mußte bestätigen, daß mir die Aufnahmen Spaß gemacht hatten. »Morgen wird es vielleicht sogar noch interessanter. Ich will das rosafarbene Sugar Plum Castle am Star Circle machen. Willst du nicht mitkommen?«

»Danke, aber ich gehe fast nie aus.«

Mit einem Fingerdruck schaltete ich das Band ab. Cybele saß mit gesenktem Kopf in ihrem Sessel, ihr jadefarbenes Haar verschattete ihr Gesicht.

»Aber du trittst doch noch auf, oder nicht?«

Sie schüttelte den Kopf. »Ich nehme sogar meine Kassetten hier auf. Ich habe oben ein Studio.« Ihre Hand wies vage nach oben.

Ich wollte und konnte es nicht glauben. Cybele Bournais — eine Einsiedlerin? »Aber du hast doch immer den Betrieb und das Reisen so geliebt.«

Sie zuckte ungeduldig die Achseln. »Menschen ändern sich eben. Ich fürchte, ich halte dich von der Arbeit ab. Wir sehen uns später noch.«

Sie ging, gefolgt von ihren Leoparden.

Aber eigentlich konnte man nicht sagen, daß wir uns noch sahen. Wir aßen und saßen dabei an entgegengesetzten Seiten des

Tisches und zwischen uns saßen auf beiden Seiten des Tisches aufgereiht die Holo-Cybelen. Nach dem Essen gingen wir zum Wohnraum mit dem Kamin hinauf. Kleopatra und Peter Pan schwatzten gleichzeitig und beziehungslos über Mark Anton und das Niemalsland. Im Wohnraum tastete Cybele nach den Schaltern, die in die Armlehnen ihres Sessels am Feuer eingebaut waren, und füllte den Raum mit »Sommer und Cybele«.

Sie machte es mir unmöglich, ihr an diesem Abend näherzukommen. Am Morgen mußte ich das Frühstück außer mit Cybele auch mit den Panthern und Leoparden einnehmen. Ich hatte die Nacht mit Nachdenken verbracht, und ich glaubte, einen Köder gefunden zu haben, mit dem ich sie vielleicht ein wenig aus ihrer Reserve herauslocken konnte.

»Ich habe das Sugar Plum Castle auf einen anderen Tag verschoben und nehme heute lieber das Baumhaus auf.«

Sie richtete sich in ihrem Stuhl auf. »Kann ich zusehen?«

»Aber natürlich.« Ich hatte gehofft, daß sie diese Frage stellen würde.

Und tatsächlich ging sie etwas aus sich heraus. Während sie mir überall auf Schritt und Tritt folgte, bewahrte sie zwar immer noch die Distanz zwischen uns, aber nicht mehr so betont wie am Abend zuvor. Fasziniert sah sie zu, wie ich in jedem Raum und in jedem Treppenaufgang von allen Seiten meine Aufnahmen machte, und als ich auch sie selbst ins Bild bekam, erhob sie nicht die geringsten Einwände.

Ich warf einen neuen Köder aus: »Was hältst du davon, dich in den Mittelpunkt einer neuen Holosymphonie zu stellen? Wir könnten sie ›Noch einmal Cybele‹ nennen.«

Sie biß sich auf die Lippen und sah zu Boden. »Es wäre nicht mehr das gleiche, Simon. Das sind Wiederholungen nie. Deshalb nehme ich auch nie eine Beziehung zu einem Mann wieder auf, wenn es einmal vorbei war.« Sie sah durch ihr Haar hindurch zu mir auf. »Du hast gehofft, wir könnten dort fortfahren, wo wir abgebrochen haben, nicht wahr?«

Nicht wirklich, obwohl mir der Gedanke durch den Kopf gegangen war.

»Es kommt nicht in Frage.« Sie spielte ihre Stimme aus, ließ sie über mir kreisen und stechen wie eine Peitsche. »Ich möchte meine Erinnerungen an die Zeit damals nicht zerstören.«

»Dahinter steckt doch etwas anderes.« Sonderbarerweise war ich ebenso ärgerlich wie betroffen. Sie log halb, sie wich aus, sie richtete Phantome zwischen uns auf. Ich legte die Kamera nieder und ging die Stufen hinauf. Sie stand etwas oberhalb von mir. »Du willst mir nicht einmal die Hand geben. Was ist los? Warum hast du Angst davor, berührt zu werden? Bist du überhaupt wirklich oder bist du auch nur eines von deinen Holos?«

Sie floh vor mir, hinauf, eine Treppenflucht nach der anderen hinauf über die zerbrochenen Treppen. Ich versuchte, ihr zu folgen, aber das gähnende Loch, das durch die fehlenden Stufen entstanden war, ließ mich innehalten. Ich konnte mir nicht vorstellen, wie Cybele hier hinaufgekommen sein sollte. Aber sie mußte es vollbracht haben: Ich sah sie über mir, einen letzten Schimmer jadefarbenen Haares und eines grünen Kleides, ehe die Tür ihres Zimmers vor meinen Augen zuschlug.

Ich stand einige Zeit und blickte auf die Tür ihres Zimmers hoch über mir. Sie blieb verschlossen. Nach einer Weile ging ich hinab in den Vorraum und rief Margo in Gateside an.

»Erzähl mir was über Cybele Bournais.«

Margos Stimme am anderen Ende des Drahtes klang trocken: »Mein lieber Simon, was könnte ich dir über sie erzählen, was du nicht bereits vor langer Zeit persönlich von ihr erfahren hast.«

»Wann wurde sie zur Eremitin?«

»Oh, das meinst du? Sie war bei dem Hovercraftunfall ihres Mannes dabei. Danach verschwand sie fast ein Jahr lang. Gerüchte behaupteten damals, sie sei in der Schweiz, um sich das Gesicht in Ordnung bringen zu lassen. Als sie zurückkam, kaufte sie das Baumhaus und verschwand dann praktisch aus der Öffentlichkeit, abgesehen von ein paar Kassettenaufnahmen und ein paar Werbespots. Aber sie hat sich nie vor Besuchern versteckt. Sie hat sogar große Parties in ihrem Haus gegeben. Aber ihr Agent sagte mir, daß sie jedes persönliche Auftreten ablehne. Wenn du etwas erfährst, laß es mich wissen.«

Ich wollte gerade den Hörer niederlegen, als sie hinzufügte: »Hüte dich heute vor hochgelegenen Räumen. Hier tobt ein Gewitter, das als Vorbote der Apokalypse gut zu gebrauchen wäre, und zieht in eure Richtung.«

Ich warf einen Blick durchs Fenster. Purpurgraue Wolken brodelten am Himmel und löschten alles Blau.

Ich hängte ein und eilte zu meiner Kamera. Ich wollte mir die Chance nicht entgehen lassen, das Haus bei wechselndem Wetter aufzunehmen. Erst einige Minuten später registrierte ich plötzlich, daß ich beim Niederlegen des Hörers nicht ein Klicken am anderen Ende der Leitung, sondern deren zwei gehört hatte. Cybele mußte also mein Gespräch mit Margo mitgehört haben.

Der Wind wurde stärker. Ich konnte spüren, wie er gegen die Treppenaufgänge peitschte und an ihnen rüttelte. Der Himmel wurde zu einem finsteren Zelt, das in wassergefüllten Blasen durchhing. Bald darauf jagten Blitze durch diese Beulen.

Ich vergaß das Baumhaus und richtete die Kamera auf den Himmel. Irgendwann, irgendwo konnte ich vielleicht einmal ein paar Meter Gewitter gebrauchen, und dieses versprach besonders dramatisch zu werden.

Die ersten Donnerschläge waren zu hören. Sie ließen die Röhren der Treppenläufe beben.

»Simon!«

Ich blickte auf und sah Cybele die Treppe herabkommen. Einen Augenblick lang glaubte ich, ihr Haar im Wind wehen zu sehen, doch es war nur ein leichtes Kräuseln, hervorgerufen durch die rasche Bewegung des Abwärtsgehens. Sieben oder acht Stufen von mir entfernt blieb sie stehen.

»Schnüffle nicht in meinem Leben herum.« Ihre Stimme zischte wie ein Bündel von Blitzen, ein Echo des flammenden Himmels über uns.

»Ich versuche nicht zu schnüffeln. Aber ich bin betroffen, und zwar deinetwegen.«

Ihre Hände lagen auf dem Gürtel und glitten über die Knoten. »Du bist neugierig. Das ist etwas ganz anderes. Ich habe dich hierher eingeladen, weil ich einmal glücklich mit dir gewesen bin und weil ich dich wiedersehen wollte. Wenn du dich aber in Angelegenheiten einmischt, die dich nichts angehen, so muß ich dich bitten zu gehen.« Blitze glitten über ihr Gesicht, ließen Funken aus ihren Haaren sprühen.

Ich seufzte. »Nun gut. Ich lasse dich dein Leben leben, wie du willst, doch ich wollte...«

Ich kam nicht mehr dazu, ihr zu sagen, daß es mein größter Wunsch wäre, sie würde mir verraten, was sie so sehr verändert hatte. Aus den Augenwinkeln sah ich einen Blitz, der einen Bogen zwischen den Wolken und den Bergen über uns schloß. Die Lichter gingen aus...

Ich pfiff durch die Zähne. »Das hat eben in die Leitung eingeschlagen. Hast du Kerzen im Haus? Wir sollten besser ein paar anzünden.«

Im Licht weiterer Blitze sah ich, daß Cybele mich mit von Entsetzen erfüllten Augen ansah. Ihre Hände klammerten sich an den Gürtel.

»Kerzen«, wiederholte ich.

Zum zweiten Mal an diesem Tag floh sie vor mir über die zerbrochene Treppe hinweg hinauf in ihr Zimmer. Und wieder folgte ich ihr und versuchte dabei, mich zu erinnern, an welcher Stelle die Stufen fehlten, um nicht durch das klaffende Loch zu stürzen. Ich konnte im Licht der dicht aufeinander folgenden Blitze genug sehen, um den Weg zu finden. Sonderbarerweise fand ich gar keine Lücken; ich stand plötzlich wenige Stufen unterhalb ihrer Tür, ohne auch nur ein einziges dieser Löcher gesehen zu haben.

Ich blickte mich um und sah hinab. Beim Licht der Blitze sah ich die Stufen hinabführen, eine nach der anderen, vollständig, intakt, normal. Plötzlich begriff ich. Die zerbrochenen Teile waren holographische Bilder gewesen. Und als das Licht ausging, erloschen auch die Holos. Ich fuhr herum und starrte hinauf zur Tür. Was war in diesem Haus real, was war Hologramm? Und warum?

Mit zwei Sätzen überwand ich die letzten Stufen und klopfte an der Tür. »Cybele, mach auf!«

Von innen kam keine Antwort.

Ich klopfte abermals. »Cybele, so antworte doch!«

Ich hörte ein Geräusch, aber es war keine Stimme. Es klang, als kratze Metall über Metall.

Ich schlug mit der Faust gegen die Tür. »Ist alles in Ordnung, Cybele?«

Wieder nur dieses kratzende Geräusch. Dann hörte ich sie keuchen. Ich versuchte die Tür zu öffnen. Sie war natürlich verschlossen. Ich sah nach dem Schloß. Es war eher ein zarter Wink als eine wirkliche Sperre. Ich hob den Fuß und trat heftig gegen die Tür. Mit einem Geräusch von splitterndem Holz und kreischendem Metall flog die Tür auf. Im Licht einer Petroleumlampe sah ich Cybele vor einem Apparat auffahren.

Ich blickte mich im Raum um. Es mußte das Studio sein, das sie erwähnt hatte. Es war vollgestopft mit Aufnahmegeräten und Computerelementen. Mit ihnen konnte man die ganzen Holos des Hauses laufen lassen und auch noch einiges mehr. Und der Apparat vor Cybele war ein batteriebestückter Generator. Die Petroleumlampe stand auf dem Gerät und spendete ihr bei der Arbeit Licht.

»Funktioniert dein Hilfsaggregat auch nicht mehr? Kann ich dir irgendwie helfen?« fragte ich.

Sie wies mit dem Schraubenzieher, den sie in der Hand hielt, zur Tür. »Hinaus!«

Offensichtlich sprach sie. Ihre Lippen bewegten sich, und der Klang kam aus ihrer Richtung, aber dies war nicht Cybeles Stimme. Nicht einmal in Augenblicken höchster Erregung hätte Cybele dieses heisere Kratzen hervorgebracht.

Ich starrte sie ungläubig an. »Cybele?«

Über unseren Köpfen prasselte der Regen auf das Dach. Der Donner brüllte.

Cybele sah mich mit den Augen eines gefangenen Tieres an. »Ja, ich bin Cybele. Und jetzt verschwinde aus meinem Haus!«

Die Worte klangen rauh, die Silben gebrochen, ohne die Spur jener Schönheit und Form, für die Cybeles Stimme berühmt war, aber sie war so voll von Haß, wie ich dies nie zuvor in einer menschlichen Stimme gehört hatte. Die freie Hand fuhr zum Gürtel, tastete daran suchend herum und glitt dann zur Kehle.

Und nun verstand ich. Dies war Cybeles wirkliche Stimme. Jene Stimme, die ich in den letzten Tagen gehört hatte, kam aus dem Computer. Die Steuerungen saßen in dem geknoteten goldenen Gürtel, mit dem sich ihre Hände unaufhörlich beschäftigten.

»Was ist geschehen?« fragte ich.

Sie blickte zu Boden, so daß ihr jadefarbenes Haar ihr über das Gesicht fiel. Der Donner machte ihre Stimme fast unhörbar. ». . . meine Kehle, bei dem Hovercraft-Unfall zerquetscht.«

Chirurgen und Kosmetik-Spezialisten konnten zwar ein Gesicht wieder nachbilden, aber sie konnten nicht ein so empfindliches Instrument wie eine menschliche Stimme wiederherstellen. Ich kämpfte eine Woge des Mitleids nieder, die in mir aufstieg. Ich wollte sie nicht beleidigen. Eigentlich war dies keine schlechte Stimme. Bei einer anderen Frau hätte dieser rauhe Klang sogar reizvoll sein können, doch Cybele hatte etwas so Bemerkenswertes, so Wunderbares von einer Stimme gehabt, daß alles, was weniger war, auf groteske Weise häßlich wirkte. Ich suchte nach Worten, die nicht mitleidig klangen.

»Dann hast du also in den letzten Jahren deine Stimme zum Sprechen und für die Kassetten synthetisiert? Das ist eine unglaubliche Leistung.«

Das erklärte nun allerdings vieles an ihrem Verhalten. Sie mußte immer in der Nähe des Computers bleiben, um sprechen zu können.

Cybele warf das Haar zurück. Sie hatte die Augen einer Tigerin. Sie kam auf mich zu, den Schraubenzieher wie einen Dolch in beiden Händen.

Es geschah so jäh, daß sie mir den Schraubenzieher fast in den Hals getrieben hätte, noch ehe ich begriff, was sie vorhatte. Ich wehrte den Stoß ab. Die Klinge schrammte über meinen Unterarm.

»Hör auf, Cybele!«

Ich hielt sie an den Handgelenken fest, aber es gelang mir nicht, ihr den Schraubenzieher aus der Hand zu winden. Die Wut machte sie unglaublich kräftig. Die Spitze fuhr mir in den anderen Unterarm, als sie versuchte, sich freizumachen. Ich mußte alle Kraft zusammennehmen, um sie hochzuheben und von mir fortzustoßen.

Sie prallte gegen den Hilfsgenerator. Die Petroleumlampe wankte und fiel nach vorn. Sie zerbarst, als sie auf den Boden auftraf.

Ich stieß einen Warnruf aus und stürzte zu Cybele hin, um sie zur Seite zu reißen, aber ein Flammenvorhang erhob sich zwischen uns, und in Sekundenschnelle war überall Feuer. Verzweifelt suchte ich nach einer Möglichkeit, zu ihr durchzukommen.

»Ich kann nicht zu dir!« schrie ich. »Komm hierher! Hier! Ich versuche das Feuer zu ersticken!«

Doch Cybele spie nur krächzend nach mir. Sie machte kehrt und versuchte den Balkon zu erreichen. Aber bei diesem Versuch kam ihr langes Haar in die Nähe des Feuers. Die schimmernde Jademasse ihrer Haare explodierte in einem lodernden Orange.

»Cybele!« Ich kämpfte verzweifelt, um zu ihr zu gelangen, aber die Flammen verbrannten mir die Kehle, die Lunge und trieben mich zurück. »Cybele!«

Sie schrie nur einmal und dies, das kann ich beschwören, nicht aus Angst, nicht vor Schmerz, sie schrie voller Haß: »Du zudringlicher Bastard!«

Dann bekam ich vor Hitze, Feuer und Rauch keine Luft mehr. Ich taumelte zurück zur Tür, die Treppen hinab. Hinter mir folgten die Flammen über den Teppichbelag auf den Stufen. Ich versuchte gar nicht erst, die Bänder und Computer in meinem Zimmer zu retten. Ich floh zur Empfangshalle, durch die Vordertür hinaus in den prasselnden Regen. Bei der ersten der Pinien, die die Auffahrt säumten, hielt ich an, um den Rauch aus meinen Lungen zu husten. Ich schaute zurück.

Das Feuer breitete sich rasend schnell aus. In den Sekunden, die ich zusah, sprangen die Flammen über die Treppenaufgänge und blühten in jedem Raum zu neuem Leuchten auf. Schließlich mußte die Hitze den Generator aktiviert haben. Überall im Haus gingen die Lichter an. Zusammen mit dem Licht tauchten auch die Holos auf. Ein paar bizarre Minuten lang wanderten ein Dutzend Cybelen graziös durch die Flammen; Kleopatra tanzte und Anna Boleign schritt die brennenden Treppen hinauf. Und dann, als Cybeles Zimmer strahlend aufleuchtete, als die Röhren der Treppenaufgänge sich bogen und schmolzen, gingen die Lichter wieder aus. Die Cybelen flatterten, flackerten und wurden, eine nach der anderen, von den Flammen verschlungen.

Aus dem Amerikanischen übersetzt von Werner Vetter

THOMAS M. DISCH

Der Mann, der keine Idee hatte

Als erstes stellte er fest, daß er versagt hatte. Diese Feststellung
war nicht grundlos, seit gleich die erste Runde, bei der er sich be-
weisen mußte, mit einem beschämenden Ergebnis von 43 geen-
det hatte. Doch als zwei Wochen vergangen und noch immer
kein Spruch von der Prüfungskommission gekommen war, da
fragte er sich, ob er es vielleicht geschafft hatte, gerade eben noch
so durchzurutschen. Aber er konnte sich das nur schwer vorstellen. Der Prüfer, ein runzliger, weißhaariger Spießer, dessen
Name Barry augenblicklich wieder vergessen hatte, war schon
von Anfang an unfreundlich und aggressiv gewesen. So hatte er
Barry zum Beispiel gesagt, sein Handschlag sei verdächtig aufrichtig gewesen. Dann hatte er das Gespräch direkt auf mögliche
Gefahren des exzessiven Sonnenbadens gelenkt — was zweifellos eine spitze Bemerkung über Barrys Nachsaison-Sonnenbrand
war — und die Freizeit, auf die solch ein Sonnenbrand nur zu
deutlich hinwies. Schließlich kam er auf die Wahrscheinlichkeit
zu sprechen, daß Delphine genauso intelligent seien wie Menschen. Barry, der gerade den Lehrsaal betreten und beschlossen
hatte, alles auf eine Karte zu setzen und die Taktik vollkommener
Ehrlichkeit zu wählen, hatte gesagt, daß er erstens zu jung sei,
um sich über Hautkrebs Gedanken zu machen, und ihn zweitens
bei Tieren nur deren Fleisch interessiere. Darauf berichtete der
Prüfer über psychische Erfahrungen einiger Frauen, wovon er im
Reader's Digest gelesen habe. Barry war sich nicht im klaren, was
der Mann mit seinem zwanghaften Gewäsch erreichen wollte.
Mehr und mehr bekam er das Gefühl, er sei dabei, diesen alten
Furz zu testen, und notiere die Punkte. Eine Situation, die nichts
Gutes verhieß. Zehn Minuten vor Schluß stand Barry einfach auf
und ging. Das war, streng genommen, nicht gegen das Regle-
ment. Es setzte voraus, daß irgendein Prüfungsziel erreicht worden war, aber das war nun beileibe nicht der Fall gewesen. Barry
war schlicht und ergreifend in Panik geraten. An diesem Fiasko
fürchtete er natürlich am meisten den Brief, der ihn, den »Sehr
geehrten Bewerber«, bald erreichen würde (»Wir möchten Sie
hiermit davon in Kenntnis setzen, etcetera blabla...«). Aber möglicherweise hatte der alte Furz die Angelegenheit absichtlich ver-
kompliziert und wollte ihn lediglich testen; und möglicherweise

waren seine Reaktionen gar nicht einmal so falsch gewesen. Vielleicht hatte er bestanden.

Als zwei weitere Wochen vergangen waren und das »Buh« der Prüfungskommission immer noch ausblieb, konnte er es einfach nicht mehr länger aushalten. Er ging zur Center Street und füllte einen Antrag aus, um seine Ergebnisse zu erfahren. Ein Büroangestellter stanzte den Bogen auf eine Lochkarte und fütterte den Computer damit. Der Computer wies Barry an, ein weiteres Formblatt auszufüllen, welches mehr Detailfragen enthielt. Glücklicherweise hatte er alle Angaben dabei, die der Computer brauchte. So konnte er das zweite Blatt an Ort und Stelle ausfüllen. Nach knapp zehn Minuten Wartezeit leuchtete seine Nummer an der Tafel auf, und er wurde zu Schalter 28 beordert.

Schalter 28 war der Schalter, der Lizenzen ausgab: Er hatte bestanden!

»Ich habe bestanden«, verkündete er der Schalterbeamtin ungläubig.

Die Beamtin hatte die Lizenz, auf der sein Name — Barry Riordan — stand, schon in der Hand. Sie steckte das Papier in den Schlitz einer grauen Maschine, die mit einem gebieterischen Klicken antwortete. Die Beamtin schob die rechtskräftige Lizenz durch das Gitter.

»Können Sie das verstehen... Ich kann es noch immer nicht glauben. Das ist *meine* Lizenz: das hätte ich nie für möglich gehalten.«

Die Beamtin deutete auf die Marke, die am Halsband ihres T-Shirts befestigt war. Sie hatte keine Lizenz.

»Oh. Verzeihung. Daran habe ich nicht gedacht. Nun... Danke.«

Er lächelte sie an, ein bedauerndes, schuldbewußtes Lächeln, und sie lächelte zurück, ein mechanisches Der-Nächste-bitte-Lächeln.

Er sah sich erst auf der Straße die Lizenz an. Auf der Rückseite war eine Notiz angeheftet:

ACHTUNG

Da das neue Auswertungssystem überlastet war, ist ein Fehler aufgetreten. Ihre Prüfungsergebnisse vom 24. August sind gelöscht worden. Daher wird Ihnen, gemäß Satzungsparagraph 9 (c) Abteilung XII der revidierten Bundeskommunikationsordnung, eine zeitlich begrenzte Lizenz ausgestellt, deren Laufzeit drei Monate vom Tag der Ausgabe an beträgt. Vorbehalte und

Beschränkungen, denen Sie unterliegen, werden dargelegt im Anhang II des Bundeskommunikationshandbuches (18. Auflage).

Sie können jederzeit eine neue Prüfung beantragen. Ein Ergebnisdurchschnitt von 70 bis 80 Punkten oder darüber wird die Beseitigung aller Vorbehalte und Beschränkungen zur Folge haben, und Sie werden unverzüglich Ihre Dauerlizenz erhalten. Ein Durchschnitt von 50 bis 60 oder 60 bis 70 wird die Laufzeit Ihrer Zeitlizenz nicht beeinträchtigen, kann jedoch eine Verlängerung der Laufzeit um weitere drei Monate bewirken. Ein Durchschnitt von 40 bis 50 Punkten oder darunter hat den sofortigen Einzug der Lizenz zur Folge.

Besitzer einer Zeitlizenz sind angehalten, Kapitel 9 (»Die Zeitlizenz«) im Bundeskommunikationshandbuch zu beachten. Vergegenwärtigen Sie sich, daß direkte, interaktive personelle Kommunikation eines unserer kostbarsten Erbgüter ist. Gebrauchen Sie Ihre Lizenz mit Verstand. Mißbrauchen Sie nicht das Privileg der freien Rede.

Also hatte er seine Prüfung doch nicht bestanden. Oder vielleicht doch? Er würde das nie herausfinden.

Seine erste Begeisterung verpuffte, und er verfiel wieder in die gewohnte Stimmung, die ihn abgestumpft und inkonsequent machte. Während er die Lizenz in seine ID-Mappe legte, kam er sich vor wie ein Scharlatan, ein Niemand, der vorgab, ein Jemand zu sein. Man hatte ihm eine Lizenz gegeben, ob er nun einen Durchschnitt von 0 bis 10 oder einen von 90 bis 100 Prozentpunkten hatte. Und er war sich a priori darüber klar, daß er letzteres Ergebnis nie und nimmer erreicht hatte. Er hatte auf weitere sieben Punkte gehofft, gerade genug, um die Klippe zum Durchschnitt 50 bis 60 zu überspringen. Statt dessen stand er vor einem zweifelhaften Glücksfall.

Reg dich nicht auf, sagte er sich. Das Schlimmste hast du hinter dir. Du hast deine Lizenz. Wie du sie bekommen hast, spielt doch keine Rolle.

Oh, aber natürlich, antwortete eine andere, weniger freundliche Stimme in seinem Innern. Alles, was du jetzt noch brauchst, sind drei Gutachten. Was für ein Glücksfall!

Na und, die kriege ich auch noch, beharrte er. Barry hoffte, die andere Stimme mit der Glaubwürdigkeit und Vitalität seines Selbstvertrauens zu beeindrucken. Aber die andere Stimme war keineswegs beeindruckt. So fuhr er mit der U-Bahn nach Hause, anstatt in die nächste Kneipe zu gehen und dort zu feiern. Er verbrachte den Abend damit, sich zuerst eine faszinierende Dokumentation über Kalzium-Strukturen anzusehen, dann eine Talk-Show, den »Raritäten-Zirkus«, von und mit Willy Marx. Willy hatte vier Gäste: Eine bekannte Prostituierte, einen Steuerbeamten, der gerade seine Memoiren veröffentlicht hatte, einen Komiker, der eine surrealistische Parodie über Kneipen für Fünfjährige vorführte, und einen Schriftsteller mit einem Sprachfehler. Letzterer bekam mit dem Komiker Streit darüber, ob sein Sketch im wesentlichen der Wahrheit entspräche oder nur auf unverantwortliche Weise Abnormitäten verbreite. Mitten in ihrem Streit bekam Barry fürchterliche Kopfschmerzen. Er nahm zwei Aspirin und ging zu Bett. Kurz bevor er einschlief, dachte er: Ich könnte sie anrufen und ihnen sagen, was *ich* zu dem Problem denke.

Aber was dachte er eigentlich?

Er wußte es nicht.

Das war, auf einen Nenner gebracht, Barrys Problem. Zwar hatte er die Lizenz und konnte mit jedem sprechen, mit dem er sprechen wollte. Aber er wußte nicht, *worüber* er sprechen sollte. Er hatte keine Phantasie, keine Eingebungen. Er stimmte allem zu, was andere sagten. Immer hatte derjenige recht, der gerade sprach. Der Sketch war *beides* gewesen, tiefgreifend wahr und unverantwortlich übertrieben. Zu viel Sonnenbaden war vielleicht schädlich. Tümmler waren möglicherweise so schlau wie Menschen, oder vielleicht auch nicht.

Zum Glück für seine Moral hielt dieser Angstzustand nicht lange an. Barry gab ihm gar keine Chance. In der nächsten Nacht war er im »Partyland«, einer Kneipe in der 23. Straße, die am Abend zuvor auffallend im Fernsehen geworben hatte. Als Barry vor der schreienden elektrischen Beleuchtung auf den vorspringenden Trägern über dem Eingang stand, fühlte er, wie sein Magen sich vor Erregung verkrampfte. In der Kehle und auf der Zunge kribbelte es.

Vor der Kneipe stand nur eine kurze Schlange, und wenig später stand Barry vor dem Kassenschalter.

»Welche Klasse?« fragte der Schalter. Barry sah auf die Preisliste. »Zweite«, sagte er und schob seine Berechtigungskarte in den zuständigen Schlitz. »Die Lizenz, bitte«, sagte der Schalter. Ein Pfeil leuchtete auf, der auf einen anderen Schlitz wies. Barry gab seine Lizenz in den anderen Schlitz. Eine Glocke läutete, und dann *das Wunder* — er war im »Partyland«. Er bestieg den großen, blauen Fahrstuhl zu seiner ersten Erster-Hand-Erfahrung mit direkter, interaktiver, personeller Kommunikation. Keine Übung im Klassenzimmer, keine Therapiesitzung, keine Instruktionsveranstaltung, kein ökumenisches Angegaffe. Nein, eine echte Konversation, spontan, unstrukturiert, und alles nur für ihn.

Der Platzanweiser, der Barry zu seinem Zweite-Klasse-Platz führte, setzte sich neben ihn hin und erzählte ihm, in Japan gäbe es einen Einkaufskomplex, der sich über sechzehneinhalb Morgen erstrecke und auf dem sich zweiunddreißig Restaurants, zwei Filmtheater und ein Kinderspielplatz befänden.

»Faszinierend, nicht wahr?« schloß der Platzanweiser, nachdem er weitere Fakten über dieses bemerkenswerte Ladenviertel dargelegt hatte.

»Wahrscheinlich«, sagte Barry unverbindlich. Er konnte sich nicht vorstellen, warum der Platzanweiser ihm unbedingt etwas von diesem japanischen Einkaufskomplex erzählen wollte.

»Ich habe vergessen, wo ich das gelesen habe«, sagte der Platzanweiser. »Wohl in einem Magazin oder irgend so etwas. Nun denn, mischen Sie sich unters Volk, haben Sie Spaß, und wenn Sie etwas bestellen wollen, hier ist eine Schaltkonsole, die sich an diesem Tischende herausziehen läßt.« Er demonstrierte es.

Der Platzanweiser saß noch immer abwartend da und lächelte. Endlich begriff Barry, daß er auf ein Trinkgeld wartete. Ohne irgendeine Ahnung davon zu haben, wieviel in diesem Fall gebräuchlich war, gab er ihm einen Dollar. Das schien richtig zu sein.

So saß Barry dann da in diesem aufgeblähten Schwamm von einem Sessel und war dankbar dafür, allein zu sein. So konnte er sich einen Eindruck davon verschaffen, welche Ausmaße dieser Ort hatte und welchen Zauber er ausstrahlte. »Partyland« war eingerichtet wie ein endloses Mittelklasse-Wohnzimmer, ein Panorama von all dem, was reizvoll war, geschmackvoll und elegant. Von der Zweiten Klasse aus gesehen schien es jedenfalls endlos. Es hatte eine Spitzenkapazität von siebenhundertundachtzig Plätzen. Aber an diesem Abend schien nicht so viel los zu sein wie an den Spitzentagen. Eine ganze Menge Sitzplätze waren leer.

In Intervallen, deren Wechsel nicht vorherzusagen war, gruppierte sich das Mobiliar in diesem Wohnzimmer um, so daß man sich plötzlich direkt gegenüber einem neuen Gesprächspartner befand. Für ein paar Dollar mehr konnte man ein Sofa oder einen Sessel mieten, mit dem man ohne Einschränkungen zwischen den anderen Plätzen hindurchfahren und sich den Platz aussuchen konnte, anstatt dem Zufall die Wahl zu überlassen. Aber nur wenige Kunden im »Partyland« machten von dieser Möglichkeit Gebrauch, seit der ganze Raum so eingerichtet war, daß man sich einfach hinsetzen und dem Sessel das Fahren überlassen konnte.

Die Musik wechselte von Vivaldis »Vier Jahreszeiten« zu einem Medley mit Schlagern von Steven Sondheim. Plötzlich erhoben sich alle, von ihren Sesseln getragen und mit baumelnden Beinen, in die Luft und gelangten solcherart zum nächsten Gesprächspartner. Barry fand sich neben einem Mädchen in einem roten Abendkleid aus Samt und mit einem Hut aus Papierfedern und Polyedern wieder. Ein Band in diesem Hut verkündete: »Ich bin eine Partyland-Schnuckimaus.«

»Hallo«, sagte das Mädchen in einem Tonfall, der sich wohl bemühte, weltläufige Langeweile zu simulieren; es klang allerdings eher desorientiert. »Was gibt's?«

»Ungeheuerlich, wirklich ungeheuerlich«, antwortete Barry voll Wärme. Er war in der Laune, sich in einer Unterhaltung von Anfang an sehr offen zu geben. Deswegen ärgerte er sich auch über die Bemerkung seines Prüfers betreffs seines Händedrucks. Da war nichts Falsches an seinem Händedruck, und das wußte Barry.

»Ihre Schuhe gefallen mir«, sagte sie.

Barry sah auf seine Schuhe hinunter. »Danke.«

»Ich mag Schuhe im allgemeinen sehr«, fuhr sie fort. »Man könnte sagen, ich bin ein Schuh-Freak.« Sie kicherte albern.

Barry lächelte verlegen.

»Aber Ihre sind wirklich außergewöhnlich hübsch. Wieviel haben Sie dafür bezahlt, wenn Ihnen die Frage nichts ausmacht?«

Es machte ihm zwar etwas aus, aber ihm fiel jetzt kein Scherz ein, mit dem er es hätte zugeben können. »Ich weiß es nicht. Nicht viel. Sie sind wirklich nichts Besonderes.«

»*Ich* mag sie«, beharrte sie, und dann: »Ich heiße Cinderella, und Sie?«

»Tatsächlich?«

»Wirklich. Wollen Sie meine ID-Karte sehen?«

»Mm.«

Sie griff in ihre ID-Mappe, die aus demselben Samt angefertigt war wie ihr Kleid, und zog ihre Lizenz heraus. Sie war blau wie seine (eine Zeitlizenz), und, genau wie bei seiner, war da eine Klammer in der linken oberen Ecke.

»Sehen Sie«, sagte sie. »Cinderella B. Johnson. Die Idee stammt von meiner Mutter. Meine Mutter hatte manchmal einen eigenartigen Sinn für Humor. Aber jetzt ist sie tot. Mögen Sie ihn?«

»Wen soll ich mögen?«

»Meinen Namen.«

»Oh, klar, natürlich.«

»Manche mögen ihn nämlich nicht. Sie halten ihn für affektiert und geschmacklos. Aber ich kann nichts für den Namen, mit dem ich geboren wurde, oder?«

»Ich wollte Sie gerade fragen…«

Ein eifriger, aber auch gespannter Zug trat in ihr Gesicht, wie bei einem Kandidaten in einer Quiz-Show. »Fragen Sie nur, fragen Sie!«

»Diese Klammer auf Ihrer Lizenz, was hat die zu bedeuten?«

»Welche Klammer?« entgegnete sie und versteifte sich sofort voller Mißtrauen, wie ein Hase vor der Fährte eines Raubtiers.

»Die auf Ihrer Lizenz. Da war doch vorher etwas angeheftet?«

»Irgendeine Notiz… Ich weiß nicht. Wie soll ich mich an so etwas erinnern können? Warum fragen Sie?«

»An meiner ist auch so etwas.«

»So? Wenn Sie mich fragen, ich halte das für ein ausgesprochen blödes Thema für eine Unterhaltung. Möchten Sie mir nicht *Ihren* Namen sagen?«

»Oh … Barry.«

»Barry was?«

»Barry Riordan.«

»Ein irischer Name: das erklärt alles.«

Er sah sie fragend an.

»Daher müssen Sie Ihr schlagfertiges Mundwerk haben. Sie haben sicher den Blarney-Stein geküßt.«

Sie ist ausgeflippt, dachte er.

Aber irgendwie langweilig ausgeflippt und darum eigentlich nicht interessant. Bald fragte er sich, wie lange diese Unterhaltung noch dauern würde, bevor die Sessel erneut ihren Standort wechselten. Es kam ihm wie eine ungeheure Zeitverschwendung vor, sich mit einem »Zeitler« zu unterhalten, wo er doch die Gutachten, die er so dringend benötigte, nur von den Besitzern einer Dauerlizenz erhalten konnte. Natürlich, diese Übung war vielleicht ganz nützlich. Man konnte nicht davon ausgehen, jeden zu mögen, dem man begegnet (das Kommunikationshandbuch wurde nicht müde, darauf hinzuweisen), aber man sollte es immer versuchen und einen guten Eindruck machen. Eines Tages begegnet man jemandem, der sich als entscheidend für einen erweist, und die Übung hat sich bezahlt gemacht.

Nicht übel, diese Theorie, aber mittlerweile stand Barry vor dem drängenden Problem, was er eigentlich sagen sollte. »Haben Sie von dem gigantischen Einkaufskomplex in Japan gehört?« fragte er sie. »Er bedeckt eine Fläche von sechzehn Morgen.«

»Sechzehneinhalb«, verbesserte sie ihn. »Sie lesen also auch das *Topic*.«

»Hhm.«

»Ein faszinierendes Magazin. Ich lese es fast jede Woche. Meistens bin ich zwar zu beschäftigt, aber gewöhnlich überfliege ich es mindestens.«

»Wo arbeiten . . .?«

»Genau.« Sie warf einen Blick durch den riesigen, geschmackvollen Raum im »Partyland«, stand dann auf und winkte. »Ich glaube, ich habe da jemanden entdeckt, den ich kenne«, sagte sie aufgeregt und strich sich die Papierfedern mit der Hand aus dem Gesicht. Von weitem winkte jemand zurück.

Cinderella brach einen Polyeder vom Hut ab und legte ihn auf ihren Sessel. »So weiß ich nachher, wo mein Platz gewesen ist«, erklärte sie, und meinte dann etwas verlegen: »Ich hoffe, es macht Ihnen nichts aus.«

»Überhaupt nicht.«

Sich selbst überlassen, konnte er an nichts anderes als an die Klammer denken, die er an ihrer Lizenz gesehen hatte. Es erschien ihm wie ein scheinbar unbedeutender Anhaltspunkt in einer Detektivgeschichte, von dem sich allmählich die Lösung des ganzen Falles entwickeln läßt. Ließ sie nicht zweifellos darauf schließen, daß sie die Berechtigung zur Lizenz auf ebenso zweifelhafte Weise erhalten hatte, also nicht auf Grund ihres Notendurchschnitts, sondern dank Satzungsparagraph 9(c) Abteilung XII? Wie ärgerlich, mit einem solchen Dummerchen in der gleichen Kategorie zu sein! »Partyland« war wahrscheinlich voll von solchen Leuten, die alle hofften, mit einem echten Dauerlizenz-Besitzer zusammenzutreffen, anstatt nur auf ihresgleichen zu stoßen.

Keine besonders angenehme Vorstellung. Nach dieser Erkenntnis hatte er Lust, die Schaltkonsole herauszuziehen, und sich, indem er ein Menü bestellte, von ihr abzulenken. Aber er ließ es bleiben. Er wußte aus Erfahrung nur zu gut, daß Dinge, die ihn spürbar aufheitern konnten, genauso dazu geeignet waren, ihn in Depression zu versetzen. In diesem Zustand war Konversation dann im eigentlichen Sinne für ihn kaum möglich. So vertrieb er sich die Zeit bis zum nächsten Platzwechsel damit, im Kopf die Quadratwurzeln fünfstelliger Zahlen auszurechnen. Wenn er eine Lösung gefunden hatte, rechnete er das Ergebnis auf seinem Taschenrechner nach. Er hatte schon fünf richtige Lösungen geschafft, als sich der Sessel, Gott sei Dank, erhob und ihn weiterbeförderte zu ... zu dem Pärchen auf dem blauen Sofa, das Händchen hielt? Nein, im letzten Moment lavierte der Sessel nach links und ließ sich vor einem Krummholz-Schaukelstuhl nieder. Auf der Sitzfläche des Schaukelstuhls lag ein Zettel: »Ich fühle mich im Moment nicht wohl. Bin in fünf Minuten zurück.«

Barry entschloß sich gerade, es einmal mit einer sechsstelligen Zahl zu versuchen, als eine Frau auf einem grünen Sofa zu ihm herüberrollte. Sie fragte ihn, welche Art von Musik er möge.

»Alle, wirklich alle.«

»Alle oder keine, das kommt doch zu sehr auf dasselbe heraus.«

»Nein, eigentlich nicht. Was auch immer gerade gespielt wird, meistens gefällt es mir. Was läuft denn gerade? Das gefällt mir.«

»Muzak«, sagte sie beiläufig.

In Wahrheit aber war es immer noch das Sondheim-Medley. Aber er sagte nichts. Es schien ihm nicht wichtig genug, um sich darüber zu streiten.

»Was machen Sie so?« fragte sie.

»Ich arbeite da an einer Sache, die die Citybank für eine andere Gesellschaft vorbereitet, aber nur als Teilzeitjob. Nächstes Jahr soll ich einen Vollzeitjob bekommen.«

Sie verzog das Gesicht. »Sie sind neu hier im Partyland, was?«

Er nickte. »Heute abend ist es das erste Mal. Um die Wahrheit zu sagen, heute bin ich überhaupt das erste Mal in einer Kneipe. Ich habe erst gestern meine Lizenz bekommen.«

»Nun, dann willkommen im Club«, sagte sie mit einem Lächeln, das man auch als Hohn auffassen konnte. »Ich nehme an, Sie suchen Gutachten?«

Von Ihnen aber nicht, wollte er sagen. Aber statt dessen wandte er sich ab und betrachtete in einiger Entfernung die Bewegung einer Ansammlung von Sesseln einer anderen Klasse.

Erst als alle Sessel zur Ruhe gekommen waren, wandte er sich wieder der Frau ihm gegenüber zu. Ihm wurde klar, und das erfüllte ihn doch etwas mit Stolz, daß er seine erste Abfuhr erteilt hatte!

»Was hat Freddy gesagt, als Sie hereingekommen sind?« fragte sie in einem verschwörerischen, wenn nicht sogar freundschaftlichen Tonfall. (Seine Abfuhr war offensichtlich angekommen.)

»Wer ist Freddy?«

»Der Platzanweiser, der Sie zu Ihrem Platz gebracht hat. Ich habe gesehen, daß er sich zu Ihnen gesetzt und mit Ihnen gesprochen hat.«

»Er hat mir irgend etwas von einem japanischen Einkaufskomplex erzählt.«

Sie nickte wissend. »Natürlich — das hätte ich mir denken können. Er macht Werbung für das *Topic*-Magazin, und das ist die Titelgeschichte in dieser Woche. Ich würde mal gerne wissen, was sie ihm dafür bezahlen. Letzte Woche hatten sie eine Titelgeschichte über Irina Khokolowna, und alles was Freddy von sich gab, handelte von Irina Khokolowna.«

»Wer ist Irina Khokolowna?« fragte er.

Sie war offensichtlich pikiert. »Ich dachte, Sie hätten gesagt, Sie mögen Musik!«

»Tu ich auch«, protestierte er. Aber anscheinend hatte er einen entscheidenden Test nicht bestanden. Mit einem Seufzer des Überdrusses und einem triumphierenden Lächeln auf den Lippen drehte die Frau ihr Sofa um hundertachtzig Grad und fuhr ab in Richtung des Pärchens, das auf dem blauen Sofa beieinander hockte.

Beide sprangen gleichzeitig auf und begrüßten die Frau mit Ausrufen wie »Maggie!« und »Teufelsbraten!«. Da Barry so nahebei saß und niemanden hatte, mit dem er sich unterhalten konnte, war er gezwungen, ihrer Unterhaltung zuzuhören. Das Gespräch drehte sich natürlich (zweifellos ein Tadel für seine Unwissenheit) um Irina Khokolownas letzte *superbe* Aufnahme bei der Deutschen Grammophon. Sie habe noch nie so gut Schumann gesungen, aber ihre Wolf-Interpretation sei *comme ci, comme ça*. Trotzdem sei ihre Auffassung von Wolf der von Adriana Motta um Meilen voraus, und sogar der von Gwyneth Batterham, die trotz ihrer hohen Begabung deutliche Unsicherheit in den oberen Stimmlagen zeige. Barrys Sessel blieb wie festgeklebt auf seinem Platz, während die drei wissensschwanger schwatzten. Barry wünschte sich, zu Hause zu sein und sich Willy Marx anzusehen — oder an jedem beliebigen anderen Ort, bloß nicht im »Partyland«.

»Ich bin Ed«, sagte der auf dem Krummholz-Schaukelstuhl. Ein junger Mann in Barrys Alter, gepflegt und mit einer modernen Frisur.

»Bitte?« fragte Barry.

»Ich sagte«, erwiderte er mit übertriebener Deutlichkeit, »mein Name ist Ed.«

»Oh. Ich heiße Barry. Wie geht's, Ed?«

Er streckte die Hand aus. Ed schüttelte sie kräftig.

»Wissen Sie, Barry«, sagte Ed, »ich habe gerade darüber nachgedacht, worüber Sie reden. Und ich denke, das ganze Problem heißt *Autos*. Sie verstehen, was ich meine.«

»So ziemlich«, deutete Barry an.

»In Ordnung. Das Problem bei Autos ist . . . Nun, ich wohne in Elizabeth, auf der anderen Seite des Flusses, ja? Also, jedes Mal, wenn ich hierher will, muß ich fahren, ja? Vielleicht meinen Sie jetzt, das wäre eine Plage, aber in Wahrheit fühle ich mich jedesmal großartig. Kennen Sie das?«

Barry nickte. Er begriff überhaupt nicht, worauf Ed eigentlich hinauswollte, aber Barry wußte, daß er ihm zustimmte.

»Ich fühle mich . . . frei. Wenn sich das nicht zu lächerlich anhört. Immer wenn ich meinen Wagen fahre.«

»Welche Marke fahren Sie?« fragte Barry.

»Einen Toyota.«

»Prima! Ganz toll!«

»Ich glaube nicht, daß das so einzigartig ist«, sagte Ed.

»Nein, das stimmt.«

»Autos *sind gleich* Freiheit. Und wo dieses ganze Gewäsch um die sogenannte Energiekrise hinführt, ist doch . . .«, er hielt einen Moment lang inne. »Ich glaube, ich habe Depressionen.«

»Vielleicht haben Sie die. Aber das macht doch nichts. Ich habe sie auch. Und sie verschwinden wieder.«

»Hören Sie, wie war doch gleich Ihr Name?«

»Barry«, sagte Barry. »Barry Riordan.«

Ed streckte die Hand aus. »Ich heiße Ed. Sagen Sie, sind Sie auf der Suche nach einem Gutachten?«

Barry nickte. »Sie auch?«

»Nein, ich glaube, ich habe noch ein Gutachten übrig. Möchten Sie es haben?«

»Gott im Himmel«, sagte Barry. »Klar doch, natürlich!«

Ed zückte seine ID-Mappe, nahm seine Lizenz heraus, löste

mit dem Fingernagel den Gutachtenaufkleber auf der Rückseite der Lizenz an einer Ecke und reichte ihn Barry.

»Sind Sie sicher, daß Sie mir das Gutachten geben wollen?« fragte Barry ungläubig. Der weiße Aufkleber hing an seiner Fingerspitze.

Ed nickte. »Sie erinnern mich an jemanden.«

»Also, ich bin Ihnen wirklich dankbar. Ich meine, Sie kennen mich doch kaum.«

»Richtig«, sagte Ed und nickte energischer. »Aber es hat mir gefallen, was Sie über Autos gesagt haben. Das schien mir sehr richtig zu sein.«

»Wissen Sie«, brach es aus Barry heraus, in einem plötzlichen Anfall von Bekennertum, »die meiste Zeit fühle ich mich ziemlich durcheinander.«

»Richtig.«

»Aber ich kann es nicht ausdrücken. Alles, was ich sage, scheint sinnvoller zu sein als das, was ich in meinem Innern fühle.«

»Klar, versteh' ich.«

Die Musik wechselte von Sondheim-Medley zur Rückseite von den »Vier Jahreszeiten«. Barrys Sessel hob sich und transportierte ihn zu dem Pärchen auf der blauen Couch, während Ed, der schlaff in seinem Krummholz-Schaukelstuhl hing, in die entgegengesetzte Richtung davongetragen wurde.

»Auf Wiedersehn«, rief Barry ihm nach, aber Ed war entweder schon eingeschlafen oder außerhalb der Hörweite. »Und nochmals vielen Dank!«

Die MacKinnons stellten sich vor. Er hieß Jason, und sie Michelle. Sie wohnten nicht weit entfernt, im West, 28. Straße. Sie waren hauptsächlich an den TV-Programmen interessiert, die sie als Kinder gesehen hatten, und waren gut über dieses Thema informiert. Ungeachtet des ersten schlechten Eindrucks, den Barry von ihnen gehabt hatte, als er sie mit Maggie auf dem grünen Sofa gleichgesetzt hatte, entdeckte Barry, daß er die MacKinnons außerordentlich gut leiden mochte. Bevor der nächste Ortswechsel kam, stellte er an seinem Sessel die FEST-Position ein. Sie verbrachten den Rest des Abends zusammen und tauschten kleine nostalgische Erinnerungen aus. Sie tranken Kaffee und aßen Ananas-Törtchen, für die das »Partyland« berühmt war. Als das Lokal schloß, fragte Barry, ob sie so freundlich wären, ihm ein Gutachten zu geben. Sie sagten, daß sie das gern getan hätten, weil seine Gesellschaft sehr angenehm gewesen sei, aber unglücklicherweise hätten sie ihre Quote für dieses Jahr bereits erreicht. Sie machten einen wirklich betrübten Eindruck, aber Barry wurde klar, daß es ein Fehler gewesen war, zu fragen.

Der Erwerb des ersten Gutachtens war wohl nur auf Anfängerglück zurückzuführen. Obwohl er fast jeden Abend in eine andere Kneipe ging und am Wochenende fast schon im »Partyland« wohnte — gerade dann, wenn hier am meisten los war —, hatte er nie mehr solches Glück. Er bekam einfach keine Gelegenheit, sich diesen seinen Herzenswunsch zu erfüllen. Die meisten Leute, die er traf, waren »Zeitler«, und die wenigen mit einer Dauerlizenz, die sich ihm gegenüber freundlich zeigten, erklärten ihm jedesmal wie die MacKinnons, daß sie ihre zubemessene Menge an Gutachten bereits vergeben hätten. Zumindest behaupteten sie das. Als die Wochen verflossen und seine Angst wuchs, machte er sich die zynische, aber allgemeine Auffassung zu eigen, daß viele Leute einfach ihre Gutachtenmarken von ihrer Lizenz abtrennten. So sah es aus, als hätten sie keine mehr. Laut Jason MacKinnon war eine dermaßen selbstlose Vergabe von Gutachten, wie Barry sie bei Ed erlebt hatte, ein ganz seltenes Phänomen. Eine Hand wäscht die andere, hieß die oberste Regel; gefordert wurden Geld oder gewisse Dienste. Barry meinte (natürlich im Spaß), daß er seine Unschuld nicht für ein Gutachten eintauschen würde, noch nicht einmal für zwei. Michelle antwortete ihm (ziemlich ernsthaft), daß sie unglücklicherweise niemanden aus der Szene kennen würde, der auf Barrys Typ stände. Im allgemeinen sei festzustellen, daß es eher *jüngere* Leute seien, die ihre Gutachten erhielten, indem sie ihre körperlichen Vorzüge zur Verfügung stellten.

Nur aus Neugierde dachte Barry laut darüber nach, in welchen Dimensionen sich die Höhe der Barzahlung bewegen würde. Jason sagte, daß der Satz vor einem Jahr noch tausend Dollar pro Marke betragen habe; zweieinhalb für ein Doppel, da man von Leuten, die zwei Gutachten benötigten, annehmen konnte, daß sie noch verzweifelter seien. Aber mittlerweile sei durch das momentane Mißverhältnis zwischen Angebot und Nachfrage der aktuelle Preis für ein Gutachten auf siebenhundert gestiegen; und für ein Doppel auf rund viertausend. Jason sagte, er könnte zu diesem Preis etwas arrangieren, wenn Barry Interesse hätte.

»Ich sage Ihnen«, sagte Barry, »was Sie mit Ihren Drecksmarken machen können.«

»Na, kommen Sie«, sagte Michelle versöhnlich. »Wir sind immer noch Ihre *Freunde*, Mr. Riordan, aber Geschäft ist Geschäft.

Wenn es um unsere *eigenen* Marken ginge, würden wir keinen Moment zögern, Ihnen ein Gutachten völlig *gratis* zu geben. Nicht wahr, Jason?«

»Natürlich, gar keine Frage!«

»Aber wir sind nur Mittelsmänner, verstehen Sie? Wir haben nur begrenzten Spielraum in den Angeboten, die wir machen können. — Sagen wir Fünfzehnhundert.«

»Und dreieinhalb für ein Paar«, fügte Jason hinzu. »Weiter können wir wirklich nicht gehen. Sie werden nirgends ein besseres Angebot kriegen.«

»Wissen Sie, was Sie mit Ihren Gutachten machen können«, sagte Barry entschlossen, »Sie können sie sich in den Arsch stecken. Oder besser, in Ihre Ärsche.«

»Ich wünschte, Sie würden einen anderen Standpunkt einnehmen, Mr. Riordan«, sagte Jason mit ehrlichem Bedauern in der Stimme. »Wir mögen Sie wirklich, und wir haben gerne mit Ihnen zusammengesessen. Wenn dem nicht so wäre, würden wir Ihnen kaum ein solches Angebot machen.«

»Ach Scheiße«, sagte Barry. Das war das erste Mal, daß er in einem Gespräch einen schmutzigen Ausdruck gebraucht hatte, und er gebrauchte ihn mit der Inbrunst der Überzeugung. »Sie wußten, daß meine Lizenz abläuft, und Sie haben mich hingehalten in der Hoffnung, ich geriete in Panik.«

»Wir haben nur versucht, Ihnen zu helfen«, versicherte Michelle.

»Schönen Dank, ich helfe mir schon selbst.«

»Wie?«

»Morgen gehe ich zur Center Street und mache die Prüfung noch mal.«

Michelle MacKinnon beugte sich über das Kaffeetischchen, das das blaue Sofa von Barrys Sessel trennte, und gab Barry einen leichten, mütterlichen Klaps auf die Wange.

»Wunderbar! Sie stellen sich der Herausforderung — recht so! Sie werden bestehen. Schließlich hatten Sie ein dreimonatiges Praktikum. Sie sind reifer geworden in dieser Zeit.«

»Danke.« Er stand auf.

»Heh . . .« Jason griff nach Barrys Hand und drückte sie ernsthaft. »Vergessen Sie nicht, *falls* Sie Ihre Dauerlizenz erhalten . . .«

»Wenn . . .«, berichtigte Michelle.

»Natürlich — *wenn* Sie es geschafft haben, wissen Sie, wo Sie uns finden können. Wir sind immer hier, auf dem gleichen Sofa.«

»Sie sind beide unmöglich«, sagte Barry. »Glauben Sie ehrlich, daß ich Ihnen meine Gutachten verkaufe? Vorausgesetzt . . .« — er klopfte dreimal auf die Politur des Walnußkaffeetischchens — ». . . ich bestehe mein Examen.«

»Es ist sicherer«, sagte Michelle, »mit einem eingespielten Team zu arbeiten, als sie allein verhökern zu wollen. Obwohl sich niemand daran hält, besteht das Gesetz immer noch. Einzelgänger laufen eher Gefahr, gefaßt zu werden, solange sie kein Arrangement mit den Behörden getroffen haben. Wir haben das. Das ist auch der Grund, warum Sie sich ins eigene Fleisch schneiden, falls Sie uns bei der Kommunikations-Kontrollbehörde anzeigen wollen. Andere Leute haben das schon vor Ihnen versucht, und *sie* sind dabei hereingefallen.«

»Außerdem hat auch keiner von ihnen eine Dauerlizenz erhalten«, fügte Jason mit einem drohenden Augenzwinkern hinzu.

»Das war natürlich Zufall«, sagte Michelle. »Es waren schließlich nur zwei Fälle, und beide Herrschaften waren auch nicht besonders clever. Clevere Leute würden sich kaum so donquichottisch verhalten, oder?« Sie unterstrich ihre Frage mit einem Mona-Lisa-Lächeln. Barry konnte trotz aller Wut und Empörung nicht anders, er lächelte zurück. Jemand, der so ein Wort wie »donquichottisch« in eine normale Unterhaltung einbringen und es auch noch so natürlich wirken lassen konnte, war wohl kein allzu schlechter Mensch.

»Machen Sie sich keine Sorgen«, versprach er und zog seine Hand aus Jasons Griff. »Ich bin kein Don Quichotte.«

Aber wie er es sagte, war es nicht aufrichtig gemeint. Es war nicht fair, und er wußte das.

Barry hielt Wort und ging am nächsten Morgen direkt in die Center Street, um zum dritten Mal sein Examen zu machen. Der Computer verwies ihn an Dr. phil. Marvin Kolodny, Raum 183. Der Titel verwirrte Barry. Diesmal hätte er es mit diesem alten Spießer aufnehmen können, mit dem er es im August zu tun gehabt hatte. Aber mit einem Philosophen? Es kam ihm vor, als hätte er bei jedem Versuch höhere Hürden zu nehmen. Doch seine Sorgen verflüchtigten sich sofort, als er den Prüfungsraum betrat. Marvin Kolodny war ein ziemlich durchschnittlicher, vierundzwanzig Jahre junger Mann. Aber seine Durchschnittlichkeit war nicht vollkommen. Er machte den Eindruck, als hätte er mit ihr zu kämpfen. Aber die meisten Vierundzwanzigjährigen sind mit diesem Problem beschäftigt.

Es ist beim ersten Mal nie leicht, einem bestimmten Autoritätsträger gegenüberzutreten — einem Zahnarzt, einem Psychiater oder einem Polizisten —, der jünger ist als man selbst. Aber das führt nicht notwendigerweise zu einem Desaster, solange man der Autoritätsperson zu erkennen gibt, daß man ihr die nötige Ehrerbietung entgegenbringen wird. Und Barry beherrschte das ohne jede Mühe.

»Hallo«, sagte Barry ganz außerordentlich ehrerbietig. »Ich bin Barry Riordan.«

Marvin Kolodny begrüßte ihn mit einem jungenhaften Grinsen und reichte ihm die Hand. Am rechten Unterarm trug er eine Tätowierung: die amerikanische Flagge. Auf einem Schnörkel, der sich um den Fahnenmast wand, standen folgende Worte:

> Alle Macht
> dem Volke!
> für den Sturz
> der Regierung!
> Für die
> Volksgewalt!

Auf dem anderen Unterarm trug er eine geköpfte Rose und seinen Namen darunter: Dr. phil. Marvin Kolodny.

»Stehen Sie dazu?« fragte Barry, der sich über die Tätowierungen wunderte, als sie sich die Hände schüttelten. Es gelang ihm, diese Frage zu stellen, ohne dabei im geringsten die Autorität Marvin Kolodnys in Frage zu stellen.

»Wenn ich nicht dazu stehen würde«, sagte Marvin Kolodny, »glauben Sie, ich hätte es dann auf meinen Arm tätowieren lassen?«

»Sicher nicht. Es ist nur so . . . ungewöhnlich.«

»Ich bin eben ein ungewöhnlicher Mensch«, sagte Marvin Kolodny, lehnte sich auf seinem Drehstuhl zurück und nahm eine große Pfeife von dem Ständer auf seinem Schreibtisch.

Barry deutete mit einem Kopfnicken auf die Tätowierung. »Aber bringt Sie *diese* Einstellung nicht in Konflikt mit Ihrer Stelle hier? Gehören Sie nicht mit zum Apparat der Regierung?«

»Nur im Moment. Ich rechne damit, daß wir die Regierung schon *morgen* umstürzen. Eine erfolgreich durchgeführte Revolution ist nicht möglich, solange sich das Proletariat nicht seiner Unterdrückung bewußt wird. Und dem Proletariat wird nicht eher etwas bewußt werden, bevor es sich nicht wie seine Unterdrücker artikulieren kann. Sprache und Bewußtsein sind eben nicht unabhängig voneinander. Sprache ist artikuliertes Denken. Nicht mehr und nicht weniger.«

»Und was bin ich?«

»Wie soll ich das verstehen?«

»Bin ich ein Proletarier oder ein Unterdrücker?«

»Ich würde meinen, wie die meisten von uns in dieser Zeit gehören Sie irgendwie gleichzeitig zu beiden Gruppen. Sind Sie verheiratet, äh . . .« — er schaute in Barrys Mappe — ». . . Barry?«

Barry nickte.

»Da haben wir ja schon eine Form der Unterdrückung. Kinder?«

Barry schüttelte den Kopf.

»Leben Sie mit Ihrer Frau zusammen?«

»Momentan nicht. Aber auch, als wir zusammen waren, haben wir nicht viel miteinander geredet. Außer vielleicht so alltägliche Sachen wie ›Wann hört deine Sendung endlich auf?‹ Manche Leute wollen halt nicht so viel reden. Debra zum Beispiel war so. Deshalb . . .« — er konnte der Versuchung einfach nicht widerstehen, die Ursachen seiner früheren Mißerfolge zu erklären — ». . . habe ich bei meinen bisherigen Examen so jämmerlich versagt. Vorausgesetzt, ich habe beim letzten Mal wirklich einen niedrigen Durchschnitt erreicht. Doch das ist ja nicht sicher, weil die Ergebnisse versehentlich gelöscht worden sind. Aber wenn ich versagt habe, so nur aus dem Grund, weil ich keinerlei praktische Erfahrung habe. Die normalen, alltäglichen Gespräche wie zwischen den meisten Eheleuten haben in meinem Fall einfach nicht stattgefunden.«

Marvin Kolodny runzelte die Stirn — ein jungenhaftes, freundliches Stirnrunzeln. »Sind Sie sicher, Barry, daß Sie aufrichtig zu sich selbst sind? Nur wenige Leute sind wirklich bereit, sich zu unterhalten. Wir haben doch alle Steckenpferde. Wofür hat sich denn Ihre Frau interessiert? Hätten Sie sich nicht darüber unterhalten können?«

»Hauptsächlich für Religion. Aber sie hatte kein Interesse daran, darüber zu reden, solange man nicht ihrer Meinung war.«

»Haben Sie *versucht*, ihrer Meinung zu sein?«

»Nun, sehen Sie, Dr. Kolodny, woran sie wirklich *glaubt*, ist, daß das Ende der Welt unmittelbar bevorsteht. Im nächsten Februar. Deshalb ist sie jetzt auch nach Arizona gefahren und wartet darauf. Das ist jetzt schon das dritte Mal.«

»Diese Frau scheint wirklich nicht einfach zu sein, wenn man das hört.«

»Ich glaube, sie *will*, daß die Welt untergeht. Außerdem mag sie Arizona.«

»Haben Sie schon einmal an Scheidung gedacht?« fragte Marvin Kolodny.

»Nein, nie. Eigentlich lieben wir uns immer noch. Nach einiger Zeit gehen eine ganze Menge Ehepaare auseinander, ohne sich viel unterhalten zu haben, oder? Auch als Debra noch nicht religiös war, haben wir uns nicht sehr viel unterhalten. Um die Wahrheit zu sagen, Dr. Kolodny, ich war nie ein großer Redner. Ich glaube, das ist mir durch die Diskussionsübungen im Gymnasium ausgetrieben worden.«

»Das ist absolut normal. Ich habe diese Übungen auch gehaßt, obwohl ich zugeben muß, daß ich darin gut war. Wie steht es denn mit ihrem Beruf, Barry? Haben Sie denn da keine Möglichkeit, Ihre Ausdrucksweise zu bereichern und zu verfeinern?«

»Ich komme nicht direkt mit Menschen in Berührung. Nur mit Simulatoren, und deren Antworten tendieren immer zu Stereotypen.«

»Hhm, es gibt keinen Zweifel, Sie haben ein wirkliches Kommunikations-Problem. Aber dieses Problem können Sie lösen. Hören Sie zu, Barry: Offiziell darf ich das nicht sagen, aber ich gebe Ihnen einen Durchschnitt von 65 Prozentpunkten.« Er hielt die Hand hoch, um der Begeisterung zuvorzukommen. »Lassen Sie mich erklären, wie sich die Note zusammensetzt. In den meisten Kategorien sind Sie ziemlich gut — Eindruck, Eingehen auf andere, Differenzierung, Artikulation etc. Aber wo Sie versagen, sind Begriffsvermögen und Originalität. Da müssen Sie was dran tun.«

»Originalität war immer mein größtes Problem«, gab Barry zu. »Anscheinend kann ich einfach keine eigenen Ideen hervorbringen. Ich hatte zwar eine, gerade heute morgen, als ich auf dem Weg hierher war, und ich wollte versuchen, sie während meiner Prüfung einfließen zu lassen. Aber nie erschien sie mir passend. — Ist Ihnen schon einmal aufgefallen, daß man nie junge Tauben sieht? Alle Tauben, die man auf der Straße sieht, haben die gleiche Größe — ausgewachsen. Aber wo kommen sie her? Wo sind die kleinen Täubchen? Sind sie irgendwo versteckt?« Er hielt kurz inne und schämte sich für seine Idee. Jetzt, da er sie ausgesprochen hatte, erschien sie ihm erbärmlich und belanglos. Kaum besser als ein Witz, den er auswendig gelernt hatte, der genausogut dazu geeignet war, ihm den schlechtesten Noten-durchschnitt zu bescheren.

Marvin Kolodny erkannte sofort den Grund, warum Barry so plötzlich innegehalten hatte. Klar, es war sein Beruf, unausge-sprochene Hintergründe zu erkennen und genau zu analysieren. Er lächelte sympathisch und hilfsbereit.

»Ideen . . .«, sagte er langsam und bedächtig, so, als müsse je-des Wort vorher abgewogen werden, bevor man daraus Sätze bil-den konnte. ». . . sind keine . . . Dinge. Ideen — die wirklichen Ideen — sind das natürliche, ohne Anstrengung zu erreichende Resultat jeder lebendigen Beziehung. Ideen entstehen, wenn Menschen in kreativer Weise aufeinandertreffen.«

Barry nickte.

»Würde es Ihnen etwas ausmachen, wenn ich Ihnen einen ernstgemeinten Ratschlag gebe, Barry?«

»Nein, überhaupt nicht, Dr. Kolodny. Ich wäre Ihnen sogar sehr dankbar dafür.«

»Auf Ihrem Formblatt G47 haben Sie geschrieben, Sie verbrin-gen viel Zeit im Partyland und ähnlichen Kneipen. Ich nehme an, dort haben Sie auch Ihr erstes Gutachten bekommen; aber mei-nen Sie nicht, daß Sie dort nur Ihre Zeit verschwenden? Diese Kneipen sind doch nur Touristen-Fallen!«

»Das hab' ich auch schon bemerkt«, sagte Barry, dem dieser Vorwurf naheging.

»Da trifft man doch nur Zeitler und Typen, die darauf aus sind, dumme Zeitler auszunehmen. — Natürlich gibt es ein paar we-nige Ausnahmen.«

»Ich weiß, ich weiß. Aber ich weiß nicht, wo ich *sonst* hingehen soll.«

»Versuchen Sie es doch einmal hier.« Marvin Kolodny über-reichte Barry ein Kärtchen. Darauf stand:

STUFE FÜNF
Eine neue Erfahrung
zwischenmenschlicher Begegnung
5 Barrow Street
New York 10014
(Nur für Mitglieder)

»Das mach ich ganz bestimmt«, versprach Barry. »Aber wie werde ich Mitglied?«

»Sie brauchen nur zu sagen, Marvin hätte sie geschickt.«

Das war auch schon alles — er hatte sein Examen bestanden, mit einer Note, die nur wenige Punkte unter der Grenze zum entscheidenden Achter-Durchschnitt lag, und das war schließlich schon ein großer Erfolg. Aber irgendwie war es auch enttäuschend, denn jetzt hätte er es fast geschafft, nicht mehr auf die Jagd nach Gutachten gehen zu müssen. Aber andererseits hatte er jetzt wieder drei Monate Zeit dazu, und er hatte eine Empfehlung für den Stufe-Fünf-Club. Barry konnte wirklich optimistisch in die Zukunft sehen.

»Vielen Dank, Dr. Kolodny«, sagte Barry. Er stand zögernd in der Tür. »Wirklich ganz herzlichen Dank.«

»Das geht schon in Ordnung, Barry. Es ist mein Beruf.«

»Wissen Sie . . . Ich wünschte . . . Natürlich, ich weiß, es ist nicht erlaubt, Sie sind der Prüfer, und überhaupt . . . Aber ich wünschte, ich würde Sie privat kennenlernen. Ehrlich, Sie sind ein ganz bemerkenswerter Mensch.«

»Schönen Dank, Barry. Ich verstehe schon, wie es gemeint ist, und ich fühle mich geschmeichelt. Also, dann . . .« Er zog die Pfeife aus dem Mund und hob sie hoch, als wollte er salutieren. »Machen Sie es gut. Und fröhliche Weihnachten.«

Barry verließ den Raum in einer so ausgeglichenen und entspannten Stimmung, daß er erst fünf Häuserblocks von der Center Street entfernt bemerkte, daß er vergessen hatte, seine Lizenz an Schalter 28 verlängern zu lassen. Als er zum Bundes-Kommunikations-Gebäude zurückging, schienen seine Sinne all die alltäglichen Dinge auf den Straßen der Stadt mit übernatürlicher Klarheit und Deutlichkeit aufzunehmen: der Geruch von Sauerkraut aus einer Würstchenbude, der Schimmer der Nachmittagssonne, der sich mit dem Flimmern des Pflasters auf dem Trottoir vermischte, die unterschiedlichen Formen und Farben der Tauben — vielleicht waren es die Tauben, die ihn zu dieser sogenannten Idee am Morgen inspiriert hatten. Aber seine Beobachtung war richtig. Alle Tauben waren gleich groß.

Er befand sich noch einen Block südlich des Bundes-Kommunikations-Hauses, als er aufblickte und das unter dem Sims angebrachte Motto der Bundes-Kommunikations-Behörde bemerkte. Es lautete:

SINNVOLL EINGESETZTE FREIHEIT
IST DER WEG ZU DAUERHAFTEM
FORTSCHRITT

Das hörte sich so einfach und direkt an. Aber wenn man darüber nachdachte, erschien es doch wieder so komplex und schwerverständlich.

Die Barrow Street lag mitten in einem der verrufensten Viertel der Stadt. Barry hatte sich darauf vorbereitet (jedenfalls glaubte er das), daß er hier weit weniger Pomp und kultivierte Unterhaltung finden würde, als sie im »Partyland« so selbstverständlich waren. Aber in Wirklichkeit sah das »STUFE FÜNF« noch düsterer aus, als er sich das ausgemalt hatte: ein einziger höhlenartiger Kellerraum mit nackten Wänden, knackendem Linoleum auf einem Betonboden und Heizkörpern, die zischten und gluckerten, aber nicht viel Wärme abgaben. Das Mobiliar bestand aus häßlichen Metall-Klappstühlen — die meisten von ihnen lagen noch zusammengeklappt auf einem Stapel —, ein Erfrischungsstand, an dem Orangensaft und Kaffee zu erwerben waren, und jede Menge freistehende, randvolle Metallaschenbecher. Da Barry seine fünfundzwanzig Dollar Mitgliedsbeitrag schon bezahlt hatte, fühlte er sich auf den Arm genommen. Aber da der Beitrag nicht zurückerstattet wurde, beschloß er, diese Lokalität mit seiner Anwesenheit zu beglücken und eine Zeitlang mit Nichtstun zu verbringen.

So verbrachte er eine gute Stunde mit Nichtstun, allein und melancholisch, und war gezwungen, zu seiner Rechten ein Gespräch mitanzuhören über das dringende Bedürfnis von irgend jemandem, eine handlungsfreudige Persönlichkeit zu entwickeln. Zu seiner Linken diskutierte man über die moralische Rechtfertigung der amerikanischen Einmischung in Mexiko. Da wehte eine schwarze Frau mit einem weißen Nylon-Trikot und einer sehr guten, wadenlangen Nerz-Imitation herein. Sie schaute sich kurz unter den Anwesenden um und setzte sich dann — unglaublicherweise — neben Barry hin.

Im Bruchteil einer Sekunde wurde Barrys Hals trocken, und sein Gesicht verzog sich zu einem festgefrorenen, unehrlichen Lächeln. Er errötete, er bebte und er fiel — bildlich gesprochen — in tiefe Ohnmacht.

»Ich heiße Columbine Brown«, sagte sie so, als wenn das als Erklärung ausreichte.

Erwartete sie von ihm, daß er sie kannte? Sie besaß eine solche Ausstrahlungskraft wie jemand, den er kennen mußte, aber falls er sie im Fernsehen gesehen hatte, konnte er sich jetzt nicht mehr an sie erinnern. Irgendwie wirkte sie auch *zu* schön, um eine bedeutende Persönlichkeit zu sein; man erkennt solche nämlich an ihrer Nervosität, und das war für Barry eine Abweichung vom Ideal. Columbine Brown hatte eine besondere Klasse, die nicht nach Berühmtheit aussah, sondern mehr dem Styling eines Sportwagens (der Extraklasse natürlich) ähnelte.

»Ich heiße Barry Riordan«, würgte er ziemlich spät heraus.

»Lassen wir uns unsere Karten ansehen, was, Mr. Riordan? Ich besitze eine Dauerlizenz. Und Sie?«

»Meine ist limitiert.«

»Dann darf ich wohl annehmen, daß Sie nur hier sind, um ein Gutachten zu bekommen?«

Er protestierte. Sie brachte ihn mit einem einzigen wissenden und unbezwingbaren Blick zur Ruhe. — Er nickte.

»Unglücklicherweise habe ich meinen Etat schon aufgebraucht.« Sie hob einen vollendeten Finger. »Aber bald beginnt das neue Jahr. Sie sind doch nicht allzusehr in Eile?«

»Ach, ich habe Zeit bis März.«

»Ich kann nichts versprechen, verstehen Sie. Wenn es mit uns klappt. Wenn ja, dann ist es gut, dann bekommen Sie mein Gutachten. Ist das fair?«

»Es ist ein gutes Angebot.«

»Meinen Sie, Sie können mir trauen?« Sie senkte die Lider und bemühte sich, verrucht und wie eine Verführerin auszusehen. Aber ihre Schönheit machte das Vorhaben zunichte.

»Überall«, antwortete Barry, »und unbedingt.«

»Gut.« Wie von selbst rutschte der Mantel von ihren makellosen Schultern auf die Lehne des Klappstuhls. Sie wandte den Kopf zur Seite und sprach zu der alten Frau hinter dem Erfrischungsstand. »Evelyn, wie wär's mit einem Orangensaft?« Sie sah Barry an. Er nickte. »Nein, lieber zwei.«

Plötzlich, als habe sie nur darauf gewartet, daß die Verhandlungen abgeschlossen waren, rannen Tränen aus ihren Augen. Ihre wunderbare Alt-Stimme färbte sich mit einem Vibrato aus tiefer, innerer Erregung, als sie sagte: »Oh, lieber Gott, was tue ich? Ich weiß nicht mehr weiter! Ich fühle mich so . . . so gottverdammt elend! Ich wünschte, ich wäre tot! Ach nein, das ist ja gar nicht wahr. Ich bin völlig durcheinander, Larry. Aber das eine weiß ich, ich bin eine *zornige* Frau, und ich werde jetzt zurückschlagen.«

Es wäre schlechter Stil gewesen, diese Offenbarung jetzt durch die Bemerkung zu unterbrechen, daß sein Name nicht Larry sei. Was machte in diesem Moment ein Buchstabe aus?

»Waren Sie schon einmal bei der Miß-Amerika-Wahl in der 42. Straße?« fragte sie ihn, während sie sich die Augen trocknete.

»Nein, eigentlich nicht. Ich wollte immer mal hin, aber Sie wissen ja, wie das ist. Es ist genau so wie mit der Freiheitsstatue. Sie ist immer da, also geht man nie hin.«

»Ich bin Miß Georgia.«

»Ist nicht wahr!«

»Ich bin in sechs Nächten in der Woche in den letzten vier Jahren Miß Georgia gewesen und jeden Sonntag und Dienstag in der Matinee. Können Sie sich vorstellen, daß das Publikum in all dieser Zeit *mich* nie zur Miß Amerika gekürt hat? *Nie?*«

»*Ich* würde bestimmt für Sie stimmen.«

»Noch nicht *einmal*«, fuhr sie grimmig fort, und ignorierte seine Unterstützung. »Jedesmal ist es Miß Massachusetts oder Miß Ohio, die nicht mehr kann, als auf einer gottverdammten Maultrommel zu spielen — verzeihen Sie mir den Ausdruck? Oder Miß Oregon, die noch immer nicht die richtigen Schritte bei »Lovely to look at« beherrscht, und das tanzte sie schon, als *ich* noch zur Schule ging. In der ganzen gottverdammten Truppe gibt es keine, die nicht schon einmal Miß Amerika geworden ist. — Außer mir.«

»Das tut mir leid.«

»Ich singe sehr gut. Ich kann steppen wie ein Feuerwerk. Meine Liebesarien brechen einem das Herz. Und ganz objektiv kann ich von mir behaupten, daß ich die tollsten Beine habe, bis vielleicht auf Miß Wyoming.«

»Und trotzdem sind Sie nie Miß Amerika geworden?« fragte Barry teilnahmsvoll.

»Können Sie sich vorstellen, wie es *hier* drinnen aussieht?« Sie preßte ein Stück weißen Nylons in ihrer Herzgegend zusammen.

»Ich weiß es ehrlich nicht, Miß . . .« — er hatte ihren Nachnamen vergessen — ». . . Georgia.«

»Im ›Stufe Fünf‹ bin ich nur einfach Columbine, Süßer. Genau so wie du nur einfach Larry. Und nichts zu wissen, ist keine besonders gute Antwort. Ich echauffiere mich hier vor dir, und alles was von dir kommt, ist ›Keine Meinung‹. Das kaufe ich dir nicht ab.«

»Nun, um ganz ehrlich zu sein, Columbine, ich kann mir kaum vorstellen, daß du dich nicht super fühlst. Miß Georgia zu sein und viel Talent zu haben — ist denn das nicht *genug*? Ich hätte mir eigentlich gedacht, daß du sehr glücklich bist.«

Columbine biß sich auf die Lippen, zog die Brauen zusammen

und deutete damit an, daß sie einen Entschluß gefaßt hatte: »Lieber Gott, Larry — du hast recht! Ich habe mir selbst etwas vorgemacht. Die Miß-Wahl ist nicht mein wirkliches Problem — ich gebrauche sie nur als Entschuldigung. Mein eigentliches Problem ist . . .« — Ihre Stimme senkte sich, und ihre Augen wichen den seinen aus — ». . . ist zeitlos und nur zu gut bekannt. Ich liebe den falschen Mann. Und jetzt ist es zu spät. Möchtest du eine lange Geschichte hören, Larry? Eine lange und sehr traurige Geschichte?«

»Sicher. Deswegen sitze ich ja hier, oder?«

Sie lachte ihn bedeutungsvoll und ohne Falschheit an und drückte kurz und vertrauensvoll Barrys Hand. »Weißt du, Larry — du bist ein ganz patenter Kerl.«

Zum Orangensaft erzählte Columbine eine lange und sehr traurige Geschichte. Sie erzählte von ihrem Ehemann, der auswärts, als Rechtsanwalt bei Dupont in Wilmington/Delaware, beschäftigt, aber eifersüchtig war und Besitzansprüche stellte. Die Probleme ihrer Ehe waren sehr komplex, das Bedeutendste war aber wohl, daß sie sich nur so selten sahen. Sein Beruf band ihn an Wilmington, der ihre sie an New York. Dazu kam, daß er ein ganz anderes Interesse an Gesprächen hatte als sie. Er sprach am liebsten mit anderen Männern über Geld, Sport und Politik, seine eigentlichen Gefühle aber zeigte er nie. Sie dagegen war nach innen zugekehrt, zurückhaltend und emotional.

»Eine Zeitlang konnte das gutgehen«, erinnerte sie sich, »aber dann wurde der innere Druck so stark, daß ich aus dem Haus lief, nur um mit jemandem zu reden. Das ist doch ein fundamentales menschliches Bedürfnis. Vielleicht sogar *das* fundamentale Bedürfnis überhaupt. Ich hatte keine Wahl.«

»Und das hat er vermutlich herausbekommen, was?« sagte Barry.

Sie nickte. »Er tobte wie ein Irrer. Es war schrecklich. So kann man doch nicht leben.«

Barry erkannte, daß ihre Probleme den seinen auf vielfältige Art doch sehr ähnlich waren. Zumindest waren sie das insoweit, als sie beide eine geistige Beziehung suchten, die unabhängig von ihrer Ehe war. Aber als er versuchte, ihr diese Erkenntnis darzustellen und einige interessante Parallelen zwischen seinen Erfahrungen und den ihren fand, wurde Columbine ungeduldig. Sie erklärte ihm zwar nicht direkt, er sei vertragsbrüchig geworden, aber das war unzweifelhaft das, was hinter ihrer offenkundigen Unaufmerksamkeit stand. Er gedachte ihrer Bedürfnisse, unterdrückte den Impuls, noch mehr von sich zu erzählen, lehnte sich zurück und gab sein Bestes, den Eindruck eines guten Zuhörers zu machen. Und sonst nichts.

Als Columbine endlich die ganze Skala ihrer Empfindungen vor ihm ausgebreitet hatte — Furcht, Ärger, Freude, Schmerz und ein ständiges, irrationales Gefühl des Grauens —, dankte sie ihm. Sie gab ihm ihre Adresse und Telefonnummer und sagte ihm, er solle sich im Januar mit ihr wegen des Gutachtens in Verbindung setzen.

Jubel! dachte er. Spitze! Hallelujah!

Doch noch nicht ganz, er mußte noch ein weiteres Gutachten bekommen. Aber das Ziel war in greifbare Nähe gerückt, ja schien unvermeidlich. Es galt jetzt nur noch, sich ein weiteres Mal zusammenzureißen, um den Preis für seine Mühen entgegennehmen zu können.

Die Glücksgöttin war Barry so hold, daß er sein drittes Gutachten (streng genommen ja erst das zweite) schon am nächsten Abend bekam. Die schicksalshafte Begegnung fand in »Morone's One-Stop Shopping« statt, einem Tante-Emma-Laden auf der Sixth Avenue direkt neben dem »Internationalen Supermarkt«. Obwohl bei Morone's die meisten Artikel teurer waren, zog Barry es vor, dort einzukaufen; denn das Angebot hier (Aufschnitt, Konserven, Bier und Nabisco-Plätzchen) war so begrenzt, daß er sich an der Kasse niemals eingeschüchtert fühlen oder sich schämen mußte. Er haßte es, zu kochen, aber war das ein Grund, sich minderwertig zu fühlen? Morone's war für Leute wie Barry zum Einkauf wie geschaffen. Und Barrys gab es viele.

An diesem Abend schwankte Barry zwischen zwei Fertiggerichten, Frühstücksfleisch mit Chef-Boy-ar-dee-Ravioli und Frühstücksfleisch mit Green-Giant-Kornschrot. Die Frau, die vor der Tiefkühltruhe stand, begann plötzlich zu sich selbst zu reden. Die Morones sahen sich erschreckt an. Keiner von ihnen hatte eine Sprechlizenz. Das war ein weiterer Anziehungspunkt dieses Geschäfts, da man mit ihnen nicht mehr Worte zu wechseln brauchte als solche zulässigen Basissätze wie »Wie geht es Ihnen?«, »Machen Sie es gut!« und Preisangaben.

Was die Frau sagte, deutete darauf hin, daß sie gerade im Moment verrückt geworden war. »Der Schmerz«, erklärte sie ruhig der Eiskrem-Sektion in der Kühltruhe, »kommt nur, wenn ich so mache.« Sie beugte sich noch mehr über das Eiskremsortiment und zuckte zusammen. »Dann ist es die reine Hölle. Ich will mir das Bein abschneiden, mich am Gehirn operieren lassen, alles, nur damit der Schmerz aufhört. Aber ich weiß, daß der Schmerz nicht vom Bein kommt. Es ist der Rücken. Hier.« Sie berührte ihr Kreuz. »Eine Art Hexenschuß. Noch schlimmer als beim Vorbeugen ist es, wenn ich mich zur Seite drehe. Sogar wenn ich den Kopf bewege, kann es anfangen. Manchmal, wenn ich alleine bin, fange ich bei dem Gedanken an zu weinen, daß ich so verdammt hilflos bin.« Sie seufzte. »Nun, das kann jeden treffen, und ich glaube, es könnte schlimmer sein. Es bringt nichts, nur zu jammern. Das Leben geht weiter, sagt man.«

Nachdem sie sich diese fatalistische Erkenntnis zu eigen gemacht hatte, drehte sie sich um und blickte in die Runde, um die Wirkung ihres Ausbruchs bei den Morones und bei Barry zu sehen. Aber während die Kaufleute angestrengt wegsahen, konnte Barry der Versuchung nicht widerstehen, den Blick zu erwidern. Der Ausdruck ihrer Augen widersprach deutlich dem Monolog, den sie gerade losgelassen hatte. Es waren durchbohrende (und ganz und gar nicht verwundbare) stahlgraue Augen, die herausfordernd aus einem Gesicht blickten, das kraftlos und voller Runzeln war. Ohne die offen dazu im Widerspruch stehenden Augen hätte das Gesicht hoffnungslos und verbraucht ausgesehen. Mit ihnen wirkte sie wie ein antiker Centurio in einem Film über das römische Imperium.

Sie verzog das Gesicht zu einer Grimasse. »Kein Grund zur Aufregung. Es war kein Notfall. Ich habe eine Lizenz.«

Barry bot sein harmlosestes Lächeln an: »Das habe ich wirklich nicht für das Problem gehalten.«

Sie lächelte nicht zurück. »Was denn?«

»Nun, Sie taten mir leid.«

Ihre Reaktion darauf war ein beängstigendes Lachen.

Er fühlte sich betrogen und beschissen, griff sich die nächstbeste Gemüsekonserve (sie enthielt Runkelrüben, wie er später feststellte, und er haßte Runkelrüben) und reichte sie zusammen mit der Dose Frühstücksfleisch Mr. Morone.

»Wär's das?« fragte Mr. Morone.

»Noch ein Sechserpack Schlitz«, sagte Barry von oben herab.

Als er den Laden mit der Mahlzeit und dem Bier in einer Plastiktüte verließ, wartete die Frau schon draußen auf ihn. »Ich habe Sie nicht ausgelacht, junger Mann«, erklärte sie ihm in demselben leidenschaftslosen, betrübten Tonfall, den sie auch schon gegenüber der Kühltruhe benutzt hatte. »Ich habe über mich selbst gelacht. Unverkennbar suchte ich *wirklich* Mitleid. Und jetzt, wo ich welches bekommen habe, sollte ich nicht überrascht sein, oder? Ich heiße Madeline. Meine Freunde nennen mich nur Mad. Jetzt dürfen Sie lachen.«

»Ich heiße Barry«, sagte er. »Trinken Sie Bier?«

»Oh, ich bin nicht betrunken. Ich habe schon vor langer Zeit herausgefunden, daß man nicht unbedingt Alkohol trinken muß, um das Vergnügen zu haben, sich daneben zu benehmen.«

»Ich meine, ob Sie Lust haben, jetzt etwas zu trinken, mit mir? Ich habe ein Sechserpack.«

»Klar. ›Barry‹ haben Sie gesagt? Sie sind so direkt, daß es fast schon abwegig ist. Ha! Lassen Sie uns zu mir gehen. Es ist nur ein paar Blocks von hier entfernt. Sie sehen, ich kann auch direkt sein.«

Es stellte sich heraus, daß ihre Wohnung nur vier Straßen von seiner entfernt war. Und sie sah keineswegs so aus, wie er es erwartet hatte. Weder die verkommene Ruine, überladen mit Erinnerungsstücken, noch das großkotzige, gezierte Absteigequartier von jemandem, der einmal ein Jemand gewesen war. Es war ein schlichtes anderthalb-Zimmer-Apartment — von der Art, in der jeder wohnen konnte, so wie es die meisten auch taten — mit Topfpflanzen, um das verfügbare Sonnenlicht zu betonen, und Bildern an der Wand, die verschiedene verblichene Luxusartikel darstellten, mit der üblichen Anordnung der Möbel — er fühlte sich fast bemüßigt, etwas umzuräumen — und einigen weiteren unpersönlichen Sachen, die verkündeten, daß hier jemand sein Leben weiterlebte, angeordnet in geregelter Unordnung zwischen diesen behutsam gruppierten indifferenten Gegenständen.

Barry öffnete zwei Bierdosen, und Madeline entfernte einen Haufen Bücher und Papiere vom Tisch und legte sie auf ein Bett mit vielen Kissen. Sie ließen sich am Tisch nieder.

»Wissen Sie, was das ist?« fragte er. »Ich meine die Krankheit, die Sie haben.«

»Ischias. Das ist mehr eine Unpäßlichkeit als eine Krankheit. Wir wollen nicht mehr darüber reden, ja?«

»Gut, aber *Sie* werden sich dann ein Thema ausdenken müssen, worüber wir reden können. Ich habe kein Talent darin, Gesprächsthemen zu finden.«

»Wieso denn das?«

»Keine Phantasie. Wenn andere Leute Ideen haben, kann ich da natürlich drauf einsteigen. Aber ganz auf sich selbst gestellt ist mein Verstand leer. Ich beneide Leute wie Sie, die aus dem Blauen heraus ein Gespräch beginnen können.«

»Hm«, sagte Madeline nicht unfreundlich. »Das stimmt nicht ganz so, wie Sie es darstellen. Es ist nur eine Umschreibung dessen, was ich beruflich tue.«

»Wirklich? Was machen Sie denn?«

»Ich dichte.«

»Ist nicht wahr! Man kann vom Dichten leben?«

»Ich kann nicht klagen.«

Barry wollte das nicht glauben. Weder die Frau selbst noch das Apartment korrespondierten mit der gängigen Vorstellung von Dichtern und dem notwendigerweise dürftigen Leben, das sie zu führen gezwungen waren. »Haben Sie schon was veröffentlicht?« fragte er listig.

»Zweiundzwanzig Bücher. Sogar noch mehr, wenn Sie die Sonderdrucke, Broschüren und so etwas dazurechnen.« Sie ging zum Bett hinüber, wühlte zwischen den Papieren und kehrte mit einem dünnen, schlecht geleimten Paperback zurück. »Das ist das jüngste.« Auf dem Deckel stand in geschmackvollem, puderartigem Blau auf dunklem, cremefarbigem Grund:

MADELINE IST WIEDER VERRÜCKT
Neue Gedichte von Madeline Swain

Auf der Rückseite war ein Bild von ihr. Sie saß hier, in diesem Zimmer, hatte das gleiche Kleid an und trank (es war ihm fast nicht geheuer) eine Dose Bier (obwohl nicht von derselben Marke).

Barry wendete das Buch in den Händen hin und her, studierte das Cover und dann wieder das Photo, aber es kam ihm genausowenig in den Sinn, einen Blick hineinzuwerfen wie Madelines Kleid hochzuziehen und nach ihrer Unterwäsche zu spähen.

»Wovon handelt es?« fragte er.

»Davon, woran ich dachte, während ich die Gedichte niederschrieb.«

Das war zwar sicher richtig, beantwortete aber nicht seine Frage. »Wann schreiben Sie sie?«

»Für gewöhnlich immer dann, wenn mich jemand darum bittet.«

»Könnten Sie in diesem Augenblick ein Gedicht schreiben? Über das, was gerade in Ihren Gedanken vor sich geht?«

»Sicher, ohne Schwierigkeit.« Sie ging zum Schreibtisch in der Ecke des Zimmers und schrieb rasch das folgende Gedicht nieder. Sie gab es Barry:

Reflex
Manchmal suggeriert die Wiederholung dessen,
was wir gerade gesagt haben,
eine neue Bedeutung,
von der wir anfangs nicht wußten,
daß sie vorhanden war.
Wir glauben, daß wir unsere eigenen Worte verstehen,
dann müssen wir erkennen, daß dem nicht so ist,
denn was sie wirklich bedeuten
dämmert uns erst beim zweiten Mal.

»Ist es das, woran Sie gerade gedacht haben?« fragte er skeptisch.
»Sind Sie enttäuscht?«
»Ich dachte, Sie würden etwas über mich schreiben.«
»Hätten Sie gern, daß ich das tue?«
»Es ist wohl zu spät jetzt.«
»Nein, keineswegs.«
Sie kehrte zum Schreibtisch zurück und kam schon nach kurzer Zeit mit einem zweiten Gedicht wieder.

Aubade
Es schmerzt mich zu hören,
daß du gehen mußt.
Ach, du mußt nicht?
Dann schmerzt mich dies.

»Was bedeutet der Titel?« fragte Barry mißtrauisch und hoffte, die Antwort würde den unfreundlichen Gehalt des Vierzeilers modifizieren.
»Eine Aubade ist eine traditionelle Versform, die ein Liebender oder eine Liebende seiner (oder ihrem) Liebsten im Morgengrauen widmet, wenn dieser oder diese zur Arbeit muß.«
Barry suchte nach einem Kompliment, das nicht völlig unaufrichtig war. Schließlich entschloß er sich zu einem »Gewaltig«.
»Ach, ich fürchte, daß es nicht allzu viel taugt. Meistens bin ich besser. Es liegt wohl daran, daß ich mich Ihnen noch nicht genug anvertrauen kann. Obwohl Sie ganz nett sind; aber das ist eine andere Sache.«
»Jetzt bin ich auf einmal nett! Ich dachte schon . . .« — er hielt das Gedicht an einer Ecke und winkte damit —, »Sie wollten mir einen Wink mit dem Zaunpfahl geben, daß ich gehen soll.«

»Unsinn. Sie haben ja noch nicht einmal Ihr Bier ausgetrunken. Sie dürfen nicht alles für bare Münze nehmen, was ich schreibe. Dichter können nicht für alles verantwortlich gemacht werden, was sie in ihren Werken schreiben. Gezwungenermaßen sind wir allesamt Verräter, wußten Sie das?«

Barry sagte nichts, aber der Ausdruck auf seinem Gesicht wies deutlich auf seine Mißbilligung hin.

»Nun stellen Sie sich doch nicht so an. Verrat ist ein unverzichtbarer Bestandteil dieses Gewerbes, genauso wie die Art des Umgangs mit Mülltonnen den Müllmann verrät. Manche Dichter machen viel Wind darum, ihren Verrat zu verschleiern. Meine Vorstellung geht dahin, dagegen nicht anzukämpfen, sondern gleich jeden von Anfang an zu verraten.«

»Haben Sie eigentlich viel Freunde?« fragte er mitleidig.

»Im Grunde genommen keinen. Glauben Sie, ich würde herumlaufen und in Tante-Emma-Läden Selbstgespräche führen, wenn ich Freunde hätte?«

Verblüfft schüttelte er den Kopf. »Ich sage Ihnen was, Madeline, das ergibt alles für mich keinen Sinn. Sie brauchten doch nur zu den anderen Dichtern nett zu sein, dann wären sie auch nett zu Ihnen. Das ist doch das ganz simple Prinzip des ›Wie du mir, so ich dir‹.«

»Oh, natürlich. Unbedeutendere Poeten machen das so. Die schwärmen *nur*. Ich will lieber bedeutend sein und allein, vielen herzlichen Dank.«

»Das hört sich aber sehr arrogant an.«

»Das ist es auch. Ich bin arrogant. *C'est la vie.*« Sie nahm einen tiefen Zug aus der Schlitz-Dose, der in ihrem Hals gluckste, und setzte wieder ab. Die Dose war leer. »Was ich an Ihnen mag, Barry, ist die Tatsache, daß Sie es fertigbringen, das zu sagen, was Sie denken, ohne verletzend zu werden. Warum?«

»Warum ich sage, was ich denke? So ist es am einfachsten.«

»Nein, warum sind Sie mir gegenüber so entgegenkommend, obwohl ich so unausstehlich bin? Suchen Sie nach einem Gutachten?«

Er errötete. »Ist das so augenfällig?«

»Nun, da Sie weder ein Tölpel sind noch mich vergewaltigen wollen, bleibt nur noch dieser Grund übrig, warum Sie einer verdrehten alten Frau nach ihrem letzten Nervenzusammenbruch in ihr Haus folgen. Wir machen ein Geschäft, ja?«

»Was für ein Geschäft?«

»Sie bleiben hier und geben mir dadurch den Anstoß für weitere Gedichte. Es kribbelt mir zwar schon in den Fingern, aber ich brauche noch eine Muse, die mich küßt. Wenn ich von Ihnen zwanzig gute Ideen für Gedichte bekomme, gebe ich Ihnen Ihr Gutachten.«

Barry schüttelte den Kopf. »Zwanzig verschiedene Ideen? Unmöglich!«

»Betrachten Sie es doch weniger als Ideen, sehen Sie es mehr als Fragen an.«

»Zehn«, beharrte er. »Zehn sind schon eine ganze Menge.«

»Fünfzehn«, konterte sie.

»Gut, aber mit den zweien, die Sie eben bereits geschrieben haben.«

»Einverstanden.«

Sie setzte sich hin und wartete auf Barrys Eingebungen. »Nun?« erkundigte sie sich nach längerem Schweigen.

»Ich versuche nachzudenken.«

Er versuchte es damit, darüber nachzudenken, wie die meisten Gedichte beschaffen waren. Liebe schien das gängigste Thema zu sein, doch er konnte es sich bei Madeline nicht vorstellen, daß sie bei ihrem Alter und ihrem Temperament in jemand verliebt sein könnte. Aber das war schließlich ihr Problem. Er mußte das Gedicht nicht schreiben, er brauchte nur das Thema vorzuschlagen.

»Also dann«, sagte er. »Schreiben Sie ein Gedicht darüber, wie sehr Sie mich lieben.«

Sie sah ihn entgeistert an. »Nehmen Sie sich bloß nicht zu wichtig, junger Mann. Ich mag Sie in mein Apartment gelockt haben, aber ich *liebe* Sie deswegen doch nicht.«

»Versuchen Sie, es sich vorzustellen. Und machen Sie es nicht so knapp wie das letzte. Machen Sie es traurig und feinfühlig, und schreiben Sie es in Reimform.«

So, dachte er, das wird sie lange genug beschäftigen, damit ich über das nächste Thema nachdenken kann. Barry öffnete eine zweite Dose Bier und trank nachdenklich. Schreiben Dichter eigentlich Gedichte über das Biertrinken? Oder war das zu billig? Besser war es, sie ein Gedicht über ihre Lieblings-Biersorte schreiben zu lassen, in Form einer Annonce.

Als Madeline ihr Sonett über ihre Liebe zu ihm fertig hatte, hatte er alle weiteren zwölf Themen fertig:

1. Ein Gedicht über ihr Lieblingsbier, geschrieben in Form einer Annonce.

2. Ein Gedicht in Form einer Weihnachts-Einkaufsliste.

3. Ein Gedicht, das mehrere wichtige und langfristige ökonomische Vorhersagen enthalten sollte.

4. Ein Gedicht über ein Kaninchen (ein Porzellankaninchen stand auf einem Regal), das einem Baby vorgesungen werden konnte.

5. Einen kurzen Vers auf den Präsidenten, den sie am wenigsten mochte, sei er schon tot oder noch am Leben, der auf seinen Grabstein gemeißelt werden konnte.

6. Ein Gedicht, in dem sie sich bei der Person entschuldigte, die sie soeben beleidigt hatte.

7. Ein Gedicht für eine Genesungs-Wunsch-Karte für jemanden, der an Ischias litt.

8. Eine poetische Analyse ihrer Meinung über Runkelrüben.

9. Ein Gedicht, das sich um ihr bestgehütetes Geheimnis bewegen sollte. Es sollte damit enden, daß sie ihr Geheimnis für sich behalten wolle.

10. Ein Gedicht als Augenzeugenbericht einer schrecklichen Katastrophe, die sich in Arizona im Februar abspielen sollte.

11. Ein Gedicht, das schwere Bestrafung für den Fall als gerechtfertigt darstellen sollte, daß jemand von seinem Liebling verlassen worden war. (In der ausgeweiteten und endgültigen Form wurde dieses Gedicht zum längsten in Madelines nächster Gedichtsammlung und trug den Titel »Die Ballade von Lucius McGonaghal Sloe«. Es begann so:

> Vier Tage sind es jetzt her, da war ich verstört,
> durch ein Mädchen, von dem ihr alle gehört.
> Es ward' ihr zu bunt,
> und das ist der Grund,
> das sie jetzt Lucius McGonaghal Sloe betört.

und auf ähnliche Weise geht das Gedicht noch einhundertsechsunddreißig Strophen so weiter).

12. Eine positive, detaillierte Darstellung ihres eigenen Gesichts, niedergeschrieben als Gedicht.

Klugerweise gab er ihr diese Vorschläge nicht alle auf einmal, sondern er wartete immer solange ab, bis sie das vorhergehende durchgelesen hatte, bevor er ihr erklärte, worum es beim folgenden ging. Madeline machte keine weiteren Bemerkungen, bis sie zur Nummer 8 kam. Sie betonte, daß sie überhaupt keine Gefühle hinsichtlich Runkelrüben hätte. Er weigerte sich, ihr zu glauben. Er wollte diesen Punkt überprüfen und bereitete auf dem Herd die Fertigmahlzeit aus Frühstücksfleisch und Runkelrüben aus der Dose zu (es war schon spät geworden, und sie hatten beide großen Hunger). Noch bevor Madeline drei Löffel davon gegessen hatte, begann das Gedicht in ihr zu reifen. Und als sie das Gedicht in seine endgültige Form gebracht hatte — fünf Jahre später —, war es bei weitem das beste von allen.

Mehrere Tage lang sprach Barry mit keinem Menschen. Er hatte kein Bedürfnis, über irgend etwas mit irgend jemandem zu kommunizieren. Seine drei Gutachten hatte er beisammen — eines immerhin von einer Dichterin, die schon zweiundzwanzig Bücher veröffentlicht hatte — und Barry war sicher, daß er nur hinauszugehen brauchte und drei weitere Gutachten pro Tag bekommen könnte, wenn es nötig wäre. Die Jagd war vorbei.

An Heiligabend fühlte Barry sich traurig und sentimental. Er kramte die alten Video-Kassetten heraus, die er und Debra in ihren Flitterwochen gedreht hatten. Er ließ sie über das TV laufen, eine nach der anderen, die ganze Nacht, wurde von Film zu Film trauriger und wünschte sich, daß sie da wäre.

Dann, im Februar, als die Welt sich wieder einmal geweigert hatte, unterzugehen, kam sie wieder nach Hause. Einige Tage lang war es so schön wie auf den Kassetten. Wie durch ein Wunder sprachen sie sogar miteinander. Er erzählte ihr von seinen verschiedenen Begegnungen auf seiner Jagd nach Gutachten, und sie erzählte ihm vom Grand Canyon, der den Spitzenplatz ihrer mythischen Visionen vom Weltuntergang eingenommen hatte. Sie liebte den Grand Canyon mit absoluter Hingabe und verlangte von Barry, seinen Job aufzugeben und mit ihr dorthin zu ziehen. Unmöglich, erklärte er. Er arbeite schon acht Jahre in der Citybank, und ihm stünden schon beträchtliche Vergünstigungen zu. Er beschuldigte sie, nur die halbe Wahrheit über den Grand Canyon gesagt zu haben. Gebe es außer dem Grand Canyon vielleicht noch einen anderen Grund für sie, ihn nach Arizona zu schleppen? Sie bestand darauf, daß es wirklich nur der Grand Canyon sei, daß sie vom ersten Moment an, da sie ihn gesehen hatte, alles über das Armaggedon, die Zahl der apokalyptischen Reiter und alles, was sonst noch mit der Apokalypse zusammenhing, vergessen hatte. Sie könne es nicht genau erklären, er müsse es schon mit eigenen Augen sehen. Als er endlich einwilligte, während seines nächsten Urlaubs zum Grand Canyon zu fahren, hatten sie sich drei Stunden lang ununterbrochen unterhalten.

In der Zwischenzeit hatte Columbine Brown ihn hingehalten, mit diversen Entschuldigungen und Ausweichmanövern. Die Telefonnummer, die sie ihm gegeben hatte, verband ihn ständig nur mit ihrem Anrufbeantworter, und die Adresse war ein Apartmenthaus, mit Wachhunden in der Halle und einem Pförtner, der weder sprach noch zuhörte. So war Barry gezwungen, draußen auf dem Bürgersteig zu warten. Aber das war fast unmöglich, wenn man den kalten Wind in Betracht zog, der sich beharrlich durch den ganzen Januar hielt. Er hinterließ Nachrichten im Apollo-Theater, wo die Miß-Wahlen stattfanden, schlug dreimal einen Termin vor, sich im »Stufe Fünf« zu treffen. Aber sie ließ sich nie sehen. Mitte Februar wurde er unruhig. Eines frühen Morgens trotzte er dem Wetter, postierte sich draußen vor dem Haus, in dem sie wohnte, hin und wartete (fünf elende Stunden lang), bis sie herauskam. Sie entschuldigte sich über die Maßen, erklärte, daß sie sein Gutachten *habe*, gar kein Problem sei dabei, er solle sich keine Sorgen machen, aber sie hätte eine Verabredung, die sie nicht versäumen wolle, eigentlich sei sie schon viel zu spät dran, und wenn er vielleicht am Abend wiederkommen wolle, oder noch besser (sie müsse noch jemanden nach der Vorstellung treffen und wisse nicht, wann sie zu Hause sein würde), er käme morgen um die gleiche Zeit. Zuvorkommenderweise stellte sie Barry dem Pförtner vor, so daß er nicht draußen in der Kälte warten müsse.

Am nächsten Tag zur gleichen Zeit erschien Columbine wieder nicht, und Barry befürchtete, daß sie ihn absichtlich mied. Er entschloß sich, ihr eine letzte Chance zu geben. Er hinterließ beim Pförtner die Nachricht, daß er am nächsten Abend um Null-Uhr-dreißig käme, um sein sie-wisse-schon-was abzuholen. Falls sie verhindert sei, könne sie es auch in einem Briefkuvert beim Pförtner hinterlegen.

Als Barry am folgenden Abend ankam, führte der Pförtner ihn über den Teppichboden des Korridors, schloß den Fahrstuhl auf (die Hunde grollten, nichts Gutes verheißend, bis der Pförtner auf deutsch »Aus!« zu ihnen sagte) und wies Barry an, bei 8-C zu läuten.

Es war nicht Columbine, die öffnete, sondern Lida Mullens, ihre Vertretung. Lida eröffnete Barry, daß Columbine zu ihrem Gatten nach Wilmington/Delaware gereist sei, und sie wisse nicht, wann Columbine, wenn überhaupt, wieder auf ihre Stellung als Miß Georgia zurückkehren würde. Sie hatte das versprochene Gutachten nicht zurückgelassen, und Lida bezweifelte stark, daß sie überhaupt noch eins übrig hätte. Sie hatte etwas läuten hören, daß Columbine alle drei noch am gleichen Tag, als sie sie mit der Post bekommen hatte, an einen Einführungsdienst verkauft habe. Mit dem Mut der Verzweiflung fragte Barry Lida Mullens, ob es *ihr* möglich sei, ihm ein Gutachten zu geben. Er versprach, ihr ein neues dafür zu geben, sobald er seine eigene Lizenz erhalten hätte. Lida erklärte ihm ganz offen, daß sie keine Lizenz habe. Ihre ganze Unterhaltung war illegal gewesen.

Das Gefühl der Schuld, das plötzlich seine Gedanken beherrschte und alle anderen Gedanken verdrängte, war furchtbar. Er wußte, daß dieses Gefühl unsinnig war, aber er konnte nicht dagegen an. Die Vorstellung, daß man eine Lizenz benötigte, um sich mit jemandem unterhalten zu können, war so unmöglich wie die Idee, man brauche eine Lizenz, um mit jemandem zu schlafen. Richtig? Richtig! Aber unmöglich oder nicht, Gesetz war Gesetz, und wenn man es brach, war man schuldig, das Gesetz gebrochen zu haben.

Das Angenehme am Schuldgefühl ist, daß man es so leicht verdrängen kann. Innerhalb eines Tages hatte Barry alle Erinnerungen an sein kriminelles Verhalten in der vergangenen Nacht in die Tiefen des Unterbewußtseins abgedrängt. Er ging wieder ins »Stufe Fünf«, wo er darauf wartete, mit irgend jemandem ein Gespräch zu beginnen. Die einzige Person, die überhaupt nur in seine Nähe kam, war Evelyn, die Frau, die den Erfrischungsstand bediente. Er ging in andere Kneipen, aber das Ergebnis war immer gleich. Die Leute mieden ihn. Ihre Augen wandten sich von ihm ab. Seine Ausstrahlung wurde bald so abstoßend, daß er nur ein Lokal zu betreten brauchte, und schon verschwand die Hälfte der Gäste. Zumindest schien es so. Wenn man Mangel erfährt, ist es sehr schwer, sich nicht in den Wahnsinn zu flüchten.

Als nur noch eine Woche übrig war, bevor Barrys Lizenz verfiel, gab er alle Hoffnung und Scham auf und ging ins »Partyland«, mit fünfzehnhundert Dollar Bargeld, die er von einer wohltätigen Organisation erhalten hatte.

Die MacKinnons saßen nicht auf ihrem blauen Sofa. Weder Freddy, der Platzanweiser noch Madge-vom-grünen-Sofa konnten ihm sagen, was aus ihnen geworden war. Barry ließ sich auf

das leere Sofa fallen, er fühlte sich komplett und elendiglich aus-
geliefert. Aber mit neuer Hoffnung ist man so schnell bei der
Hand, daß Barry sich innerhalb einer Viertelstunde dem Gedanken völlig ergeben hatte, er habe nie eine Lizenz erhalten. Er
träumte mit offenen Augen davon, in majestätischer, metaphysi-
scher Stille am Rand des Grand Canyons zu verbringen. Er zog
die Schaltkonsole heraus und bestellte ein Ananas-Törtchen und
einige Beilagen.

Die Kellnerin, die ihm die Törtchen servierte, war Cinderella
Johnson. Sie trug Jeans und ein T-Shirt, auf dem in großen
Glanzstaub-Buchstaben quer über ihrer Brust das Wort »Prinzes-
sin« stand. Das Band an ihrem Hut sagte: »Lassen Sie sich an diesem Abend vom ›Partyland‹ verzaubern.«

»Cinderella!« rief er aus. »Cinderella Johnson! *Arbeiten* Sie
hier?« Sie strahlte. »Ist das nicht wunderbar? Vor drei Tagen habe
ich hier angefangen. Es ist, als ob ein Traum wahr geworden
wäre.«

»Herzlichen Glückwunsch.«

»Schönen Dank.« Während sie das Tablett auf dem Tisch ab-
setzte, brachte sie es zustande, seinen linken Fuß zu streifen. »Ich
sehe, Sie tragen noch immer die gleichen Schuhe.«

»Hm.«

»Stimmt irgend etwas nicht?« fragte sie und reichte ihm die
Beilagen und ein Glas Wasser. »Sie sehen schwermütig aus,
wenn ich so frei sein darf.«

»Manchmal tut es richtig gut, schwermütig zu sein.« Eine Pille
schien sich in seinem Hals festgeklemmt zu haben. Genauso wie
eine Lüge, dachte er.

»Heh, macht es Ihnen etwas aus, wenn ich mich einen Moment zu Ihnen auf die Couch setze? Ich bin etwas erschöpft. Es
ist eine tolle Chance, hier zu arbeiten, aber es schlaucht einen
auch ganz schön.«

»Prima«, sagte Barry. »Fein, wunderbar. Ich kann Gesellschaft
gut gebrauchen.«

Sie setzte sich nahe zu ihm und flüsterte ihm ins Ohr: »Wenn
irgend einer, wie zum Beispiel Freddy, fragen sollte, worüber wir
uns unterhalten haben, dann sagen Sie ›über den New Wooly
Look‹, klar?«

»Das ist doch die Titelgeschichte vom *Topic* in dieser Woche?«

Sie nickte. »Wahrscheinlich haben sie schon gehört, was den
MacKinnons passiert ist.«

»Ich habe mich erkundigt, aber keinerlei Auskunft bekommen.«

»Sie sind verhaftet worden, wegen illegalen Handels — direkt hier auf der Couch, während sie das Geld von dem Mittelsmann kassieren wollten, der sie hochgehen ließ. Dieses Mal können sie sich da nicht herauswinden. Die Leute sagen, wie leid ihnen das tut und all so was. Aber ich bin da nicht sehr traurig drüber. Sie waren alles in allem doch Kriminelle. Das, was die MacKinnons gemacht haben, macht es unsereinem nur noch schwerer, auf ehrliche Weise an ein Gutachten zu kommen.«

»Vermutlich haben Sie recht.«

»Natürlich habe ich recht.«

Irgendwie verriet Barrys ganzes Verhalten doch seine elende Situation. Der Hoffnungsschimmer begann zu verblassen: »Sie haben Ihre Lizenz inzwischen, nicht wahr?«

Zunächst berichtete Barry nur widerwillig, was ihm so alles in den letzten sechs Monaten widerfahren war, aber dann wurde er fröhlicher und gelöster, sprach zu Cinderella wie in einem ekstatischen Tanz.

»Ach, das ist ja schrecklich«, bedauerte sie ihn am Ende seiner Erzählung. »Es ist richtig unfair.«

»Was kann man da machen?« fragte er rhetorisch.

Cinderella aber verstand die Bemerkung im wortwörtlichen Sinn. »Nun«, sagte sie, »wir haben uns zwar noch nie richtig unterhalten, aber ich meine doch, daß Sie wirklich eine Lizenz verdienen.«

»Nett, daß Sie das sagen«, meinte Barry verdrießlich.

»Ja — wenn Sie von mir ein Gutachten haben möchten . . .?« Sie griff in ihre Gesäßtasche, zog die Lizenz heraus und löste davon ein Gutachten.

»Oh, nein, wirklich, Cinderella . . .« Er nahm das kostbare Gutachten zwischen Daumen und Zeigefinger. »Ich habe das nicht verdient. Warum sollten Sie so weit gehen, einem ein Gutachten zu geben, den Sie kaum kennen?«

»Das geht schon in Ordnung«, sagte sie. »Ich bin sicher, Sie hätten für mich dasselbe getan.«

»Gibt es irgend etwas, womit ich mich revanchieren kann . . .?«

Sie runzelte die Stirn und schüttelte zunächst den Kopf. Dann aber sagte sie: »Nun . . . vielleicht . . .«

»Sagen Sie es mir.«

»Könnte ich einen von Ihren Schuhen haben?«

Er lachte vergnügt. »Nehmen Sie alle beide!«

»Danke, aber ich fürchte, dafür fehlt es mir an Platz.«

Er beugte sich herunter, zupfte die Schnürsenkel auf und zog den rechten Schuh aus. Er überreichte ihn Cinderella.

»Es ist ein wunderbarer Schuh«, sagte sie, während sie ihn gegen das Licht hielt. »Haben Sie vielen herzlichen Dank.«

Und so endet diese Geschichte.

Aus dem Amerikanischen übersetzt von Marcel Bieger

Stephen R. Donaldson

Die Dame in Weiß

Ich bin ein sensibler Mensch, könnt ihr mir glauben. Seit sieben
Jahren bin ich nun schon in unserem Dorf der Hufschmied, Stellmacher und Eisenwarenhändler. Bisher habe ich noch nie Veranlassung gehabt, irgendwelchen Geschichten über Zauberei Glauben zu schenken, ungeachtet dessen, was Festil, mein närrischer,
verrückter Bruder, so erzählt. Ich für meinen Teil halte nichts
von derlei Dingen. Ich bin ein Mann, der das, was er will, auch
ohne deren Hilfe erreicht. Unser Dorf ist klein, zugegeben, aber
so klein nun auch wieder nicht, daß Mardik, der Hufschmied,
nicht jederzeit seinen Mann gegen jedermann stehen könnte, sei
es der Fleischer, Steinmetz oder der Weinhändler. Ich erledige
nur die Arbeiten, die ich mir selbst ausgesucht habe. Meine
Preise sind reell, weil ich keinen Bedarf dazu habe, mehr zu verlangen. Es gibt hier keine Frau, egal ob Witwe oder Jungfer, die
jemals die Berührung meiner Hände abgewiesen hätte, selbst
wenn sich in ihnen die Spuren meines Handwerks tief eingegra-
ben haben und einfach nicht mehr richtig sauberzubekommen
sind. Die Einwohner des Dorfes hören auf das, was ich sage; und
wenn sie mich einmal nicht verstehen wollen, spricht die Sprache
meiner Fäuste — oft besser als Worte. Mir zuliebe behandeln sie
den närrischen Festil mit Respekt.

Allerdings bedeutet dieser Respekt für ihn so viel wie Einsamkeit. So närrisch und verrückt er auch ist, auf seine Weise ist er
klug, was man im Dorf jedoch nicht sieht. Er ist jünger und einen
ganzen Kopf kleiner als ich, aber wenn er lächelt, wirkt sein Gesicht stärker als alle Fäuste. Nur durch den Blick seiner blinden
Augen hat er schon viele Streitigkeiten geschlichtet. Deswegen
schätze ich ihn, was man auch immer im Dorf über ihn sagen
mag. Besonders aber aus einem anderen Grund: Der verrückte,
närrische Festil half mir, als ich in Not war, als ich beinahe von
der *Dame in Weiß* getötet wurde.

Aus Mangel an einer anderen Bezeichnung nenne ich meine
unbegreiflichen Erlebnisse *Zauberei*. Narren sprechen im allgemeinen mit leichter Zunge, die kein Wissen kennt, von Zauberei,
um davon abzulenken, daß sie nicht aus eigener Kraft ein ge-
stecktes Ziel erreichen konnten. Kinder plappern von ihr, wenn
sie sich im tiefen Wald geängstigt haben. Zugegeben, unser
Wald, der *Tiefe Forst*, kann schon leicht einem Menschen, der sich

dort verirrt, Furcht einflößen. Die Bäume ragen hoch in den Himmel, tauchen den Boden zu ihren Wurzeln in geheimnisvolles Dunkel. Unser Dorf stößt mit einer Seite an die mächtigen Stämme, einem mutigen Mann gleichend, der der Gefahr trotzend ihnen furchtlos den Rücken zukehrt. Oft erzählte Geschichten berichten von seltsamen Geschehnissen, die denjenigen zustießen, die sich in den Tiefen Forst gewagt hatten. Wenn es stürmt, starren selbst die Priester voller Furcht auf die finster drohende Wand.

Narren sind nicht immer das, was sie scheinen. Narren und Kinder plappern das nach, was sie von andern hörten, die es wieder von andern gehört haben wollen. Selbst Priester dürfen ihre Angst nicht eher bekennen, nicht bevor sie die Schriften befragt haben. Ich jedoch bin weder Kind noch Narr oder Priester, der beim Nennen des Namens Luzifer erschaudert. Ich bin Mardik, der Hufschmied, Stellmacher und Eisenwarenhändler, der das, was er sich in den Kopf gesetzt hat, auch erreicht. Ich fürchte weder Satan noch Stürme, noch das Dunkel unter Bäumen.

Ich berichte nur das, was ich mit eigenen Augen gesehen habe. Im Unterschied zu Festil aber hat mich das Geschaute nicht mit Blindheit geschlagen. Ich habe die Lippen des unbegreiflichen Wesens geküßt, und wurde schließlich in der Einsamkeit des Tiefen Forstes zurückgelassen, um zu sterben.

Ich sage noch einmal: Ich glaube nicht an Zauberei! Aber was ich erlebt habe, entspricht der vollen Wahrheit. Vielleicht habe ich unwissentlich von den Pilzen des Wahnsinns gegessen und bin dadurch eine Zeitlang im Geiste verwirrt gewesen. Alles möglich. Aber das ist alles noch keine Zauberei. Eine Zeitlang jedoch habe ich im Bann der Dame in Weiß gestanden. Mir fehlte etwas, das nicht in mir war, um ihr zu entfliehen. Und weil es mir daran mangelte, wurde ich verlassen, um zu sterben. Wenn das kein Zauber ist? Ich habe jedenfalls kein anderes Wort dafür. Vielleicht kann Festil es mit einem anderen Wort benennen. Er aber richtet seine blicklosen Augen auf mich, lächelt in sich hinein und schweigt.

Seit seiner frühesten Kindheit war er sonderbar, als ob er geahnt hätte, als junger Mann blind zu werden. Ich erinnere mich noch gut an den Klang seiner Stimme in unserem Schlafzimmer eben unter dem Dach unserer Kate, wo wir gemeinsam ein Strohlager teilten. Während ich schnell einschlief, saß er noch lange hellwach im Bett und redete von Dingen, die ihn beschäftigten —

von Drachen, Schatzsuchen, mysteriösen Mächten, wunderbaren Begebenheiten. Im Dunkel des Zimmers sprach er von ihnen, als ob sie real existierten. Die Kraft seiner Erzählungen packte mich manchmal und hielt mich wach. Meistens aber gab ich ihm einen Rippenstoß, endlich still zu sein, oder hörte ihm zu, ließ ihn reden, und lachte in mich hinein.

Wenn er mal besonders erregt war, sprach er zu mir: »Glaubst du auch an Zauberei, Mardik? Nein, du nicht.« Dann lachte ich laut auf. War seine Erregung noch stärker, wurde er hartnäckig: »Sag mir, Mardik, du glaubst doch auch an Hexenkräfte im Tiefen Forst?« Worauf ich zur Antwort gab: »Ein Baum ist ein Baum, und Wege gibt's kaum. Wenn Narren und Kinder vom Wege abkommen, gibt es keinen Anlaß, es mit Zauberei zu erklären. Und wenn sie ins Dorf zurückgefunden haben, und ihre Angst und Narrheit mit seltsamen Geschichten zu verbergen versuchen, ist auch das keine Zauberei.« Drang er dann weiter in mich, verlangte ich, er solle Ruhe geben, damit ich schlafen könnte.

Das war bestimmt kein Grund, meinen Bruder Festil, mit dem ich zusammen aufwuchs, besonders zu schätzen. Ich bin nicht verheiratet. Wozu auch? Ich habe einfach keine Lust dazu. Bis jetzt hat mich keine Frau, die ich begehrte, abgewiesen. Ein Leben ohne die Fesseln der Ehe macht mir mehr Freude. Festil aber hat deswegen keine Frau, deren es genug im Dorf gibt, weil ihm keine davon gefällt — sei sie noch so bereit oder aber jungfernhaft, daß sich jeder andere Mann nach ihr die Finger lecken würde. Ich glaube sogar, er ist immer noch unberührt.

Auch in den Tagen, als Vater, vor mir der Dorfschmied, starb, war das Verhalten Festils alles andere als geeignet, ihn zu achten. Träumer und Taugenichts, der er war, verstand er nicht ein bißchen vom Schmiedehandwerk. So lastete alle Arbeit auf mir, und es dauerte lange genug, bis ich genügend Stärke entwickelt hatte, sie zu ertragen und Freude dabei zu empfinden.

Und erst sein Gerede über Vaters Tod — lauter Unsinn! Vater starb am Tritt eines Pferdes, dem er gerade die Hufe beschnitt. Was machte Festil daraus: Ein sanftes Pflugvieh, das seinem Herrn noch nie zu Klagen Anlaß gegeben hatte, wäre urplötzlich vom Wunsch besessen gewesen, die Farbe seines Vaters Gehirn zu sehen! Dazu rief er aus: »Das ist Hexenzauber!« Mit einem Dolch ging er in den Tiefen Forst und verbrachte viele Stunden mit der Suche nach dem Urheber der Verzauberung, um ihn zu töten. Als sich das Vieh wieder beruhigt hatte, schaute ich es mir genauer an. Ich fand heraus, daß Vater mit dem Hufmesser ausgerutscht war und ins lebende Fleisch geschnitten hatte. Hexenzauber?! So 'n Quatsch! Welche Veranlassung sollte ich wohl gehabt haben, den verrückten Festil mit Respekt zu behandeln?

Und doch — er war mein Bruder, freundlich und sanft, gewillt, mir, so gut er es vermochte, in der Schmiede zu helfen. Obwohl er mir dabei oft mehr Arbeit verursachte. Mir zuliebe ließ er sich, obwohl er genug für sich zu kämpfen hatte, in Schlägereien ein. Mit der Zeit wurde mir seine Gesellschaft lieb, und ich entwickelte gegenüber seinen verrückten Reden eine gewisse Nachsicht. Als er schließlich eines Tages mit den Worten zu mir kam, die Dame in Weiß gesehen zu haben, erkannte ich sofort, es war etwas geschehen, was man ernstnehmen mußte.

»Die Dame in Weiß!« sprach er verzückt. Seine Augen leuchteten, das Gesicht war von Freude überstrahlt. Bei jedem anderen Menschen, der solch ein lächerliches Kalbsgesicht zöge, wäre ich in lautes Lachen ausgebrochen. Aber Festil hatte — außer die Brüste unserer Mutter, wenn sie uns säugte — noch nie eine andere Frau berührt. Hinzu kam: Von dieser Dame hatte ich in der Vergangenheit mehrfach erzählen hören — warum also sollte er sie nicht gesehen haben? Diejenigen, die sie erblickt hatten, erzählten es überall im Dorf herum, bis allen die Ohren klangen. An den letzten drei Abenden allein war jeder Krug Bier im »Roten Pferd« mit Geschwätz von der Dame in Weiß gewürzt gewesen. Ich muß gestehen, das alles war nicht gerade nach meinem Geschmack.

Fimm, der Obsthändler, wollte sie zusammen mit seinem Sohn Forin, fast einem Mann, gesehen haben. Forin war ihr hemmungslos in Liebe verfallen, wie Fimm berichtete. Des Nachts war er fortgeschlichen, um dem Weg, den die Dame genommen hatte, zu folgen — weit in den Tiefen Forst hinein. Seit zwei Nächten war Forin nicht zurückgekehrt. Im Dorf hatte ihn auch niemand sonst gesehen.

»Junge Burschen sind nun einmal stürmisch«, bemerkte ich. »An der Dame in Weiß können sie sich die Hörner abstoßen. Keine Sorge — wenn sie ihn gelehrt hat, ein bißchen zahmer zu sein, wird Forin schon zurückkommen.«

Fimm aber wollte nichts davon wissen. Pandeler, der Weber, unterstützte seine Ansichten, obwohl der kein Freund von Geschwätz ist. Er selbst wollte auch die Dame gesehen haben. Sie war in seinen Laden gekommen und hatte ihm seinen feinsten Samt abgekauft. Seine beiden Söhne Paul und Pandit hatten sie auch dort gesehen. Die Zwillinge, sonst so unzertrennlich wie zwei Finger an derselben Faust, hatten sich wegen ihr zerstritten. Paul war auf der Suche nach ihr fortgegangen, bald gefolgt von Pandit, obwohl beide mit den beiden heiratsfähigen Töchtern von Swonsil, dem Fleischer, verlobt waren.

Das allein wäre nicht besonders erstaunlich gewesen, sagte Pandeler, daß keiner der beiden in den letzten beiden Tagen im Dorf gesehen worden wäre. Nein, das Wunder war, er selbst, Pandeler, wäre auch beinahe mitten in der tiefsten Nacht aufgestanden und seinen beiden Söhnen in den Tiefen Forst in der Hoffnung nachgefolgt, die Dame in Weiß noch vor ihnen zu finden. Er hätte nur deswegen widerstanden, weil er sich in seinem Alter aus Liebe nicht zum Narren hätte machen wollen. Außerdem wüßte jeder, in Wahrheit liebte er seine Frau Megan aus ganzem Herzen.

»Wie sieht sie denn überhaupt aus, diese Dame in Weiß?« erkundigte ich mich, langsam neugierig geworden. Eine Frau, die fähig war, Pendeler zu betören, war es wert, ihr mehr als einen Blick zu schenken.

Er aber gab mir keine Antwort. Schweigend starrte er in seinen Bierkrug, als ob er besagte Dame dort sähe.

Andere Männer jedoch gaben mir nur zu bereitwillig Auskunft. Wenn alle Geschichten stimmten, mußte sie inzwischen ein halb Dutzend junger Burschen aus unserem Dorf angelockt haben. Niemand wußte jedoch mehr über sie zu sagen, als daß sie aus dem Tiefen Forst ins Dorf kam und dorthin wieder zurückging.

In den nächsten Tagen kreisten meine Gedanken während der Arbeit öfter um sie. Wenn ich ehrlich bin, keineswegs mit Mißvergnügen. Wenn die jungen Burschen tölpelhaft genug waren, sich aus unerfindlichen Gründen im Wald zu verirren, wäre bald das Dorf voller trostbedürftiger Jungfrauen. Welch besseren dafür gab es als Mardik, den Schmied?

Dieser schwärmerische Gesichtsausdruck meines Bruders Festil nun riß mich aus meinen erfreulichen Gedanken und ließ mich anderen Sinnes werden. Um ihm näher zu sein, legte ich meinen Hammer aus der Hand und stellte mich vor ihn hin. Sehr ernst fragte ich ihn: »Soso, also auch du. Und wann wirst du ihr nachschleichen?«

»Gleich jetzt«, antwortete er heiter. Es freute ihn noch, daß ich sein Verlangen zu verstehen schien. »Ich bin nur gekommen, um es dir zu sagen, bevor ich gehe.«

»Du bist gescheiter, als du ahnst, mein Bruder«, sagte ich. Und weil ich ein Mann von schnellen Entschlüssen bin, wenn ich einmal einen Vorsatz gefaßt habe, schwang ich meine Faust und versetzte Festil einen Schlag, der ihn auf der Stelle in den Staub der Schmiede hinstreckte. »Ich habe keine Lust, meinen einzigen Bruder zu verlieren«, sagte ich, wenngleich er mich nicht mehr hören konnte. Dann trug ich den Bewußtlosen zu unserer Kate, brachte ihn auf sein Zimmer, legte ihn zu Bett und verriegelte sicherheitshalber die Tür. Beruhigt, ihn auf Nummer Sicher gesetzt zu haben, ging ich wieder an meine Arbeit in der Schmiede zurück.

Ich sollte mich aber getäuscht haben. In unseren Adern floß schließlich das Blut desselben Vaters. Er war raffinierter, als ich gedacht hatte. Als ich gegen Mittag heimkam, war er verschwunden. Es war ihm gelungen, die Wandbohle, die ich als Riegel quer vor seine Tür geklemmt hatte, zu sprengen. Soviel Kraft hätte ich ihm gar nicht zugetraut. Zweifellos befand er sich schon unterwegs in den Tiefen Forst.

Ich folgte ihm unverzüglich. Was sonst sollte ich getan haben? Obwohl er ein Träumer und Narr war, der mehr von Hexen und Zauberei als vom Schmieden verstand, war er doch mein Bruder, war er durch niemand anders zu ersetzen. Ich hielt mich nur damit auf, mein Jagdmesser oben in den Stiefelschaft zu stecken. Dann verließ ich im Sturmschritt das Haus. Ich hoffte, ihn zu erwischen, noch bevor er sich vollends vergaß.

Mein Weg führte mich zum Stall hinüber, wo ich Bleifuß, meinem treuen Grauen, einen Sattel überwarf. Er zog unverdrossen meinen Wagen draußen zu entlegenen Farmen hin, wenn ich dort irgendwelche Arbeiten zu verrichten hatte. Bleifuß ist beileibe kein Rennpferd — wozu sollte auch der Wagen eines Schmiedes schnell sein? Immerhin ist er schneller, als meine Füße mich tragen können, wenngleich ich ihn dazu hart antreiben muß. Außerdem kennt er keine Angst — ein weiterer Vorzug für das Pferd eines Schmieds. Deshalb schenkte er dem Argument meiner Peitsche Beachtung und scheute nicht wie manches andere Pferd, als ich ihn die Dorfstraße hinunter in Richtung auf die in den Tiefen Forst führende alte Straße trieb.

Ich war auf dem richtigen Wege. Alle Redner im »Roten Pferd« hatten einstimmig behauptet, auf ihr hätte die Dame in Weiß das Dorf verlassen. Zu Beginn bestand sie aus einer normalen, lange nicht benutzten Wagenspur, die irgendwo hinführen mochte. Einst hatte sie sicherlich in Zeiten, die so weit zurücklagen, daß niemand sich ihrer erinnerte, zu einem anderen Ort geführt. Nun beanspruchten nur noch verrückte Priester den Ort zu wissen, wohin die alte Straße führte: zur Hölle.

Zur Hölle — fürwahr — mit diesem Altweibergeschwätz! Andererseits, wenn ich es recht bedachte, war Hölle irgendwie gar kein so schlechter Ausdruck für den Tiefen Forst. Ich trieb Bleifuß in Höchstgeschwindigkeit die Straße entlang. Obwohl die Sonne am Mittagshimmel stand, bildeten Bäume und Büsche ein derart undurchdringliches Dickicht, daß man nicht hindurchzusehen vermochte. Dem Geklapper von Bleifuß' Hufen antworteten die Vögel mit wie Spott scheinenden Rufen. Ich rief ständig nach Festil aus, aber der Wald schluckte meine Stimme und gab keine Antwort.

Nach etwa zwei Meilen verengte sich die Straße zusehends. Erst vereinzelt, dann immer stärker wurde sie von Gras, Blumen und Gestrüpp überwuchert. Die schwarzen Stämme hingen immer mehr nach innen über. Schließlich, als uns umgefallene Bäume den Weg versperrten, machte mir Bleifuß unmißverständlich klar, nicht weiter laufen zu wollen, obwohl ich ihn stärker antrieb, als ich zu meinem Stolz zugeben dürfte. Nirgends war ein Zeichen von Festil zu entdecken.

Hatte ich ihn übersehen oder war er mir aus dem Weg gegangen? Nicht länger als den halben Vormittag war er allein gewesen. Als ich die Tür verriegelt hatte, lag er noch in tiefer Bewußtlosigkeit. Er konnte nicht sofort danach aufgewacht sein, konnte nicht ohne Kraft- und Zeitaufwand den Riegel gesprengt haben. Vor allem konnte er zu Fuß nicht schneller als ich zu Pferd gewesen sein. Und doch war er spurlos verschwunden, wie vom Rachen des Todes vom Tiefen Forst verschluckt.

Wieviel Ärger dieser Narr und Träumer mir bereitet, schimpfte ich, ließ Bleifuß angebunden stehen und erkundete zu Fuß voraus. Rufend und fluchend folgte ich der Straße, bis sie sich zu einem Pfad verschmälerte, der zu einem Trampelpfad, der sich schließlich gänzlich auflöste. Fast hätte ich den Weg ganz verloren. Als ich mich wieder zu orientieren vermochte, blieb mir keine andere Wahl, als den ganzen Fußweg zurückzugehen, den ich gekommen war. Alles um mich herum, eingeschlossen die Vögel des Tiefen Forsts, schien ein einziger Spott zu sein.

An der Stelle angelangt, wo ich Bleifuß zurückgelassen hatte, fand ich ihn nicht mehr vor. An diesem Tag schien auch alles zum Scheitern verurteilt zu sein! Zuerst befürchtete ich, der gefühllose Gaul hätte sich losgemacht und wäre von der Straße in den Wald abgewandert. Aber dann fand ich seine Hufabdrücke, die zum Dorf zurückwiesen. So schnell ich konnte, folgte ich der Spur, jetzt vor Angst, die Dunkelheit könnte hereinbrechen, bevor ich den drohenden Bäumen entronnen war.

Im letzten Schein der untergehenden Sonne sichtete ich endlich den langsam die Straße vorantrottenden Bleifuß — auf seinem Rücken ein Reiter!

Ich lief drauf zu, um seine Zügel zu fassen und den Reiter von seinem Rücken zu stoßen. Wer war's — der verrückte Festil!

»Mardik!« jubelte er. »Mardik, du bist es!« Freude erfüllte seine Stimme, strahlte aus seinem Gesicht. Seine Bewegungen, als er vom Rücken des Pferdes herunter auf die Füße glitt und mich in seine Arme schloß, waren so sicher wie sonst. Und doch — war er blind! Seine Augen überzog ein weißlicher Schimmer. Ich brauchte nicht die Abendsonne, um zu erkennen, daß kein Blick in ihnen war.

Mit all der Kraft meines Zornes und Schmerzes umarmte ich ihn. »Was hat sie dir angetan?«

Mein Griff schien ihn nicht zu schmerzen. »Ich habe sie gesehen«, antwortete er nur leise.

»Aber du bist blind!« schrie ich ihn an, die unbegreifliche Freude wegzuwischen versuchend.

»Jawohl. Ich habe sie gesehen«, sagte er. »Mardik. Ich habe es geschafft. Ich habe ihr Haus betreten und durch dessen Wunder das größte aller Wunder gewonnen: Ich habe die Dame in Weiß in all ihrer Schönheit gesehen.«

»Sie hat dich geblendet!« rief ich.

»Nein, du irrst. Es ist nur: Meine Augen sind voll von ihrer Schönheit. Nichts auf der Welt ist hell genug, sie zu überstrahlen.«

Ich erkannte, ich war nicht in der Lage, seine Freude zu erwidern. Nach einem Moment des Zögerns gab ich es auf. Ich sagte ihm nicht, daß ich ihn für verrückt hielt — daß es kein Haus, keinen Ort der Wunder, keine Dame in Weiß gäbe, die ihn mit ihrer Schönheit zu blenden vermochte, höchstenfalls ihn dazu verleitet haben mußte, von den Pilzen der Verrücktheit zu essen, die nachts unterm Farn im Tiefen Forst wachsen. Sie hatte ihm ganz nach ihrem Belieben Leid angetan. Diese Gedanken speicherte ich gemeinsam mit Rachedurst in meinem Herzen auf. Ich setzte Festil auf Bleifuß' Rücken und schwang mich hinter ihn. Gemeinsam ritten wir im letzten Dämmerschein aus dem Tiefen Forst heraus und heim ins Dorf.

Festil schlief den Schlaf des Verliebten. Wie gewohnt ging ich noch auf ein paar Krüge Bier ins »Rote Pferd«. Vom Versagen meines Bruders erzählte ich niemand etwas, von seiner Blindheit. Lieber hörte ich zu, was man sich um mich herum erzählte, auf der Suche nach Neuigkeiten über die Dame in Weiß. Schließlich, als ich nichts Neues hörte, faßte ich meine Gedanken in Worte, fragte, ob schon einer der jungen Burschen, die der Dame in Weiß gefolgt waren, zurückgekehrt wäre.

Die älteren Leute schwiegen, die Jungen sagten kein Wort. Nach einer endlos erscheinenden Pause raffte sich Pandeler, der Weber, auf und sprach: »Ja, Pandit. Mein Sohn Pandit ist wieder da. Er allein.«

Alle lasen in seinem Gesicht, daß er seinen zweiten Sohn für tot hielt. »Na, und was hat er erzählt? Was hat er erlebt?«

Gesenkten Kopfes antwortete Pandeler: »Nichts hat er gesagt. Kein Wort. Er sitzt nur da und schweigt.« Im Schein des Kaminfeuers sahen alle die Tränen in den Augen Pandelers stehen, ihm, mit dem sich an Mut kaum einer im Dorfe zu messen vermochte.

Danach ging ich nach Hause. Festil schlief mit einem Lächeln auf den Lippen. Ich fand keinen Schlaf. Mein Herz lief über von Rachegelüsten, die mir keine Ruhe gaben.

Am nächsten Tag unterhielt ich mich mit Festil über die übelwollende Dame aus dem Wald. Um die Wahrheit zu sagen, eigentlich sprach nur ich. Aus Festil war kein Wort über seine Erlebnisse herauszubringen. Sein einziger Satz lautete: »Meine Worte haben keine Bedeutung für dich.« Worauf er wieder heiter lächelte, im Glauben, mich mit dieser Antwort befriedigt zu haben.

Als ich ihn noch fragte, wie er auf Bleifuß' Rücken gelangt sei, erklärte er: »Als ich sie gesehen hatte, befand ich mich unmittelbar danach nicht mehr in ihrem Hause. Ich stand in dem kleinen Tal, in dem ihr Haus eingebettet wie ein Edelstein in seiner Fassung liegt. Bleifuß war einfach da. Ich hörte ihn nebenan grasen. Als ich ihn beim Namen rief, kam er sofort zu mir. Ich bestieg ihn, und er trug mich fort. Entschuldige, Mardik, aber ich wußte nicht, daß du mich suchtest. Ich dachte, die Dame in Weiß hätte ihn mir in Anbetracht meiner Blindheit geschickt.« Er lachte auf. »In Wirklichkeit tat sie es auch. Ich fühle, Mardik, du blickst finster und grollst ihr bei diesem Gedanken. Du warst das Mittel, das sie wählte, um Bleifuß zu mir zu bringen.«

Das Mittel, das sie wählte — fürwahr! Wieder sprach er von Zauber, obgleich er nicht das Wort benutzte. Und doch hatte er irgendwie trotz seiner Blindheit recht. Mein finsterer Blick drückte meinen Groll aus, der mich auch jetzt noch, wenn ich daran denke, überkommt. Obwohl ich wußte, es würde ihn schmerzen, schwor ich: »Möge der Himmel mich verdammen, wenn ich wieder ihren Launen dienen sollte!« Ich verließ ihn und ging in die Schmiede, wo ich meinen Ärger an Hammer und Amboß ausließ. Eine Zeitlang war mein Schmiedefeuer kaum heißer als meine Rachegelüste gegenüber dieser Dame.

Aber all mein Ärger und meine Vorsätze verflüchtigten sich im Nu, als mich durch den Lärm meines Hämmerns hindurch eine zarte Stimme erreichte. Ich wandte mich um — und da stand sie vor mir!

Ihre Hände hielten einen geschwärzten alten Topf mit einem Loch im Boden, den sie mir überreichte und mit sanfter Stimme bat, ihn zu flicken. Ich aber sah weder den Topf noch nahm ich ihre Bitte wahr. Ihr Anblick hielt mich völlig gefangen.

Ihre Gestalt war von Kopf bis Fuß in blütenweißen Samt gehüllt. Ein sonnengebräuntes Gesicht krönte eine Fülle rotblonden Haars, das ungebunden auf die Schultern herabfiel. Ihre Augen leuchteten sternenklar und unergründlich wie der Nachthimmel. Ihre Stimme klang wie Musik, die Männer gleichzeitig lachen und weinen läßt, je nach ihrem Mut. Ihre kräftigen Lippen schienen wie fürs Küssen geschaffen, ließen aber dennoch nichts an Lieblichkeit vermissen. Durchs Kleid hindurch waren, wie der Liebe bedürftig, ihre Brüste unübersehbar. Ihre alabasterfarben schimmernde Haut schrie förmlich nach Liebkosung. Ihre gesamte Erscheinung durchdrang mich derart mit Lüsternheit, daß ich sie ohne Zögern auf der Stelle hier im Staub der Schmiede genommen hätte, wenn ihr Blick mich nicht gezügelt hätte. Sie drückte mir mit einem Lächeln den Topf in die Hand, wandte sich um und schritt langsam von dannen. Ihr Kleid schmiegte sich aufreizend dem Schwung ihrer Hüften an. Den Topf in den Händen und blöde glotzend wie ein Kalb ließ ich sie gehen.

Nicht umsonst aber bin ich bekannt für meine schnellen Entschlüsse. Sobald sie meiner Sicht zwischen den Häusern und Katen hindurch auf ihrem Heimweg über die alte Straße in den Tiefen Forst entschwunden war, löschte ich ohne zu zögern das Feuer in der Esse, schloß die Schmiede ab und ging heim. Dort machte ich mir in meinem Zimmer ein Bad fertig, was offengestanden ziemlich selten vorkommt. Als ich einigermaßen den Schmutz vom Schmieden von meinen Gliedern abgeschrubbt hatte, legte ich meinen Sonntagsstaat an: eine reichbestickte

Bluse sowie braune Hosen mit Ledergamaschen (den mir die Witwe Anuell in einer schwachen Stunde angefertigt hatte). So herausgeputzt war ich zum Aufbruch bereit.

Als ich mich mitten in meinen Vorbereitungen umwandte, stand Festil im Raum. Er schüttelte sich lautlos vor Lachen, aber nicht voll Spott, sondern aus tiefer Freude heraus. »Du hast gebadet, Mardik? Also hast auch du sie gesehen!«

»Ja, ich habe sie gesehen.«

»Dann wünsch' ich dir alles Gute«, sagte er herzlich, tastete sich zu mir hin und umarmte mich fest. »Du bist ein guter Mann. Sie wird dich einer Prüfung unterziehen. Wenn du weder schwankend wirst noch versagst, wird sie dir deine Herzenswünsche erfüllen.«

»Komme, was da kommen mag«, erwiderte ich voll Zuversicht. Und im stillen dachte ich: *Ich werde unter keinen Umständen schwankend werden oder versagen. Du, Festil, sollst nicht mehr länger blind sein.* Ich erwiderte kurz seine Umarmung und verließ unsere Kate. Bald hatte ich auch das Dorf hinter mir gelassen und schritt voller ungewohnter Begierde die alte Straße entlang in den Tiefen Forst hinein.

So erfüllt von Verlangen ich auch war, meine fünf Sinne verlor ich ganz und gar nicht. Aufmerksam beobachtete ich die Bäume, suchte mir Orientierungspunkte und schaute nach einem Weg aus, auf dem die Dame in Weiß von der Straße abgebogen sein konnte. Ich entdeckte jedoch nicht ein Anzeichen dafür, daß hier irgendwo jemand hergegangen oder seitwärts in den Wald abgebogen war. Nach etwa zwei Meilen wieder begann ich nichts Gutes zu ahnen. Doch gerade zu diesem Zeitpunkt merkte ich, daß ich mich auf dem richtigen Weg zum Ziel meiner Wünsche befand. Just an der Stelle, wo ich am Tag vorher Bleifuß zurückgelassen hatte, stieß ich auf einen Seitenweg, der nach rechts abzweigte.

Ich wiederhole es: einen Seitenweg, obwohl ich nicht damit rechne, daß man mir Glauben schenkt. Jedem Zweifler will ich in die Hand schwören, daß gestern hier an dieser Stelle auf meiner Suche nach Festil keine Abzweigung vorhanden war. Aber das ist nicht nötig. Allen, die diese Straße zu benutzen wagen, ist bekannt, daß sich dort kein Seitenweg befindet. Nun, nichtsdestotrotz gelangte ich an einen solchen, ganz bestimmt. Wäre ich nicht auf ihn gestoßen, hätte sich die ganze folgende Geschichte nicht ereignen können.

In meiner Überraschung bog ich in den Weg ein. Nach ein paar

Minuten lichtete sich der Wald und vor mir lag das kleine Tal mit dem Landhaus, von dem Festil berichtet hatte.

Er hatte nicht übertrieben: Vor mir erstreckte sich eine langgezogene, sonnenbeschienene Mulde, mit saftigen, von Blumen übersäten Wiesen, in deren Mitte hineingeschmiegt wie ein Edelstein ein kleines steinernes Landhaus stand. Seine Mauern waren weiß getüncht, daß sie hell im Sonnenlicht leuchteten. Das Holz der Fensterrahmen und des Dachs war rot gestrichen. Weiße Gardinen aus feinster Spitze zierten die Fensterscheiben, unter denen sich von Akeleien und Pfingstrosen bedeckte Beete ausbreiteten. Schwacher Rauch kräuselte aus dem Kamin, zeigte dem Besucher mit dem heftigen Verlangen an, daß die Hausherrin daheim war.

Klopfenden Herzens schritt ich auf die rote Haustür zu. Dort verhielt ich, schob mein unziemliches Zaudern beiseite und holte tief Luft. Dann hob ich meine Rechte und pochte gegen das Holz. Selbstvertrauen und Höflichkeit kennzeichnen am besten die Art und Weise, in der ich gegen die Dame in Weiß antrat.

Die Tür öffnete sich und schwang lautlos wie von selbst nach innen. Niemand zeigte sich.

Und jetzt begannen die Ereignisse, für die ich keinen anderen Ausdruck als *Zauberei* weiß. Viele seltsame Dinge auf der Welt überstiegen jedoch meine kühnsten Vermutungen. Alle meine Erwartungen und Pläne gerieten in Verwirrung. Ich muß einfach von den Pilzen der Verrücktheit gegessen oder durch unerklärliche Einflüsse zeitweise den Verstand verloren haben. Der auf seine Art weise Festil sagt zwar, ich werde weder krank noch verrückt. Wohl oder übel muß ich ihm Glauben schenken. Schließlich war er vor mir hier, und diese Zauberei kostete ihn sein Augenlicht.

Nun, ob Zauberei oder nicht, da ich nun mal davon angefangen habe zu erzählen, sollt ihr die Geschichte ganz hören. Mein Wort gilt im Dorf, und niemand wagt es, mich einen Lügner oder Aufschneider zu nennen (obwohl es mir selbst allen Ernstes manchmal scheint, ich sei einer). So hört nun, was mir zustieß:

Als sich die Tür ganz geöffnet hatte, trat ich schnell ein, bevor mir der Zutritt verwehrt werden konnte. Das Licht drinnen erschien meinen sonnengewohnten Augen ziemlich düster. Einen Moment lang war ich nicht sicher, meinen Augen trauen zu können, was sie sahen. Zweifellos aber trogen sie mich nicht. Hinter mir, jenseits der offenen Tür, erstreckten sich die sonnenbeschienenen grünen Wiesenhänge des Tals — vor mir jedoch fand ich ganz im Gegensatz zu meinen Erwartungen nicht etwa eine behaglich eingerichtete Bauernstube oder etwa eine Küche mit einem gemütlichen flackernden Kamin: Ich stand in einer riesigen Halle, die mich an den Empfangssaal eines Palastes erinnerte! Sie hatte derart immense Ausmaße, daß sie gut ein Dutzendmal das Landhaus, das ich von draußen gesehen hatte, in sich zu fassen vermochte. Die Decke hoch oben entzog sich fast meinen Blicken. Ganz schwach nur erkannte ich dicke Deckenbalken, so mächtig wie die stärksten Stämme des Tiefen Forsts. Die Bodenfläche vor mir bestand aus glattpolierten Natursteinen. Ein Steinwurf zu meiner Linken schwang sich von irgendwoher aus dem oberen Stockwerk eine straßenbreite Freitreppe herunter. In der gleichen Entfernung zu meiner Rechten befand sich ein Kamin, tief genug, um meine ganze Schmiede aufzunehmen; in ihm brannten riesige Stämme, die ein einzelner Mann allein nicht hineingeschoben haben konnte. Sie gaben auch einen Teil der Beleuchtung ab. Zusätzliches Licht fiel durch hohe Fenster hoch droben in der Wand hinter mir herein. Die Wände ringsum sonst waren vollkommen mit Fahnen bedeckt, die den Anschein von erbeuteten Kriegstrophäen erweckten.

Zwei von ihnen zeigten ein mir bekanntes Zeichen. Breit in die Mitte der einen war das Webzeichen von Paul, dem Sohn von Pandeler, dem Weber, eingestickt. Die andere trug in ihrer Mitte einen großen glänzenden Apfel. Jedermann im Dorf war bekannt, wie stolz Forin, der Sohn von Fimm, dem Obsthändler, auf seine Äpfel war. Voller Zorn knirschte ich mit den Zähnen.

Nun kannte ich wahrhaftig kein Zögern mehr. Meine schlimmsten Befürchtungen über das Schicksal der beiden hatten sich bewahrheitet. Ach, wäre es doch nicht so gewesen! Meine Hände brannten danach, das kupferfarbene Haar der Dame zu umflechten, mein Mund war voll Sehnsucht nach Küssen, aber auch nach Flüchen. Als sich meine Augen an das Innenlicht gewöhnt hatten, entdeckte ich an der gegenüberliegenden Wand einen überwölbten Torbogen, vermutlich der Eingang in die Privatgemächer dieses Palastes. Ohne zu zögern schritt ich darauf zu. Das Echo meiner Stiefelschritte füllte den Raum.

Überrascht von der unerwarteten Fremdheit dieses Ortes und vom Sinn der Fahnen an den Wänden hatte ich bis jetzt überhaupt nicht bemerkt, daß zwischen mir und dem Eingang, mitten im Zentrum der Halle, ein mit Blattgold belegtes und reichen Schnitzereien verziertes Tischchen stand. Ich sah es erst, als ich schon fast vor ihm stand. Warum und zu welchem Zweck es genau auf der Hälfte der Strecke zum Torbogen hin plaziert war, konnte ich mir nicht erklären. Auf seiner Platte befand sich ein polierter Silberteller, einem Serviertablett ähnelnd, in dem sich fleckenlos Wände und Decke widerspiegelten. Es zeugte von außergewöhnlicher Handwerkskunst. Da ich keinen Grund für seine Anwesenheit sah, tat ich einen Schritt zur Seite, um das Tischchen zu umgehen und auf den dahinterliegenden Torbogen zuzustreben.

Mein nächster Schritt schlug hart gegen die Außentür des Hauses! Ich stieß mir schmerzhaft die Nase. Unvermutet schien mir die Sonne in den Rücken. Meine Augen waren geblendet vom grellen Weiß der getünchten Außenwände. Als ob ich es nie verlassen hätte, um den Ort der Zauberei zu betreten, lag das Tal um mich herum noch so wohlriechend wie vorhin da. Die Tür vor meinem Gesicht war verschlossen.

Sekundenlang stand ich reglos da, wie Bleifuß, wenn er anhält, gleichsam um die Tiefe seiner eigenen Stupidität zu ergründen. Mein Erstaunen war so unaussprechlich, daß das Atmen und der Schlag meines Herzens Vorsatz, ja Entschlossenheit zu verlangen schien. Ich riß mich zusammen, als mir meine törichte Verfassung zu Bewußtsein kam. Obwohl diese Handlung mir einen der Furcht ähnlichen Stich versetzte, hob ich die Hand und klopfte erneut an die Tür.

Keine Reaktion. Meine Benommenheit wich von mir, verwandelte sich in Zorn. Ich schlug gegen die Tür, donnerte dagegen. Allein, es kam keine Antwort. Kräftig rüttelte ich an der Klinke, trat gegen das Holz, warf mich mit der Schulter dagegen. Sie öffnete sich nicht. Die Tür widerstand meinen Bemühungen, als wäre sie aus Fels.

Fluchend lief ich ums Haus herum und suchte nach einem anderen Eingang. Es gab keinen. Die Scheiben widerstanden allen Versuchen, sie einzuschlagen, weder mit der Faust noch mit einem Stein.

Zum Schluß war es der Gedanke an die Dame in Weiß, der mir Einhalt gebot. Ich sah förmlich, wie sie hinter ihren dicken Mauern, den Vögeln des Tiefen Forstes gleich, spöttisch über mich lachte. So zügelte ich meine Wut, machte schweigend auf dem Absatz kehrt und schritt, ohne zurückzublicken, weg vom Landhaus, heraus aus dem Tal. Mit zusammengebissenen Zähnen knurrte und grollte ich gegen sie mit einer Stimme, die nur ich vernahm: »Also gut, feine Dame, glaub ruhig, du hättest mich besiegt! Glaub's, wenn's dir Spaß macht! Du wirst mich noch kennenlernen! Mich verspottet man nur auf eigene Gefahr!«

Beflügelt von dieser verzehrenden, nicht zu mir passenden Wut erreichte ich wieder die alte Straße und lief schnurstracks auf ihr heim ins Dorf.

Erst als ich bei unserer Kate anlangte, hatte ich mich wieder in der Gewalt. Vor dem Haus saß Festil und wartete anscheinend auf mich. »Bist du's, Mardik?« fragte er mich. »Ja, ich bin's, Festil.«

»Und, hast du es geschafft?« Seine Stimme verriet große Spannung.

»Leider nicht. Fehlgeschlagen.« Ich war wieder Herr über mich, hatte keine Angst, die Wahrheit zu sagen.

Ein seltsamer Schmerz zuckte sekundenlang in seinem Gesicht auf. Dann erhellte sich sein blinder Blick wieder. »Mardik, hast du der Dame etwa kein Geschenk gemacht?«

»Ein Geschenk — wozu?« fragte ich erstaunt, was Festil hell auflachen ließ.

»Aber ja, ein Geschenk! Was für eine Art Freier bist du eigentlich, der Dame deines Herzens nicht mal ein Geschenk mitzubringen?«

»Ein Geschenk! Verrückt!« Ich tippte an meine Stirn. »Habe ich es nötig, Geschenke zu machen, um ans Ziel meiner Wünsche zu gelangen?« Im gleichen Moment ging mir auf, daß Festil, mein verrückter Bruder, so närrisch und verträumt er auch war, mehr Erfolg als ich bei der Dame in Weiß gehabt hatte — mit einem Geschenk!

»Nun ja, andererseits...« Wenn ich mir seine blinden Augen und glückliches Lächeln ansah... »Und was hast du ihr mitgebracht?«

Er ließ ein jungenhaftes, schelmisches Lachen hören. »Eine Rose! Eine weiße Rose, gestohlen aus dem Priestergarten!«

Eine gestohlene Rose? Wahrhaftig, das war genau der Stil von Festil. Ich, Mardik, der Schmied, Stellmacher und Eisenwarenhändler, bin da anders. Hab' ich es nötig, Rosen zu stehlen? Da weiß ich Besseres. In dieser Nacht schlief ich zuversichtlich ein, nachdem ich mir vorher ausgiebig Gedanken über ein Geschenk meiner Art gemacht hatte.

Noch vor Morgengrauen stand ich auf und begab mich, die Musik meines Ambosses im Herzen, in die Schmiede. Aus dem Schrott suchte ich mir eine ausrangierte Pflugschar heraus und legte sie ins Feuer. Dann bearbeitete ich die Blasebälge, bis das

Eisen hell wie die Sonne glühte. Ich nahm die Schar heraus, bog sie zusammen und hämmerte sie platt. Während ich so die Unreinheiten aus dem Material herausschlug, war die Schmiede in ein Meer von Funken getaucht. Danach legte ich das Eisen wieder in die Esse und trat die Blasebälge, daß die Kohle nur so donnerte. Wieder bog ich es zusammen, hämmerte es platt, kühlte es ab, und legte es erneut ins Feuer. Als ich zum dritten Mal die Prozedur wiederholt und das Metall in die gewünschte Form gehämmert hatte, lag vor meinen Augen die Klinge eines Dolches — eine Klinge, die keine Hand im Dorf zu brechen vermochte!

Am Heft befestigte ich einen Griff aus Rinderhorn, und dann schliff ich den Dolch auf dem großen Schleifstein, den Vater in der Blüte seiner Jahre, als Festil und ich noch klein waren, gemacht hatte. Während dieser Arbeit sang mein Herz als Melodie den Namen der Dame in Weiß.

Bevor der Vormittag vergangen war, hatte ich meine Arbeit vollendet. Ohne einen neuen Tag abzuwarten, beschloß ich, die Schärfe der Klinge prüfend, den Zauber des Landhauses einer erneuten Prüfung zu unterziehen. Ich ging in unsere Kate, um zu Mittag zu essen. Vergnügt unterhielt ich mich mit Festil, der meiner Stimme mit fröhlicher Anteilnahme lauschte, so als ob der Lohn das Wagnis rechtfertigte. Ich drang in ihn, mir mehr über die »Prüfung« zu erzählen. Er aber wandte den Kopf ab und schwieg.

Auch gut. Ich spürte insgeheim, auch keine weiteren Ratschläge mehr zu brauchen. Immerhin hatte er mir schon vom Geschenk erzählt. Frohen Mutes steckte ich den neuen Dolch in meinen Gürtel und ging so, wie ich war, rußgeschwärzt und stolz auf das Schmiedewerk, hinaus, um das Tal mit dem Landhaus aufzusuchen.

Während des Wegs zwischen den düsteren und bedrohlichen Bäumen des Tiefen Forstes hindurch wurde mein Vertrauen von einer Art Furcht gedämpft. Der Furcht nämlich, die Abzweigung könnte verschwunden sein. Dies aber erwies sich als unbegründet. Wieder bog ich in den Weg zum kleinen Tal ein.

Vor der roten Tür blieb ich stehen, zog den Dolch aus meinem Gürtel und hielt ihn vor mich. »Nun denn, feine Dame«, murmelte ich leise vor mich hin. »Wollen doch mal sehen, ob irgend jemand anders aus dem Dorf dies Geschenk übertreffen kann.« Mit dem Ende des Griffs pochte ich an die Tür.

Wieder schwang sie nach innen auf. Niemand und nichts rührte sich.

Wortlos trat ich ein und befand mich zum zweiten Mal in der riesigen Halle mit all ihrem fremdartigen Gepräge. Diesmal verlor ich jedoch keine Zeit, mich zu wundern, hielt meine fünf Sinne beisammen. Trotz der Begierde ob des Bildes der Dame vor meinem inneren Auge, trotz des Zorns über die Fahnen des Todes an den Wänden, Sinnbild für den Hunger dieser grausamen, unwiderstehlichen Frau. Ich wußte, ich hatte nicht viel Zeit. Versagte ich bei einer weiteren Prüfung, gedachte ich noch vor Anbruch der Nacht diesen Ort verlassen zu haben. Kein Mensch geht freiwillig nachts durch den Tiefen Forst.

So schritt ich ohne Zaudern quer über den polierten Steinboden auf das Tischchen im Zentrum der Halle zu. Das Licht fiel gedämpfter als tags zuvor herein — die Nachmittagssonne erreichte die hochgelegenen Fenster nicht mehr — und das dämmrige Licht schien die Echos meiner Stiefelschritte noch mehr zu verstärken, als ob ich in einer Kolonne unsichtbarer Wesen marschierte. Ohne umständliche Beirede übergab ich mein Geschenk: Ich hielt den Dolch hoch, so daß ein verborgenes Auge ihn zu sehen vermochte — und legte ihn auf das Silbertablett.

Der Palast schwieg. Weder wurde mein Geschenk willkommen geheißen noch erschien die Dame in Weiß auf der Bildfläche. Einen Moment lang wartete ich, ihr die Zeit für eine Antwort gönnend. Dann jedoch, als sie nicht erfolgte, nahm ich mein Herz in beide Hände und schritt um das Tischchen herum auf den Torbogen zu, jederzeit bereit, zusammenzuzucken, ständig erwartend, mich erneut mit der Nase vor der roten Tür wiederzufinden. Aber es kam alles ganz anders. Statt dessen wurde ich mit etwas weit Schlimmeren als dem unerklärlichen Verschwinden aus der Halle konfrontiert!

Ich war kaum fünf Schritte jenseits des Tischchens, da ertönte ein kreischender Schrei, der mir das Blut in den Adern gefrieren ließ. Er zerriß die Luft, hallte unentwegt um mich herum wider, gleichsam wie das Heulen der Verdammten in der Hölle. Ein kalter Windstoß brachte die Flammen des Kaminfeuers nahezu zum Erlöschen, eine finstere Wolke verhüllte das Sonnenlicht, tauchte die Halle in stockrabenfinstere Nacht. Ich drehte mich auf der Stelle und suchte die Finsternis nach dieser unmenschlichen Kehle, die den Schrei ausgestoßen hatte, zu durchdringen.

Der Schrei wiederholte sich, nicht endenwollend. Und dann kam eine Kreatur die breite Treppe vom oberen Stockwerk heruntergestürzt — in den hocherhobenen, schleimigen Händen ein Breitschwert, Mord in den Augen.

War es ein ekliger Dämon oder ein teuflischer Ghoul — jedenfalls ein Wesen aus lauter Schleim und Schuppen und Wut, dem feurige Flammen aus den Augenhöhlen schlugen. Das Dämmerlicht gab dem Schwert den blauen Schein des Blitzes. Den Rachen hatte es aufgerissen, mich zu zerreißen und zu verschlingen, und es raste auf mich zu, als ob es zu keinem anderen Zweck existierte, als mir das Herz aus den Rippen zu reißen und zu verspeisen!

Die Furcht vor ihm übermannte mich. Selbst jetzt, im Rückblick auf die Geschehnisse, schäme ich mich nicht zuzugeben, daß tödliches Entsetzen mich überfiel, so sehr, daß ich unfähig war, mein Messer aus dem Stiefelschaft zu ziehen und mich zu verteidigen. Die Kreatur hatte den Fuß der Treppe erreicht und stürmte schreiend auf mich zu. Fast berührte mich schon die Klinge des Schwertes, da schrie auch ich...

Und wieder befand ich mich von einem Augenblick zum andern im Tal, rücklings auf der Wiese liegend. Die Sonne schien mir schräg durch die Baumwipfel direkt in die Augen. In der Nähe stand das Landhaus. Die Tür war verschlossen, die Fenster erweckten den Anschein von Verlassenheit. Nur der kräuselnde Rauch aus dem Kamin bewies, daß die Dame in Weiß anwesend war, von meinem Verlangen und Zorn ungerührt.

Geschlagen und gedemütigt verließ ich das Tal und fand zur alten Straße zurück. Als die Sonne sich dem Untergang zuneigte, ging ich durch den Tiefen Forst dem Dorf entgegen.

Aber da war noch etwas anderes in mir außer Demütigung, wie ich bald erfahren sollte. Solange ich mich noch in den Grenzen des Waldes befand, nicht. Der Schatten der nahenden Nacht streckte schon die Hand nach mir aus, als ich auf der Straße einen Mann mir entgegenkommen sah. Als wir uns näherten, erkannte ich in ihm Creet, den Maurer unseres Dorfes. Hochangesehen und großgewachsen überragte er mich, ehrlich gesagt, noch um Haupteslänge, wenngleich er nicht ganz so stark wie ich war. Uns verband eine Freundschaft, die sich darauf gründete, daß er wie ich viel gefreit, aber nicht bereut und auch nicht geheiratet hatte. Wir waren auf der Hut voreinander, da wir unsere Kräfte im direkten Streit nur einmal gemessen hatten, wo aber keine klare Entscheidung gefallen war. An all das verwandte ich jetzt keinen Gedanken. Ich bemerkte nur eins: Creet war beim Einbruch der Dunkelheit auf dem Weg in den Tiefen Forst, und in seinem Schritt lag eine gespannte Ungeduld!

Bei seinem Anblick erst erhob sich das andere in mir. Ich verstellte ihm den Weg und forderte ihn auf: »Geh heim, Creet! Sie ist nicht für dich! Sie gehört mir!«

»Ich habe sie gesehen«, erwiderte er entschlossen. »Wie kann ich da heimgehen? Vielleicht ist es dir mißlungen, sie für dich zu gewinnen. Creet, dem Maurer, wird sie sich nicht versagen!«

»Du sprichst aus Unwissenheit«, erwiderte ich. »Ich habe gesehen, daß sie Männer aus dem Dorf getötet hat!«

»Männer!« höhnte er. »Du meinst doch nicht etwa Paul und Forin? Grünschnäbel, aber keine Männer!« Offensichtlich zweifelte er nicht an sich. Er legte mir die Hand auf die Brust und versuchte, mich aus dem Weg zu schubsen.

Bin ich nicht Mardik, der Schmied, der auch, wenn er will, entschlossen handeln kann? Ich wischte seine Hand fort und versetzte ihm mit all meiner Kraft einen Schlag.

Danach entspann sich zwischen uns beiden dort auf der alten Straße mitten im Tiefen Forst ein Kampf. Die Nacht senkte sich auf uns nieder, aber wir schenkten dem keine Beachtung. Wir schlugen einander, umklammerten uns, fielen hin, standen wieder auf und setzten den Kampf fort. Creet war stark, das muß ich zugeben, und das Verlangen nach der Dame in Weiß verlieh ihm Riesenkräfte. Aber das andere in mir hatte seinen Kopf erhoben. Es war eisern, durch Fehlschläge nicht zu beseitigen, auch nicht durch Furcht oder Creet, den Maurer. Mit einiger Mühe gelang es mir schließlich, ihn niederzuschlagen. Ohne Besinnung lag er vor mir im Staub der Straße.

Auf diese Weise bahnte ich mir meinen Weg — einen Weg, der mich am Ende dem Tod nahebringen sollte, einen Weg, der mich nahezu im Irrgarten des Tiefen Forstes verlorengehen ließ. Vom Augenblick an, als ich Creet bewußtlos geschlagen hatte, verlor ich keinen Gedanken mehr an meine erlittene Demütigung und Furcht. Ich war wieder ganz Mardik, der Schmied, Stellmacher und Eisenwarenhändler, wie man ihn kannte. Ich war es gewohnt, meinen Willen durchzusetzen, und hatte nicht die Absicht, ihn einer etwas seltsamen Dame zu opfern. Ich hob Creet auf, lud ihn mir auf die Schultern und trug ihn heim. Meines Wissens wurde ich so der erste Mann, der bei Dunkelheit aus dem Tiefen Forst wieder herausfand.

Ich trug meine Last direkt zum »Roten Pferd«, wo die meisten Männer des Dorfes versammelt waren, wie es ihrer allabendlichen Gewohnheit entsprach. Ihrer Überraschung über mein Auftauchen keine Beachtung schenkend, stapfte ich geradewegs in die Schankstube und lud Creet dort auf einen Tisch mitten zwischen die Bierkrüge ab. Er stöhnte in seiner Bewußtlosigkeit, was ich ebenfalls nicht beachtete.

»Hört mir mal alle gut zu!« sprach ich in das Schweigen, das um mich herum herrschte, hinein. »Ich bin Mardik, der Schmied, und wenn Creet, der Maurer, es nicht schafft, mich zu besiegen, soll es jemand anders überhaupt nicht erst versuchen. Ich sage euch dies: Die Dame in Weiß gehört mir! Von diesem Augenblick an verbiete ich allen Männern, ihr zu folgen! Wenn eure Söhne sie sehen, schließt sie in ihre Zimmmer ein und steht bei der Tür Wache. Wenn eure Brüder sie erblicken, bindet sie an Händen und Füßen. Wenn eure Freunde von ihrem Anblick geblendet sind, schließt sie in Eisenketten. Und wenn ihr selbst zu ihr hin wollt — na schön, dann erzählt euren Frauen, Bräuten oder Müttern, sie sollen euch bewußtlos schlagen, bis ihr wieder Vernunft angenommen habt. Die Dame in Weiß bringt nämlich jeden um, den sie erhört! Meine Freundlichkeit hat da ein Ende, wo es jemand wagt, sich mir in den Weg zu stellen. Die Dame in Weiß gehört mir!«

Noch dauerte das Schweigen im Schankraum an. Dann erhob sich Pandeler, der Weber, von seinem Sitz, sah mich mit kummervollem Blick fragend an. »Hast du vor, sie umzubringen, Mardik?«

»Ich werde mit ihr das tun, was mir gut scheint, Pandeler«, antwortete ich ihm.

Ich wollte gerade fortfahren, um zu sagen, daß, was immer ich auch mit ihr täte, in jedem Fall in Zukunft kein weiterer junger Bursche unseres Dorfes sein Leben mehr an sie verlöre. Aber bevor ich den Mund auftun konnte, trat ein weiterer Mann vor und fixierte mich mit wildem Blick. Es war Gruel, der verrückte Priester, ganz in Schwarz gekleidet. Mit vor Aufregung zitterndem, langem, bis auf die Brust herabreichendem Bart, das von seinem Hals herabhängende Kruzifix mit seinen knochigen Fingern umklammernd, kreischte er los: »Sie ist die Braut des Satans! Deine Seele wird in der Hölle schmoren!«

»Gott behüte!« lachte ich schallend als Antwort. »Und wenn, was soll's! Besser meine Seele als die unschuldiger Kälber, die nicht mehr als ja und nein von ihren Müttern zu sagen gelernt haben!«

Entschlossenen Schrittes verließ ich daraufhin die Schankstube und knallte die Tür hinter mir zu, daß die Bodendielen krachten.

Zu Hause angekommen, fand ich unsere Kate im Dunkeln. Einen Moment lang fürchtete ich, Festil wäre wieder fort. Dann aber fiel mir ein, er brauchte ja kein Licht. Er lag wach in seinem Bett. »Mardik, da bist du ja!« Er erkannte mich auf Anhieb, da er im Dunkeln nicht blinder war als ich.

»Festil«, bekannte ich. »Wieder fehlgeschlagen!«

»War bestimmt furchterregend, nicht wahr?« Aus seiner Stimme hörte ich zwei Gefühle heraus, die mich wunderten — Trauer, und der Wunsch, mich zu trösten. »Mach dir keine Vorwürfe!«

»Festil«, sagte ich streng, »was hat diese Kreatur für eine Bedeutung?«

»Eine Prüfung, Bruder«, antwortete er sanft. »Nichts weiter als eine Prüfung.«

»Aha, eine Prüfung«, höhnte ich. »Die du bestanden hast?«

Nach einer sekundenlangen Pause seufzte er: »Ja.« Und wieder vernahm ich Trauer in seiner Stimme — Trauer über mich.

»Und auf welche Weise hast du sie bestanden?« forderte ich zu wissen.

»Ich...«, setzte er an zu sprechen, verfiel dann jedoch in Schweigen. Ich wartete ungeduldig, daß er fortführe. Schließlich sagte er: »Ich beugte mein Knie vor der Kreatur.« Seine Stimme wurde leise: »Ich kniete vor ihr hin mit den Worten: ›Mach mit mir, was du willst, Dämon. Ich habe keine Furcht vor dir, weil ich deine Herrin liebe. Du kannst meinem Herzen keinen Schaden zufügen!‹ Da verschwand sie, und ich war allein.« Plötzlich erhob er eine Stimme: »Mardik, du solltest mich nicht danach ausfragen! Es ist ein Fehler von mir, dir alles zu verraten! Weder dir noch der Dame erweise ich damit einen Gefallen! Du mußt jeder Prüfung unbefangen entgegentreten und sie auf deine persönliche Weise bestehen. Anders hätte alles, was du zu durchstehen hast, keinen Zweck!«

»Keine Sorge, Festil«, erwiderte ich. »Untier oder Dämon — ich will dieser Kreatur mit all meiner ganzen Kraft widerstehen.« Vor mir selbst versprach ich das, und vor der Furcht, die mir dieses Biest eingejagt hatte. »Aber dennoch bitte ich dich, mir auch von den anderen Prüfungen zu erzählen.«

»Das werde ich nicht!« protestierte er.

»Aber ich bitte dich«, sagte ich beharrlich. »Du weißt selbst, daß einige Jünglinge unseres Dorfes schon im Landhaus umgekommen sind. Und sogar alte Männer sind in großer Versuchung, der Dame zu folgen. Wie kann ich deren Tod verhindern, wenn ich nicht meinen eigenen Weg finde, um mit ihr zu reden?«

»Ist das dein eigentlicher Grund«, fragte er. Nun war seine Trauer dicht und schwer aus seiner Stimme herauszuhören. »Deswegen willst du zu ihr hin?«

Seinem Ton nach mochte ich ihn nicht anlügen. Also antwortete ich offen und ehrlich: »Auch deswegen. Aber genauso wegen deiner Blindheit. Und gäbe es keinen dieser beiden Gründe, würde ich dennoch zu ihr hingehen. Ich verlange nach ihr, daß es mich fast auffrißt.«

Er schwieg. Aber ich fühlte, er würde mir gleich alles, was er selbst erfahren hatte, ohne falsche Freundlichkeit erzählen. Endlich sprach er leise: »Als nächstes triffst du auf eine Frau... Du mußt eine Lösung für ihre Not finden. Und dann ist da noch eine Tür.« Mehr wollte er nicht sagen.

Aber mir genügte das vollauf. Ich hatte nur die eine Furcht gehabt, eine Vervielfachung dieses kreischenden Ungeheuers vorzufinden. Jetzt war ich voller Zuversicht. Einer Frau aus der Not zu helfen — ein Leichtes! Und eine Tür — aus welchem Grund sollte mich eine Tür einschüchtern? Ich begab mich auf mein Zimmer und verbrachte die Zeit bis zum Einschlafen damit, den kommenden Tag zu planen.

Bei Sonnenaufgang machte ich mich daran, meineVorsätze in die Tat umzusetzen. In einen Rucksack packte ich einige Lebensmittel, da ich entschlossen war, nicht eher, als ich gewonnen hatte oder verloren, ins Dorf zurückzukehren. Falls ich bei einer Prüfung versagte, wollte ich im Tal übernachten und es am folgenden Morgen erneut versuchen. Nun holte ich Bleifuß aus dem Stall, führte ihn vor die Schmiede und spannte ihn vor meinen Wagen. Dann lud ich alles, was mir von Nutzen sein konnte, auf die Ladefläche: Hämmer, Amboß, Nägel, Meißel, Seilwerk, eine transportable Esse, eine Urne mit glimmender Kohle, Sattel und Zaumzeug für Bleifuß, Ahlen, Sägen, Metallscheren, Zangen, Axt, Holz und Holzkohle — kurzum alles, womit ich Prüfungen oder Hindernissen auf meine Art begegnen konnte. Zuletzt kam noch eine Mistgabel dazu — ein überaus kräftiges Gerät mit extra gehärteten Zinken, das ich vor einigen Tagen speziell für einen namhaften Farmer angefertigt hatte, der bisher jede andere Forke zerbrochen hatte. Ich war soweit. Ich kletterte auf die Wagenbank, nahm die Zügel in die Hand, löste die Bremse, und fuhr los.

Trotz der frühen Morgenstunde blieb mein Aufbruch nicht unbemerkt. Mein Wagen rollt nicht eben gerade geräuschlos. Bekanntermaßen pflegen Stellmacher und Schmiede ihre eigenen

Sachen nicht so sorgsam zu behandeln wie die anderer Leute. Die ungefederte, quietschende Achse erzählte allen Menschen in Hörweite von meiner Abfahrt. Familien kamen aus ihren Katen und blickten mir nach. Ebenso wie ich schwiegen sie, und bald hatte ich sie hinter mir gelassen.

Im frühen Licht der Morgensonne herrschte unter den Bäumen des Tiefen Forstes Halbdunkel. Mein Fahrlärm scheuchte ganze Schwärme von Vögeln auf, die auf mein Eindringen mit verärgerten Warnschreien reagierten. Ich verstand jedoch ihre Aufregung. Schließlich betrachteten diese Geschöpfe den dichten, lastenden Wald als ihr Revier. Ich, Mardik, der Schmied, unterwegs zur Dame in Weiß, ihr die Art seines Verlangens zu lehren, hatte kein Recht, mich über das Krächzen der Raben des Schicksals zu beschweren. Sie sollten mich in meiner Entschlossenheit nicht beirren.

Ich hatte Zeit. Mein Wagen war nicht der schnellste, und Bleifuß zeigte keine große Lust für seine Arbeit. Vor mir lag ein langer Tag. Zweifellos erwartete mich die feine Dame.

Und doch ging mir ständig ein Gedanke durch den Kopf, der mich ein wenig beunruhigte. Obwohl Festil mit einer Rose als Geschenk aufgebrochen war, hatte er es fertiggebracht, mich, der ich auch ein Geschenk überreicht hatte, zu übertreffen. »Ja, und als Lohn verlor er sein Augenlicht!« beantwortete ich meine Zweifel. Ich hatte nicht die Absicht, als blinder Mann heimzukehren.

Solchermaßen vorgewarnt und im voraus gewappnet, erreichte ich die Abzweigung gegen Mitte des Vormittags. Ich bog in sie ein und fuhr zum blumigen Tal mit dem verzauberten Landhaus.

Dort angekommen spannte ich Bleifuß aus und ließ ihn laufen, damit er nach Belieben weiden konnte. Aus dem Rucksack holte ich die Lebensmittel heraus und verstaute sie unter der Wagenbank. An ihrer Stelle packte ich alle Werkzeuge und Geräte ein, die ich am ehesten würde gebrauchen können: ein Seil, Hämmer, Meißel, Ahlen, Nägel, Sägen, Scheren und Zangen. Diese schwere Last warf ich mir über die Schulter und nahm die Mistgabel in die Rechte. Mehrmals balancierte ich sie in der Hand, bis sie sicher im Griff lag. Dann visierte ich die rote Tür an und klopfte mit dem Schaft der Gabel energisch an.

Zum dritten Mal öffnete sie sich ohne jede sichtbare Einwirkung. Keine Menschenseele rührte sich.

Kampfesmutig trat ich ein, darauf gefaßt, der Kreatur aus

Flammen und Zorn entgegenzutreten. Drinnen war alles noch so, wie ich es von meinen zweimaligen Besuchen in Erinnerung hatte. Im Zentrum der Halle stand noch immer das kleine Tischchen mit dem Silbertablett darauf.

Umgeben vom Echo meiner genagelten Stiefel schritt ich zu ihm hinüber, jederzeit auf der Hut, daß etwas passierte. Vor ihm stehend, erblickte ich auf dem Tablett das von mir gefertigte Messer. Vielleicht hatte die Dame in Weiß mein Geschenk abgelehnt? Oder war es hier als Zeichen dafür zurückgeblieben, daß der Weg jenseits des Tischchens für mich frei war? Egal, damit hielt ich mich nicht auf. Ich verlagerte den Rucksack auf die andere Schulter, packte festen Griffs meine Mistgabel und schritt um den Tisch herum.

Da ich mich nicht draußen vor der Tür wiederfand, erkannte ich, daß mein Geschenk nicht abgewiesen worden war. Sofort wurde meine Vorsicht größer. Wachsam ging ich langsam auf den Torbogen zu.

Und dann kam er wieder, der Schrei, der die Luft zerriß und meinen Mut kühlte. Eisiger Wind blies, und durch die Luft wirbelten Schatten. Der dämonenhafte Verursacher des Schreis raste die breite Treppe herunter auf mich zu, das Schwert hocherhoben in den Händen. Mordlust leuchtete unverändert aus seinen Flammenaugen.

Ich ließ meinen Rucksack fallen und faßte die Mistgabel fest mit beiden Händen. Viel hätte nicht gefehlt, daß mich mein Mut verlassen und ich verzagt hätte. Aber ich hatte ja eine Waffe.

Kreischend und schreiend lief die Kreatur über den Steinboden auf mich zu und zielte auf meinen Hals. Da schwang ich die Mistgabel hoch und schleuderte sie wie einen Speer mit all meiner Kraft dem Ungeheuer entgegen.

Die Zinken trafen es mitten in die Brust und versanken bis zum Anschlag darin. Die Gewalt meines Wurfes war so groß, daß es nicht nur im Lauf innehielt, sondern zurückgeworfen wurde. Klirrend fiel das Schwert zu Boden. Die Kreatur sackte zusammen, krümmte sich auf den Steinen, geschwächt am Gabelschaft zerrend. Von einem Augenblick zum andern schien mir, sie wäre kein Dämon, sondern eine Frau in einem weißen Kleid. Dann mit einem Mal war sie weg, hatte sich völlig in Luft aufgelöst, und mit ihr das Schwert und die Mistgabel. Ich blieb allein in der riesigen Halle, in deren Kamin die nur von Riesen transportierbaren Baumstämme hell aufloderten.

»Heiliger Strohsack!« murmelte ich verblüfft vor mich hin.

Schnell aber schüttelte ich mein Staunen von mir ab. Soweit gekommen, wollte ich mich nicht von ihm aus dem Konzept bringen lassen. Ich nahm meinen Rucksack auf und trat mit dem starken, festen Schritt von Mardik, dem Schmied, durch den Torbogen hindurch.

Jenseits des Durchgangs blieb ich wie angewurzelt stehen. Vor mir erstreckte sich ein langer, weitläufiger Flur mit weiteren Torbogen, die zu weiteren Hallen oder Gemächern führen mochten. Vielleicht auch taten sich dahinter weitere Flure, Durchgänge, Türen auf, wer wußte es? Ich konnte mich nicht für einen dieser Torbogen, waren sie nun prächtig oder auch kärglich verziert, entschließen. Mir blieb nichts übrig, als ziellos hin und her zu wandern. Ich sah in die verschiedensten Hallen und Gemächer hinein, öffnete Türen, schob Vorhänge beiseite. Niemand und nichts ließ sich sehen, nirgends gab es Anhaltspunkte für die Dame in Weiß, wenngleich auch über allem der Anschein von Bewohntheit lag, so als ob die hohen Herrschaften den Palast nur kurzfristig verlassen hätten, aber jederzeit wieder zurückkehren würden. Als ich an eines der hohen Fenster kam, gab mir der Stand der Sonne zu erkennen, daß die Mittagsstunde schon verstrichen war.

Verärgert blieb ich endlich stehen und überdachte meine Situation. Ich brauchte einen Hinweis, woran ich mich orientieren konnte, wo der Weg zur Dame lang ging. Aber in diesem befremdlichen Gebäude hatten Osten und Westen, draußen und drinnen keinerlei Gültigkeit. Die einzige Möglichkeit, die ich bisher noch nicht ausprobiert hatte, war, es mal aufwärts oder abwärts zu versuchen. War nicht auch die getötete Kreatur mit dem Breitschwert aus dem oberen Stockwerk gekommen? Also beschloß ich, nach unten zu gehen, und dort zu sehen, ob ich vorwärtskam. Ich nahm die erstbeste Treppe, die nach unten in die Tiefe dieses Zauberpalastes führte.

Stufe um Stufe stieg ich abwärts. Mein Weg wurde nur spärlich von Fackeln beleuchtet, die in großen Abständen in Halterungen in den Mauern steckten. Sie brannten, aber schienen sich nicht zu verzehren. Dennoch lagen die Stufen größtenteils im Dunkeln, ebenso seitwärts gelegene Gemächer und Kammern. Also nahm ich mir eine der Fackeln, die die Länge meines Arms maß, aus der Halterung und führte sie mit mir. So war ich in der Lage, meinen Abstieg ungefährdet fortzusetzen und die größtenteils leeren abzweigenden Gemächer und Kammern zu erforschen.

Urplötzlich endete die Treppe. Vor mir durch eine Türöffnung erblickte ich ein hellerleuchtetes, geräumiges Gemach, dessen Felswände mit kostbar bemalten Wandteppichen behangen waren, auf denen mir unbekannte Wappen und Zaubersprüche dargestellt sein mochten. In der Mitte des Raums aber stand eine Liege, auf der eine ganz in Schwarz gehüllte Frau gebettet lag!

Bei meinem Eintritt wandte sie mir ihr Gesicht zu. Da meine Augen sich noch nicht auf die helle Beleuchtung umgestellt hatten, vermochte ich sie nicht besonders gut zu erkennen. »Aah, ein Mann!« begrüßte sie mich mit einem Erleichterungsseufzer. Die Stimme klang wie die einer Frau, die dringend eines Mannes bedurfte. »Mein Retter! Ich flehe Sie an — befreien Sie mich aus meiner Not!«

»Was ist Ihre Not, Frau?« fragte ich, mit den Augen blinzelnd, um meine Sicht zu klären. Ich hatte längst die Art ihrer Not erkannt. Mehrmals vorher hatte ich in Frauenstimmen diesen Ton vernommen. Darin sah ich nichts Arges. Und ich war darauf vorbereitet, ihr zu entsprechen, eingedenk Festils Äußerungen über die Prüfungen.

»Ach, Mann!« seufzte sie. »Ich bin allein und ohne Liebe. Mein Leben ist ein einziges freudloses Leid, von allen verachtet und geschmäht. Hilf mir, o Mann! Ich halte es nicht länger aus!« Ihre Stimme trug einen widerwärtigen Beiton, aber unverzagt trat ich näher an sie heran, gegen die Helligkeit anblinzelnd.

Plötzlich klärte sich mein Sehvermögen, und ich erkannte, wie abstoßend sie aussah. Ihre Kleidung war kein schwarzes Gewand, sondern Lumpen und Fetzen, ihre Hände, die ich besonders gut sah, weil sie sie flehentlich nach mir ausstreckte, schuppig und bedeckt von Aussatz! Auch die Arme waren übersät von eiternden, offenen Wunden, die Haare hingen ihr in schmutzigen Zotteln herunter, die meisten Zähne waren ihr ausgefallen, das Fleisch ihres Gesichtes verunstaltet durch die Krankheit, daß es nur aus einem einzigen blutigen Schorf zu bestehen schien! Ich starrte sie an, unfähig, zu sagen, was größer war — Ekel oder Mitleid. Ihr Blick verursachte mir fast Übelkeit, und doch griff mir die Tiefe ihres Elends ans Herz.

Festil hatte mir eingeschärft: »Du *mußt* eine Lösung für ihre Not finden!« Und wahrlich, dies war eine Prüfung, vor der alle Geschenke und Dämonengeschöpfe verblaßten. Wieder rief sie: »So hilf mir doch, o Mann! Ich flehe dich an! Befreie mich von meiner Not!« Ich wußte nicht, welche Lösung Festil gefunden hatte; fest stand, er hatte eine gefunden, hatte diesem leprösen alten Weib widerstanden. Ich wußte mir keinen Rat, der diesem mitleiderregenden, widerlichen Anblick der Qual entsprach, außer einem. Das Bild der Dame in Weiß stand vor meinem inneren Auge, ließ mich nicht aufgeben. Meine Hände schauderten zurück, ihren Hals zu umfassen. Ich tat einen Schritt nach vorn und stand direkt neben der Liege. Unaufhörlich flehend streckte die Alte ihre Hände nach mir aus. Ihnen ausweichend bückte ich mich, zog das Messer aus meinem Stiefelschacht — und stieß es ihr mit einem einzigen Ruck tief ins Herz hinein!

Vor meinen Augen verschwamm ihr Gesicht, füllten und bauschten die Haare sich zu einer rotblonden Haarkrone, und ihre Lumpen verwandelten sich in weißesten Samt. Im Bruchteil einer Sekunde löste sich auch das in Luft auf und verschwand so plötzlich wie die Dämonenkreatur. Weder Liege noch Messer waren im Gemach mehr vorhanden.

Erneut wallte Zorn in mir auf. Im Innern meines Herzens gelobte ich mir: *Dafür sollst du mir büßen!* Mein Zorn gebot mir, mich nicht weiter aufzuhalten. Aus diesem Gemach gab es nur einen Ausgang. Ich hob meinen Rucksack auf und richtete meinen Schritt auf den Ausgang zu, in der Hoffnung, endlich auf die Dame zu stoßen, bevor sie eine weitere und schlimmere Prüfung ausgeheckt hatte.

Er führte jedoch nur in einen unbeleuchteten Gang, an dessen hinterem Ende ich vor einer dicken, schweren Holztüre haltmachen mußte. Sie war verschlossen. Mir schoß durch den Kopf, daß die Alte flink wie ein Reh den Gang entlanggelaufen und die Tür hinter sich zugeschlagen hatte, noch bevor ich ihr gefolgt war. Hinter der Tür brannte Licht, das oben und unten durch je einen Spalt an Sturz und Schwelle hindurchschimmerte. Im dahinterliegenden Raum bewegte sich eine Gestalt, die von Zeit zu Zeit Schatten auf die Lichtstreifen warf.

Das ließ mich alle Gedanken darüber, wie wohl die Dame in Weiß hinter diese Tür gelangt sein mochte, vergessen. Ehrlich gesagt tötete allein schon die Seltsamkeit dieses Ortes jedwede Überraschung über das Wie und Warum. Mich beseelte nur die eine Erkenntnis: *Ich war am Ziel angelangt!* Das Verlangen und der Zorn glühten in mir wie Eisen im Schmiedefeuer. Ich verschwendete ebensowenig einen Gedanken an das Hindernis vor mir, das jeden anderen sensiblen Mann beeindruckt hätte, ich trat einfach die Flucht nach vorn an, mit dem einzigen Vorsatz, unter allen Umständen in den Raum hinter der Tür zu gelangen.

Auf mein Klopfen erhielt ich keine Antwort. So höflich wie ich konnte, forderte ich Einlaß. Immer noch keine Antwort. Mir wurde klar, auf diese Weise würde ich nicht weiterkommen. Die schattenwerfende Gestalt schien meine Anwesenheit einfach zu ignorieren.

Anfangs erfüllte mich das wieder mit rasender Wut, die aber rasch verflog. Zweifellos befand ich mich vor der von Festil genannten Tür — also einer weiteren Prüfung. Nach all der Furcht und dem Ekel der bisherigen Prüfungen schien dies eine sehr simple Angelegenheit für mich zu sein. Einen Moment lang nun war ich mir nicht sicher, wie ich vorgehen sollte.

Meine Unentschlossenheit rührte daher, daß ich zu wissen glaubte, welche Lösung Festil für dies Problem gefunden hatte. Wie ich hatte er sich gemeldet und dann einfach gewartet und sich in Geduld gefaßt, bis die Person dort drinnen Notiz von ihm zu nehmen geruhte. In diesem Haus hatte ich verstehen gelernt, daß Festil alles andere als unklug war. Nach außen hin ein Narr und Träumer, barg er in sich Fähigkeiten, diesen Prüfungen hier besser zu begegnen als ich.

Aber ich war nun mal Mardik, der Schmied, und nicht Festil, der Träumer. Nach meiner Begegnung mit der leprösen Frau war keine Geduld mehr in mir. Ich setzte meinen Rucksack mit dem Werkzeug ab und wandte mich einer eingehenden Untersuchung der Tür zu.

Sie bestand aus schweren dicken Holzbohlen mit eisernen Beschlägen und einer eisernen Umrahmung. Die Angeln waren so angeschlagen, daß die Tür nach innen zum Raum hin aufging. Durch den Spalt konnte ich erkennen, daß ein massiver Riegel vorgeschoben war, den meine Kräfte weder biegen noch brechen konnten. Mein erster Gedanke war, das Blatt meiner Säge durch den Spalt zu schieben und den Riegel durchzusägen. Ich glaubte jedoch nicht, daß die Person dort drinnen mich ungehindert arbeiten ließ, so daß ich Abstand davon nahm. Also kamen nur die Angeln in Frage. Dort sah ich eine klare Möglichkeit, weiterzukommen.

Sie bestanden aus dicken Flacheisen und waren oben und unten jeweils mit nur einem Nietbolzen durch das Holz der Tür hindurch befestigt, deren Köpfe zu meiner Seite herausschauten. Das Eisen war schon ziemlich von Rost zerfressen. Meine Erfahrung sagte mir, die zwei Bolzen würden mir nicht lange standhalten. Kleinigkeit. Keine eigentliche Prüfung für mich.

»Wenn's weiter nichts ist«, murmelte ich vor mich hin und suchte aus meinem Rucksack Hammer und Meißel heraus. Ich setzte die Schneide des Meißels an und schlug mit ganzen zwei Schlägen den oberen Bolzenkopf ab. Für den unteren benötigte ich drei.

Daraufhin setzte ich den Meißel als Hebel in den oberen und unteren Spalt an und stemmte die Tür von den nun kopflosen Bolzen zu mir her, bis sie mit einem Poltern aus dem Türrahmen heraus zu Boden krachte. Licht strömte in den Gang, und der Weg war frei.

Geschwind ergriff ich meinen Rucksack und trat ohne Aufforderung durch die Türöffnung.

Wer beschreibt meine Überraschung, was meine Augen sahen: Ich stand in einem geräumigen Gemach, das einer Alchimistenküche ähnelte. Über den Raum verteilt befanden sich Arbeitstische, auf denen Phiolen, Glaskolben, kleine Brenner mit rauchloser Flamme, vielfarbige Pulver, Arzneien und allerlei sonstige seltsame Apparaturen standen, deren Zweck mir unbekannt war. Alles hatte den Anschein von Zauberei. Die Quelle des alles überflutenden Lichtes war nicht zu entdecken. Fast schien es, als ob die ganze Luft leuchtete. Und an einem der Tische auf der gegenüberliegenden Seite des Gemachs — stand sie, die Dame in Weiß!

Sie war genauso überirdisch schön wie in meiner hellsten Erinnerung. Ihre Augen strahlten unergründlich wie die Sterne, ihr Haar flammte wie ein Glorienschein in rotblonder Pracht, ihr Gewand war so weiß, daß die Augen weh taten. Bei ihrem Anblick verlor sich für einen Moment lang mein Begehren und Zorn zu nichts, so großartig war die Bezauberung ihrer Schönheit auf mich.

Sie aber betrachtete mich mit einem neugierigen Blick, auf den Lippen einen Ausdruck der Belustigung. Dieser Blick machte sie mir menschlich. Das heiße Eisen in mir erwachte. Ich schüttelte den Zauber ab und ging auf sie zu, um sie zu umarmen.

Nach zwei, drei Schritten blieb ich jedoch wieder erstaunt stehen. Auf mein Näherkommen hin zuckte sie die Achseln. Durch diese einfache Geste fiel ihr weißes Kleid von ihr ab, desgleichen ihr Haar — ihre ganze Lieblichkeit verließ sie und war verschwunden. Vor meinen Augen enthüllte sich ein hünenhafter, ganz in grau gekleideter Mann, dessen Schultern das Alter gebeugt hatte. Von seinem Kinn hing ein langer, weißer Bart herunter, und auf dem Kopf hatte er einen spitzen Hut, wie ihn Zauberer als Zeichen ihres Standes zu tragen pflegen. Neugier und

Belustigung, aber auch Verachtung und Zorn standen auf seinem Gesicht geschrieben.

»Gut gemacht, Mardik«, sprach er in mein Staunen hinein. »Hast also alle Hindernisse auf dem Weg zu mir überwunden! Nun, also, was verlangst du von mir?«

Ihm aber vermochte ich mein Verlangen nicht zu gestehen. Verwirrung lastete so auf mir, daß ich es nicht einmal hätte in Worte fassen können. Ich starrte den Zauberer an, einen jämmerlichen Anblick wie ein blödes Kalb bietend, stotterte herum und brachte schließlich die Worte hervor: »Wo... wo ist... die Dame?«

»Es gibt keine Dame«, sagte er schlicht, aber bestimmt.

»Es gibt keine Dame?« stammelte ich. »Keine Dame?« Mich ergriff große Scham darüber, daß ich, um zu ihr zu gelangen, Blut vergossen hatte, Scham darüber, Verlangen und Zorn für ein Wesen empfunden zu haben, das gar nicht existierte. Meine Gefühle brachen sich in einem Brüllen Bahn: »Aber was war denn dann der Zweck des Ganzen?«

Verächtlich zuckte der Zauberer die Achseln: »Nur der, mich zu verbergen. Ich will ungestört meiner Arbeit nachgehen können. Von Zeit zu Zeit brauche ich allerdings Dinge aus dem Dorf. Damit nicht bekannt wird, wer und was ich bin, habe ich mich getarnt. Ich habe nicht die geringste Lust, von unwissenden Narren behindert zu werden, die keine anderen Sorgen haben, als mich zu belästigen, Zaubersprüche für die Fruchtbarkeit ihrer Kühe zu tun, oder Jungfrauen zu behexen, damit sie lüstern werden, oder Beschwörungsformeln zur Beschleunigung der Niederkunft oder Abwehr des Alters auszusprechen.«

»Der Narr bist du!« schrie ich außer mir vor Wut. »Um dich zu verbergen, nimmst du eine Gestalt an, die die Männer magisch anzieht, um sie dann zu töten! Mit ihrem Verlangen nach deiner Gestalt erreichst du genau das Gegenteil von dem, was du erreichen willst!«

»Und wenn — was stört's mich«, sagte er nur. Sein Interesse an mir schien erlahmt zu sein. *Gewogen und für zu leicht befunden.* Er wandte sich ab von mir und fügte noch hinzu: »Du siehst, nichts von deinen Herzenswünschen existiert tatsächlich!«

Damit entließ er mich.

Im gleichen Augenblick waren das Alchimistenlabor und der Zauberer verschwunden, und ich fand mich wieder im Tal. Die letzten Sonnenstrahlen des nahenden Abends ließen die Mauern des Landhauses fremdartig aufglühen. Alle Fenster waren dunkel. Das Haus schien unbewohnt zu sein. Selbst aus dem Kamin stieg kein Rauch mehr auf.

Vor mir aber stand die Dame in Weiß.

»Komm, Mardik«, sprach sie sanft. »Sei getröstet!« Ihre Stimme klang wie Musik, die mein Herz zum Singen brachte. »Mein Zauber ist zwar streng und gefährlich, aber nicht herzlos.« Zärtliche Arme legten sich um meinen Hals. Als ihre Lippen die meinen berührten, schmolz all mein Begehren und Zorn dahin. Ich wußte nicht, ob ich ihren Kuß erwidern oder verweigern sollte.

Dann war sie, die Dame in Weiß, mitsamt ihrem Haus verschwunden! Und mit ihr Bleifuß und mein Wagen, das Tal und der Weg dorthin — alles war verschwunden! Selbst die Sonne war weg. Ich fand mich allein und verlassen mitten im nächtlichen Forst.

Danach irrte ich stundenlang verloren und hilflos im Wald umher. Alles Gefühl für die Zeit hatte mich verlassen, alle Bemühungen, mich zu orientieren, blieben ergebnislos. Meine Kräfte ließen langsam nach. Ich war dem Tode nahe. In mondloser Nacht blind über die Wurzeln der riesigen Stämme stolpernd, von Eulenrufen gejagt und Fledermäusen umflattert, ergriff mich fast der Wahnsinn. Jedem Untier, das Hunger auf mich verspürte, wäre ich eine leichte Beute gewesen. Verloren und hilflos schien mir der Tod angesichts meiner quälenden Ausweglosigkeit eine Erlösung.

Von all dem Suchen total ermattet, fiel ich irgendwo schließlich vor Erschöpfung um, nichts anderes mehr als den Tod erwartend. Erlösender Schlaf umfing mich.

Hände auf meinen Schultern rüttelten mich wach. Im Mondschein erblickte ich über mich gebeugt das Gesicht Festils, meines blinden Bruders.

»Mardik, Bruder, du bist es!« sagte er unter Freudentränen.

»Festil, Bruder, wie hast du mich gefunden?«

»Einfach, indem ich der Spur deines Verlangens gefolgt bin. Vor dir bin auch ich diesen Weg gegangen.«

Weinen ergriff auch mich, und ich gestand ihm: »Festil, ich habe dich im Stich gelassen. Als der Zauberer mich aufforderte, mein Verlangen zu nennen, vergaß ich, ihn zu bitten, dir dein Augenlicht wiederzuschenken.«

»Ach, Mardik«, seufzte er. Durch seine Trauer klang Lachen und Freude hindurch. »Verstehst du immer noch nicht den Grund für meine Blindheit? Bruder, sie hat mich nicht befallen —

ich habe sie mir selbst gewählt! Auch mich forderte der Zauberer auf, mein Verlangen zu nennen. Meine Antwort war: ›Es ist mein größter Wunsch, allein die Dame in Weiß bis ans Ende meiner Tage anschauen, ihre Schönheit anbeten zu dürfen.‹ Er wurde mir erfüllt. Jetzt trage ich ihr Bild stets mit mir, und meine Augen schauen nichts anderes.«

Da trauerte mein Herz. Ach, Festil, du mein verrückter und träumerischer Bruder, wie klug und weise du bist! Klüger und weiser, als ich es jemals sein werde! dachte ich bei mir, sprach es aber nicht aus. Festil griff mir beim Aufstehen unter die Arme und geleitete mich, ungeachtet seiner Blindheit, sicher und ohne Straucheln auf geradem Weg zur alten Straße zurück. Dort fanden wir Bleifuß vor; ob geduldig oder blöd wartend, sei dahingestellt, und mit ihm meinen Wagen. Festil und ich kletterten auf die Wagenbank, ich ergriff die Zügel, löste die Bremse, und wir fuhren gemeinsam aus dem Tiefen Forst heraus.

Von dem Tag an bis heute ist mir kein Zauber mehr begegnet. Ehrlich gesagt, habe ich auch kein allzu großes Verlangen danach, zu schweigen von meinem Bedürfnis. Ich bin wieder Mardik, der Schmied, wie er leibt und lebt, angesehen wie kaum ein zweiter im Dorf. Obwohl, anfangs wurde eine Zeitlang dunkel über mich gemunkelt, bis ich die Gerüchte zum Schweigen brachte. Ich mache, was ich will, und niemand soll mir je in die Quere kommen. Um meinetwillen behandeln sie Festil mit Respekt.

Und doch bin ich nicht mehr derselbe, der ich früher war. Da ist ein Mangel in mir, den das Bier nicht zu löschen und Arbeit und Frauen nicht auszufüllen vermögen. Denn ich habe die Prüfungen der Dame in Weiß nicht bestanden. Dies Versagen kann ich nicht vergessen oder ungeschehen machen. Es gab etwas, wonach ich verlangte, das ich aber nicht erreicht habe.

Das ist — trotz allem — die Dame in Weiß! Wenn ich auch nicht erwarte, daß man mir glaubt. Lang und schmerzhaft habe ich über all das, was mir widerfahren ist, nachgedacht, und bin zu dem Schluß gekommen, daß der Zauberer dasselbe wie die Dämonenkreatur und die aussätzige Alte bedeutet hat — nämlich eine weitere Prüfung! Ich glaube jetzt, daß die Dame vermittels ihrer Prüfungen aus der Vielzahl der Männer, die um sie freiten, denjenigen herauszusieben versucht hat, der ihrer Liebe wert war. Davon bin ich fest überzeugt, obwohl Festil mir nie eine andere Antwort als sein ewigfrohes Lächeln darauf gibt. Lächle nur,

Festil, soviel du magst! Du hast deinen Herzenswunsch erreicht, auch wenn er dich blind gemacht hat! Ich aber — der ich meinen Weg immer geradeaus brach —, ich habe die letzte Prüfung nicht bestanden. Besser gesagt, habe ich eigentlich alle nicht bestanden, und wußte es nicht einmal. Aber was nutzt es, das jemand zu erzählen. Er würde mir nicht glauben.

Das heißt, genaugenommen gibt es schon Gelegenheiten, wo ich über die Ereignisse sprechen kann. Ab und zu nämlich kommt Pandit, Pandelers Sohn, abends zu meiner Kate, und wir drei, die die Feuerprobe des Landhauses lebend überstanden haben, sitzen dann im Dunkeln auf der Bank vor dem Haus zusammen, wo Festils Augen so gut wie jedermanns Augen sind, weit besser sogar als die der meisten. Aber wir sprechen nie direkt von ihr. Gewiß, Festil spinnt vor uns seine Träume aus, denen wir dann aufmerksam zuhören und regen Anteil daran nehmen. Wir lieben ihn, weil er sie, nach der wir so sehr verlangten, sieht.

Ihren alten Topf halte ich in Ehren, obwohl er ohne Reparatur wenig von Nutzen ist.

Die Leute im Dorf sagen dann manchmal, wenn sie uns dort in angeregter Unterhaltung sitzen sehen, wir benähmen uns wie enttäuschte, vor der Zeit gealterte und verwelkte Jungfern. Aber das trifft nicht zu, nicht für Festil noch für mich. Denn er hat seinen Herzenswunsch erfüllt bekommen, ja, und ich — nun, was soll's, ich bin eben Mardik, der Schmied, Stellmacher und Eisenwarenhändler, manchmal etwas langsam, aber stark und geradeaus wie ein Stier.

Ungeachtet jedoch all meines Versagens habe ich ein Geschenk erhalten, dessen Andenken ich wie einen Schatz hüte: Ich bin von der Dame in Weiß geküßt worden.

Und wer kann das schon von sich behaupten?

Aus dem Amerikanischen übersetzt von Johannes Jaspert

JEAN COX

Der Junge mit der eisernen Maske

Im Spätsommer 1929 saßen zwei Jungen auf einem grob gezimmerten Steg, der einen baumgesäumten kleinen Fluß überquerte.

Sie sprachen über den *Mann mit der eisernen Maske.*

»Er läuft Samstag im Strand«, sagte einer der Jungen aufgeregt. »Ich kann es kaum erwarten. Diesmal gibt es nur eine Vorstellung, weil am Abend die Versammlung der Loge meines Vaters ist. Und da kannste darauf wetten, daß ich diese Vorstellung nicht verpasse! Seit Monaten habe ich darauf gewartet. Ich habe alles über den Film gelesen.«

Wahrscheinlich hatte er das wirklich. Sein Name war Phillip Carter, und er war ein begeisterter Bücherwurm und Kinogänger. Oder jedenfalls ein begeisterter Kinogänger, soweit die Umstände es zuließen: Das einzige Filmtheater in seiner kleinen Stadt, das »Strand«, öffnete nur samstags. Das Aussehen des Jungen — nun, der zwölf Jahre alte Phil hätte mit seinem hellbraunen Haar und den blauen Augen auf der Titelseite der *Saturday Evening Post* als der typische amerikanische Junge erscheinen können — die Sommersprossen auf seinem Nasenrücken wurden noch nicht von einer Brille verdeckt.

Der andere Junge, der etwa im selben Alter war, sah so aus, als hätte er nie in seinem Leben ein Buch gelesen (vielleicht hatte er das außerhalb der Schule tatsächlich nicht), aber er mochte Kino fast genauso wie sein Freund. »Das muß einer der besten Kinofilme sein, die je gedreht worden sind«, sagte der Junge in grenzenloser Gläubigkeit. »Hast du nicht gesagt, daß D'Artagnan und die drei Musketiere mitspielen? Wer ist der Mann mit der eisernen Maske?«

»Douglas Fairbanks«, erwiderte der belesene Phil. »Er spielt zwei Rollen. Den Mann in der eisernen Maske und König Ludwig den Vierzehnten.«

»König Ludwig?« sagte der andere Junge. »Ha!« Denn Ludwig war *sein* Name. »Das muß ich sehen! Aber weißt du... meine Mutter sagte, an diesem Tag kommen unheimlich viele Verwandte von ihr zu Besuch, und ich wette, sie will, daß ich den ganzen Nachmittag zu Hause bleibe.«

Phil fuhr zusammen. »Oh, Mann, das ist ja schlimmer als der Tod — den *Mann mit der eisernen Maske* verpassen. Aber paß auf:

Wenn du ihn verpaßt, werde ich dir alles erzählen. Jede Einzelheit. Denn eins ist sicher«, fügte er hinzu und lehnte sich ausgesprochen selbstzufrieden gegen das wacklige Holzgeländer der schmalen Brücke (das aus zwei Reihen schlichter Dachlatten bestand, die auf ein paar Pfosten genagelt waren), »eins ist sicher, nämlich daß *ich* den Film nicht verpassen werde.«

Die Laute quietschenden Protests waren zu hören, nicht viel anders als das Kreischen eines rostigen Scheunentorscharniers, und das zerbrechliche Gerüst, gegen das er sich lehnte, gab nach — riß sich von den häßlichen, rostzerfressenen Nägeln los —, und Phil kippte im deutlichen, aber hilflosen Bewußtsein der Ironie der Situation ungelenk nach hinten und von der Brücke.

Er fiel auf das Wasser zu, den Kopf nach unten, aber mit dem Blick nach oben, Arme und Beine gespreizt. Er sah das Gesicht seines Freundes von seinen Füßen eingerahmt: ein aufmerksam spähendes Gesicht. Phils kurzes Leben lief nicht vor seinem inneren Auge ab, aber das wäre leicht möglich gewesen, denn er konnte eine Menge Erinnerungen, Gedanken und Vorstellungen fast simultan verarbeiten. Eine dieser Vorstellungen war die, daß er ertrinken würde, denn er konnte nicht schwimmen.

Er schlug auf etwas auf, etwas, das so hart war, daß er zuerst glaubte, es handelte sich um einen der runden Steine, die auf dem Grund des wunderbar klaren Flusses lagen. Aber es war nur die Wasseroberfläche. Sie teilte sich und schloß sich wieder über ihm. Er sank. Er keuchte nach Luft, schluckte würgend Wasser. Es tat schrecklich weh, so als verschluckte er Murmeln. Er berührte den Grund und schoß wieder nach oben. Mit hervorquellenden Augen kämpfte er sich an die Luft und zum Licht, und er sah Lu hoch über sich, wie er das nagelgespickte Geländer, das fast in die alte Stellung zurückgeschwungen war, wegstieß und ganz ruhig von der Brücke herabschwebte wie vom Deck eines Schiffs.

Er selbst war nie so ruhig gewesen, aber er wußte, daß niemand, der ihn sah, das glauben würde. Augen und Mund weit geöffnet, schlug er wie in einem Anfall ohnmächtiger Wut mit Armen und Beinen im Wasser um sich, wie jener König in den Geschichtsbüchern, der das Meer auspeitschen ließ, weil es sich seinen Befehlen widersetzt hatte. Aber innerlich war er ganz und gar nicht erregt oder ängstlich; und als ihn unerwarteterweise eine Hand am Schopf packte und er sich aufs Ufer geschleppt fühlte, erschien ihm das wie eine Demütigung.

Er berührte das Ufer, drehte sich und begrub seine Finger

kraftlos in der grasbewachsenen Böschung; zur Hälfte lag er noch im Wasser, sein Körper zitterte wie in einem nicht enden wollenden Kummer, Wasser lief ihm aus Augen, Ohren, Mund und Nase. Als er wieder den Kopf heben konnte, sah er Lus blasses Gesicht ihn ängstlich beobachten, Lus völlig bleiches Gesicht — und dazu den leuchtenden Kontrast einer roten Flüssigkeit, die von seiner Schläfe herunterrann und unter seinem nassen Kragen verschwand.

»Es ist nichts«, sagte Lu mit einem Lächeln und einer großartig beiläufigen Geste, auf die Douglas Fairbanks hätte neidisch sein können. »Nur ein Kratzer. Beim Untertauchen bin ich gegen einen Felsen gestoßen.«

Phil rappelte sich auf die Füße. »Wir gehen besser ins Haus und lassen Mutti einen Blick darauf werfen.«

Lu versuchte ihm das Ufer hinaufzuhelfen, aber er brauchte selbst ebensoviel Hilfe. Die beiden, jeder im Glauben, den anderen zu stützen, und dabei beide im Recht, torkelten den ausgetretenen Pfad zu Phils Hintertür hinauf, die etwa fünfzig Meter vom Fluß entfernt war.

»Ooh, Lu!« rief Phils Mutter, als sie ins Haus stolperten und die Tür sich krachend hinter ihnen schloß. »Ooh, Lu, was hast du angestellt?« Denn Lu war der frechere von ihnen und häufiger in Schwierigkeiten. »Mein Gott!« schrie sie im nächsten Moment, »du bist verletzt! Wie blaß du bist! Komm ins Wohnzimmer und leg dich aufs Sofa! Leg dich hin, Ludwig. Nein, nein, das macht nichts...« Denn er wollte gerade darauf hinweisen, daß er das Sofa ganz naß machte... aber er sank trotz dieser Bedenken sowieso auf das Möbelstück. Sie besah sich den »Kratzer«, wie er es genannt hatte. Schon eine leichte Berührung ihrer erregten Finger ließ noch mehr Blut herausströmen. Es verklebte sein Haar, lief über die Kissen, tropfte auf den Teppich. »Phil! Lauf schnell und hol Lus Mutter, während ich das auswasche — nein, zuerst den Doktor! Lauf die Straße hinab zu Dr. Vredenburg! Ich hole schon mal das Jod aus dem Schrank...«

»Machen Sie sich keine Umstände«, sagte der zwölf Jahre alte Ludwig Julius Ulmann. »Machen Sie sich keine Umstände; ich bin tot.«

Und es schien wirklich so. Seine Augen blickten starr zur Decke; der Blutstrom versiegte zum Tröpfeln. Phils Mutter starrte ihn an. Ein klagender Schrei entrang sich ihr, als hätte man ihn aus ihrer Kehle gerissen: »Oh, mein Gott! Was soll ich nur seiner Mutter sagen? Seiner armen Mutter!«

Aber Lu war noch nicht ganz tot. Seine weißen Lippen zitterten... und ihnen entstieg in der Stille des Zimmers ein geisterhaftes Flüstern, rätselhaft und beeindruckend:

»Jedenfalls... am Samstag läuft *Der Mann mit der eisernen Maske* im Strand.«

Das geschah an einem Donnerstag. Am nächsten Nachmittag kam Phil nach Hause, als seine Mutter gerade den Hörer des Telefons in der Diele einhängte.

»Phil, morgen nachmittag ist das Begräbnis. Ludwigs Mutter möchte, daß du einer der Leichenträger bist. Du kannst den dunklen Anzug anziehen, den wir dir zu Großmutters Beerdigung gekauft haben. Er wird dir noch passen, und ich habe ein paar weiße Handschuhe...« Als sie seinen Gesichtsausdruck wahrnahm, brach sie ab. »Ja, ich weiß, mein Junge, er war dein bester Freund, aber...«

Aber im Gesicht ihres Sohns war etwas, das sie erneut zum Verstummen brachte, etwas, das nicht Kummer war.

»Ich... ich will morgen ins Kino gehen«, platzte er heraus. »Das ist meine einzige Möglichkeit, den *Mann mit der eisernen Maske* zu sehen. Morgen abend ist die Versammlung von Papas Loge im Kino, und am Samstag können sie ihn wegen dieser verflixten Sonntagsgesetze nicht zeigen. Wenn ich ihn nicht morgen nachmittag sehe, kann ich ihn nie...«

»Hör mal, mein Junge! Ich weiß, daß du dich darauf gefreut hast, diesen Film zu sehen, aber das ist wichtiger. Du wirst in deinem Leben noch viele Filme sehen, aber du wirst nicht mehr viele Freunde wie Ludwig haben.«

Sein umwölktes Gesicht wurde von einem jähen Einfall erhellt. »*Er* hätte gewollt, daß ich den Film sehe. Seine letzten Worte gingen um den *Mann mit der eisernen Maske*.«

»Oh, Phil! Phil!« Halb lachend, halb weinend schüttelte seine Mutter den Kopf. »Wie kannst du nur? Dein bester Freund, der Junge, der dir das Leben gerettet hat! Weißt du denn nicht, wie es aussehen würde, wenn du nicht bei der Beerdigung wärst? Dafür in einer Filmvorführung! Und nicht nur Ludwig zählt. Auch seine Mutter. Du gehst ihretwegen, nicht nur wegen ihm.«

Phil, die Fäuste über den Hüften geballt, starrte, von dem angedrohten Verlust betäubt, auf das Girlandenmuster des Dielenteppichs, das, wie er zum ersten Mal bemerkte, wie ein großes stilisiertes Gesicht aussah: ein angedeuteter Mund, eine angedeutete Nase, Augen. Sein eigenes Gesicht war fast genauso unbewegt: eine Maske des Mißmuts.

Seine ein wenig pummelige Mutter musterte ihn kurz. »Vergiß diesen Schundfilm, Phil!« sagte sie schließlich und wandte sich ab. »Du gehst!«

Sie hörte, wie seinen zusammengebissenen Zähnen eine geflüsterte Bemerkung entfuhr — »O ja, ich gehe, schon gut!« —, entschied sich aber, sie zu überhören.

Am nächsten Tag schien er sein Versprechen wahr zu machen. Sie bereiteten sich darauf vor, zur Friedhofskapelle zu gehen, als Phil sein langes Schweigen brach, um anzukündigen, daß er ins Bad ginge. Sein hagerer Vater, der Sheriff von Bunyan County war, warf ihm einen prüfenden Blick zu, denn in dieser Ankündigung klang etwas Ungewöhnliches, beinahe Trotziges mit.

Sie hörten die Toilettenspülung und das Öffnen des Wasserhahns. Nach einer Weile blickte Sheriff Carter auf seine Uhr. »Was hat er vor — will er testen, wie hoch er die Wasserrechnung treiben kann?« Er griff nach der Klinke. »Verflixt! Er hat abgeschlossen. Phil, Phil!« — er klopfte — »Komm da raus!«

Aber es war keine Antwort zu hören. Carter war nahe daran, in die Luft zu gehen. Seine Frau, in ihrem schwarzen Kostüm, mit weißen Handschuhen und dem Glockenhut, sah unbewegt zu. Ein Gedanke ließ sie hochfahren. »Du glaubst doch nicht...?«

Das sah ihm eigentlich nicht ähnlich, aber seine Rasierklingen waren dort drinnen, und es hatten sich schon andere sensible Jungen aus ebenso läppischen Gründen umzubringen versucht. Und das Geräusch des Wassers, das in den Abfluß strömte, hörte einfach nicht auf.

Carter wandte sich um, rannte durch die Küche und zur Hintertür hinaus. Als er um das holzverkleidete Haus herumlief, sah er zu seiner Erleichterung, daß das Badezimmerfenster, das sich nach außen hin öffnete, weit aufgestoßen war. Die Trittleiter lag nur wenige Schritte entfernt im Gras. Er lehnte sie gegen das Fenster, stieg in das Badezimmer hinein, drehte das Wasser ab, schloß die Tür auf und öffnete sie, um in das entsetzte Gesicht seiner Frau zu blicken.

»Alles in Ordnung, Cora. Der Junge ist zu dieser verflixten Filmvorführung. Aber da wird er nicht lange bleiben.«

Er zog die schwarze Jacke aus und machte sich, mal rennend, mal gehend, zum zwei Straßen entfernten Kino auf. Manchmal fiel sein schwerer Tritt wie Hufschläge auf widerhallende hölzerne Gehwege, und manchmal erstickte er in Gras und Lehm, und erneut wurde ihm klar, daß Rosewood — nur wenige Jahre vorher hatte es den würdelosen Namen Stumpville getragen — nur zu schnell wieder ins Provinzstadium zurückfallen könnte, wenn er nicht wachsam war. Vor ihm flatterten Hühner auf. Eine Kuh, die einen Häuserblock vor dem Verwaltungszentrum entfernt in Mrs. Browns Hinterhof weidete, hob den Kopf und sah ihm nach, als er vorbeieilte. Er wandte sich nach links, auf die Westseite der Hauptstraße zu, die (in dreihundert Meter Entfernung) vor der Holzfabrik endete, und verfiel in gesetztere Gangart, wie sie großstädtischem Beton angemessen war. Nach einem wohlgefälligen Besitzerblick über das Gebäude, das Gefängnis, Gericht, Postamt und Stadtverwaltung unter einem Dach vereinte, betrat er das Strand-Filmtheater. Er wechelte einige Scherzworte mit Ed Foley, dem Besitzer (und wie er selbst ein Schauerpotentat der Larvenloge, die sich an diesem Abend versammelte), und lieh sich eine Taschenlampe.

Er erwartete, Phil etwa in der zehnten Reihe, nahe dem Gang, zu finden. Doch er irrte sich. Zu seinem Erstaunen konnte er Phil überhaupt nicht finden. Langsam und aufmerksam umherspähend, ging er von vorn durch den linken Gang. Das Kino war zu dieser einen Vorstellung voll, und nicht nur mit Kindern. All die Gesichter waren in eine Richtung gerichtet und starrten auf die Bilder, die über die Leinwand huschten: Bilder so groß, bleich und stumm wie Geister. Irgend etwas an diesem Schauspiel so vieler verzückter Gesichter, die einförmig in eine einzige Richtung starrten, erschien ihm zugleich verachtenswert und furchteinflößend. Um diesen leichten Anflug von Furcht zu vertreiben, drehte er sich um und schaute auf die Leinwand. Douglas Fairbanks in einem fantastischen Kostüm stand — zu Carters Überraschung — vor einem zweiten Douglas Fairbanks, der ebenso fantastisch, wenn auch ein wenig schlichter gekleidet war. Er spürte einen Anflug von Verachtung für diese kindische Spielerei... und dann so etwas wie Belustigung, als er an die Kostüme dachte, die er in wenigen Stunden genau an dieser Stelle sehen würde. Sich auf seine Aufgabe zurückbesinnend, ging er vor dem Publikum zum rechten Gang hinüber. Mrs. Brown, die Besitzerin der Kuh, hämmerte auf das Piano ein.

Auf dem ersten Sitz in der ersten Reihe auf der rechten Seite saß Barney Smith, oder Barney Glotze (wie die Kinder ihn nannten); er brabbelte in einer Art ehrfurchtsvoller Fröhlichkeit, während er mit seinen Glo-glo-glotze-Augen (wie die Kinder sagen würden) zur Leinwand hochstarrte. Schwer legte Sheriff Carter den Zeigefinger auf die Schulter des Mannes. »Mach keinen Narren aus dir, Barney!« ordnete er an. Und Barney, der sein harmloses Vergnügen zersört sah, richtete beschämt die Augen auf den dunklen Boden und verstummte. Carter ging weiter den Gang hinauf und musterte die Schar der Kindergesichter.

Da! Da war — ein Kind, nicht Phil. Verblüfft schaute er genauer hin. Er kannte dieses Gesicht, konnte es aber nicht mit Namen benennen und spürte jene aufreizende Zorneswelle, die man in solchen Situationen immer spürt. Der Junge, der etwa in Phils Alter war, ignorierte ihn einige Sekunden lang ganz bewußt und wandte ihm dann einen Blick zu, der ... *was* war? Fragend? Ironisch? Unverschämt? Carter konnte sich nicht festlegen. Aber was sollte es auch? Es war nicht Phil. Er ging weiter. Er untersuchte die Toilette und sogar den Besenschrank, dann gab er die Taschenlampe Ed Foley zurück, der sich höflich jede Frage verkniff, und ging, verärgert über seinen Sohn und völlig perplex.

Die Beerdigung nahm auch ohne Phil ihren Verlauf; sein Platz neben dem Sarg wurde von einem bis dahin nichtsahnenden Vetter eingenommen. Als Sheriff Carter zum traditionellen letzten Blick auf den Toten am geöffneten Sarg vorbeischritt, wurde er von einem Gefühl echten Bedauerns für den »Verstorbenen«, wie er ihn in einem offiziellen Bericht nennen würde, überrascht. Ludwig lag so steif und still dort — was ihm natürlich ganz und gar nicht ähnlich sah! —, daß man beinahe hätte denken können, im letzten Moment wäre eine Wachspuppe eingesprungen und der noch lebendige Junge strolchte, keck wie immer, irgendwo umher. Er war ein richtiger Junge, dieser Lu! Nicht wie — nun ... und der Sheriff verspürte plötzlich ein anderes Gefühl, ein Gefühl des Neids und des Unwillens. Dadurch, daß er die Beerdigung schwänzte, hatte Phil zum ersten Mal wirklich Mumm gezeigt.

Sie hatten Mrs. Ulmann, Ludwigs Mutter, irgend etwas zugeflüstert, daß Phil krank sei, und sie, die arme Frau — sie war Witwe, ihr Mann war vor Jahren bei einem Unfall beim Holzfällen umgekommen —, hatte sofort angenommen, daß der Kummer um seinen Freund ihn krank gemacht hatte: eine Diagnose, die sie beide ziemlich beschämt hatte. Und jetzt, um ihre Beschämung zu vervollkommnen, bestand sie darauf, bei ihrem Haus anzuhalten, um den kranken Jungen zu trösten. Sie gab ihr nach, in der Hoffnung, Phil wäre zu Hause und brütete in seinem Zimmer vor sich hin, sobald sie ankamen; auf diese Weise konnten sie die Version aufrechterhalten, ihm sei nicht gut gewesen. Aber er war nicht zu Hause, und es war unmöglich, so zu tun, als wäre er es. Unter den Verwandten gab es einige verwirrte Mutmaßungen über das, was mit ihm geschehen sein konnte — denn natürlich waren alle Beerdigungsteilnehmer mitgekommen, und die Einfahrt, der Hof und die Straße vor dem Carter-Grundstück waren von ihren dunklen Autos verstopft. Es bestand allgemeine Übereinstimmung, daß der Junge, vom Kummer verwirrt, irgendwo umherwanderte, und einer von Lus Onkeln, ein fetter Mann mit einem gesprenkelten Glatzkopf, der aussah wie ein großer Bachkiesel, ging so weit, vorzuschlagen, den Flußlauf abzusuchen, als wäre Phil möglicherweise hinausgegangen, um zu vollenden, was sein Freund unterbrochen hatte. Während sie weiterrätselten, aßen und tranken sie, und Carter begann sich daran zu erinnern, daß er bis auf Mrs. Ulmann niemanden von diesen Leuten kannte. Er wünschte sehnlichst, sein Logenkostüm anzuprobieren, damit Cora, wenn nötig, noch Änderungen vornehmen konnte, ehe es zu spät war, aber das konnte er kaum, solange sie noch da waren. Es wäre einfach zu lächerlich, vor der Trauergemeinde in dem Hut mit der meterweiten Krempe und der weißen Feder, der Samtmaske, dem schwarzen Umhang und der übrigen Verkleidung aufzutauchen.

Als er resigniert über all das nachdachte, öffnete sich die Badezimmertür, und Phil trat völlig unpassend heraus. Jeder starrte ihn an. Es war unmöglich, daß er die ganze Zeit im Bad gewesen war, denn einige der Besucher hatten es bereits aufgesucht; und sein Verhalten, als er die Versammlung musterte, war so offensichtlich von trotzigem Schuldbewußtsein bestimmt, daß es keinen Zweck hatte vorzugeben, er sei krank und bekümmert. Mrs. Ulmann, die Augen weit aufgerissen, einen halbleeren Teller mit Erdbeereis auf dem Schoß, hob eine zitternde, desillusionierte Hand zum Mund. Phil sah sie. Seine Augen senkten sich, sein Gesicht wurde rot — als reflektiere es den Schein eines glühenden Schmiedefeuers, in dem ein Eisenstück geformt wurde (das war der kühne Vergleich seines Vaters, der sich erinnerte, wie Phils Gesicht ausgesehen hatte, als er neben Felix' Schmiede stand in jener Nacht, als sie den Dienst-Buick zur Reparatur gebracht hatten).

Carter stürzte an Phil vorbei und sagte zu ihm: »Geh in dein Zimmer!«, bevor er ins Badezimmer trat. Mit plötzlichem Klarblick hob er den Deckel der Wäschetruhe und sah auf den zerknüllten Handtüchern eine Jux-Brille, eine Stoffkappe und einen gestreiften Sweater. So! Lon Chaney, Sohnemann, was? Der Junge mit den tausend Gesichtern. Oder zweien, zumindest.

Nach einigen Minuten, in denen er und Cora die Besucher hinausbegleiteten (denn plötzlich merkte jeder, daß es Zeit wurde), folgte er Phil nach oben und fand ihn verlassen auf der Kante seines Betts sitzen. Einen Augenblick lang sahen sie einander an. Phil wirkte trotzig. Ein leises Knurren entfuhr ihm. Ein sehr leises Knurren — aus der Gegend seines Magens.

»Hungrig, hee?« fragte Carter. »Das kann ich gut verstehen. Du hattest zum Frühstück nur ein bißchen Toast und Orangensaft und ich schätze, seitdem hast du nichts mehr gegessen. Nun, junger Mann, du wirst noch hungriger werden, weil du heute kein Abendessen bekommst. Hat dir der Film gefallen? Wir reden morgen beim Frühstück darüber — falls ich mich entschließe, dir überhaupt ein Frühstück zu geben.«

Er trat zurück, zog die Tür des Zimmers zu, nahm einen Schlüsselbund aus seiner Tasche und verschloß sie, als handelte es sich um die Tür der Einzelzelle (und das ist die einzige Zelle) seines Gefängnisses.

»Eingesperrt!«

Der Gefangene, im Bett liegend und das Bettuch bis zu den bloßen Schultern hochgezogen, dachte mit einigem Widerwillen an diesen grausamen Ausdruck. Und dazu war er auch noch hungrig! Sein Magen bekräftigte das mit einem schwachen Grollen wie ein Schläfer, der aus einem schlechten Traum aufgeschreckt wird.

Das Fenster zu seiner Rechten, weit aufstehend, war wie das Gemälde eines Sommerabends. Ganz nah standen Bäume (in denen er die vergnügten Vögel miteinander zwitschern hören konnte); und in der Ferne, auf der anderen Seite des Flusses, konnte er eine Hangwiese sehen, bewachsen mit Tannen, Fichten und Kiefern, und das Spitzdach eines Hauses mit einem dünnen Faden weißen Rauchs, der aus dem Kamin senkrecht in die Luft stieg. Er lag lange Zeit wach, weidete sich an seinem eigenen Elend und wartete darauf, daß die Sonne unterging — und das tat sie wie einer seiner Lieblingshelden: widerstrebend und in einem strahlenden Glorienschein. Sein Zimmer wies nach Westen und jede Einzelheit darin war auf fast übernatürliche Weise sichtbar. Die Rückseiten seiner Bücher auf dem Regal an der gegenüberliegenden Wand wurden von einem strahlenden Licht vergoldet. Er konnte die Titel ohne Mühe lesen: *Die drei Muske-*

tiere, Der Graf von Monte Christo, Der letzte Mohikaner, Das Dschun-gelbuch, Alice im Wunderland (von dem sein Vater sagte, daß nur eine Memme es zu lesen wünschte), Pecks *Lausejunge* (ein Geschenk von seinem Vater — nicht, daß er es nicht mochte), ein großer illustrierter Poe-Band, *Jeeves* und drei *Mutt & Jeff*-Bände. Aber sie verdunkelten sich, während er hinschaute, als würde die Beleuchtung eines Kinos langsam heruntergedreht.

Er war sich des Zimmers und aller Einrichtungsgegenstände bewußt, ebenso der Szenerie draußen vor dem Fenster, aber er schien immer den *Mann mit der eisernen Maske* zu sehen. Douglas Fairbanks, das schreckliche Instrument auf den Schultern, ragte vor ihm auf, zerfloß und war verschwunden... War es nicht ein toller Film gewesen? Als unparteiischer Kritiker war er sich dessen sicher, aber sein persönliches Vergnügen daran war eine Zeitlang verdorben, als er sah, wie sein Vater den Gang hinaufging und den Leuten mit der Taschenlampe ins Gesicht leuchtete... er sah ihn stolpern, nach vorn in den Gang fallen, wobei die Taschenlampe mit überraschendem Klappern auf den Boden prallte. Von dem Lärm aufgeschreckt, schnellte Phils Kopf zurück — auf sein Kissen. Er befand sich im Bett, sein Herz schlug angsterregend. Und erneut hörte er die tappenden, klappernden Laute. Sie waren auf der Treppe... auf der obersten Stufe... in der Diele und kamen auf ihn zu. Nein: Jetzt hatten sie sich zur Seite gewandt... ins Zimmer seiner Mutter. Natürlich. Das war sein Vater. Sein Vater, der betrunken nach Hause kam, war auf der Treppe gestolpert. Phil kicherte, als er sich den Sheriff betrunken in diesem ausländischen Kostüm ausmalte.

Er mußte einige Zeit geschlafen haben, sagte er sich, denn der Mond war durchs Fenster zu sehen, und es würde ihn einige Stunden gekostet haben, sich verstohlen (wie Lederstrumpf um eine Indianergruppe) seinen Weg über das Haus zu bahnen. Seinen Kopf aufs Kissen schmiegend, sah er, daß ein bleiches Rechteck seines Lichts sich über den Boden ergoß und auf einer Seite die Spitzen von zwei Schuhen berührte, die an der Wand neben der Tür standen. Was sehr merkwürdig war. Sehr merkwürdig. Weil seine Schuhe unter dem Bett waren. Er erinnerte sich, wie er sie — oh, das war schon lange her! — mit einem Fußtritt unters Bett befördert hatte, als er sich mürrisch ausgezogen hatte. Also... was waren das für Schuhe an der Wand? Konnten sie seinem Vater gehören? Nein... er konnte sehen, daß sie zu klein waren; es waren die Schuhe eines Jungen. Konnte es sein, daß seine Mutter ihm ein neues Paar für die Beerdigung gekauft hatte — und vergessen hatte, ihm das zu sagen? Nein, nicht sehr wahrscheinlich.

Sie glänzten schwarz. Das Mondlicht kräuselte sich wie Zellophan auf ihnen. Und wie komisch diese weißen Socken aussahen. Solche Socken, die bis zum Knie reichten, trug man nicht mehr — jedenfalls nicht die Jungen, nicht einmal zu ... wie getragen? Es könnte sein. Als Junge, vor dem Weltkrieg, war er in Chicago gewesen. Aber nein, er hätte keine weißen Socken dazu getragen. Die hätten ihn wie eine Memme aussehen lassen, und das hätte er einfach nicht ertragen. Schwarze Schuhe, weiße Socken, blaue Seidenhosen ... und dann die weißen Hände, die an den Seiten der Hose aus den weißen Spitzenärmeln heraushingen.

Phils Körper wurde unter dem Bettlaken steif. Er hob den Kopf vom Kissen und spürte, wie die Haare in seinem Nacken prickelten.

Da stand jemand neben der Tür.

Er versuchte zu rufen —

»Wer ist da? Wer ist da?«

—, aber er brachte kein verständliches Wort hervor. Eine Eule krächzte höhnisch vom Fluß her, aber von der Gestalt an der Wand kam keine Antwort.

Und während er sie anstarrte, erkannte er allmählich, daß über der blauen Seidenhose ein weißes Rüschenhemd und eine Jacke waren, eine schwarze Samtjacke, vielleicht, denn sie schien das Licht wie Löschpapier aufzusaugen. Und über dem Hemd und der Jacke war ... ein Gesicht, jawohl ... aber das war seltsam: Obwohl die Hände weiß waren, schien das Gesicht schwarz zu sein. Oder jedenfalls sehr dunkel. Konnte das Willy Burns sein, der Negerjunge, der jenseits der Bahn wohnte? Aber wie wäre Willy in das verschlossene Zimmer gekommen? Außerdem war es nicht ganz sein Gesicht. Irgendwie war es ein Gesicht, aber eher ein Gesicht wie auf einer Zeichnung, oder ...

Schuldbewußt fuhr er hoch. Was er sah, schien plötzlich eine mysteriöse, aber starke und furchtbare Bedeutung zu haben.

Er hatte das Gesicht schon gesehen.

Heute nachmittag.

Im Strand-Kino.

Es war kein Gesicht, sondern eine Maske. Eine eiserne Maske. Wie die, die Douglas Fairbanks getragen hatte. Nur war das hier ein Junge.

Er rief noch einmal, diesmal lauter und verständlicher, aber ebenso erfolglos wie vorher. Der Junge mit der eisernen Maske bewegte sich nicht, sprach nicht, sondern stand still... wie ein Toter.

Und er befand sich im selben Zimmer mit ihm, einem Zimmer mit verschlossener Tür.

Er versuchte zu schreien, nach seinem Vater zu rufen, der ihn mit diesem Ding eingeschlossen hatte. Aber jedes Mal, wenn er seine Stimme hob, brach sie unter der Last der Angst wie ein schwacher Zweig, auf dem zuviel Gewicht liegt.

Er mußte hinaus. Die Tür war verschlossen, aber es gab einen anderen Weg aus dem Zimmer. Er hatte diesen Gedanken kaum gefaßt, da war er schon aus dem Bett und barfuß aus dem Fenster, denn sein Schlafzimmerfenster führte auf ein schräges Dachstück. Gefährlich auf den taunassen Schindeln rutschend und abgleitend, krauchte er übres Dach zum nächsten Fenster und sah hinein — sah das Mondlicht, das wie ein Teppich in der verlassenen Diele lag, sah die Tür zu seinem Zimmer, so nahe, so dicht geschlossen, ausdruckslos, geheimnisvoll. Lautlos schob er das Fenster hoch, stieg hinein, trippelte schnell zur Diele hinunter an seiner Tür vorbei zum Schlafzimmer seiner Eltern.

Zitternd stand er auf der dunklen Schwelle, teils von der Kälte, weil er weder Pyjama noch Nachthemd trug. Aus der rechten Seite des Betts ertönte ein vertrautes Geräusch: ein Holzfäller, der einen Baum zersägte.

»Was ist los, Phil?« Die Stimme seiner Mutter von der linken Seite, leise, aber völlig wach. »Bist du durchs Fenster rausgestiegen?«

»Da ist jemand in meinem Zimmer.«

Er konnte fühlen, wie ihn ihre Augen im Dunkeln prüfend anblickten. Aber sie war aufgestanden und bereit, wenn notwendig, ihren Mann zu wecken.

»Es ist ein Junge«, fügte Phil hinzu. »Er trägt eine eiserne Maske.«

»Oh, mein Gott«, seufzte die Mutter mit einem müden Lachen. »Das hast du davon, wenn du mit leerem Magen ins Bett gehst.«

»Das ist kein Traum, bestimmt nicht. Er ist wirklich.«

»Hier!« Sie warf ihm den Umhang zu, den sein Vater bei der Loge getragen hatte. »Wickle dir das um, du Nachtschwärmer, und komm mit mir in die Küche, ich mach' dir ein Sandwich mit Spiegelei und ein Glas Milch. Und *schhhh*! flüsterte sie konspirativ, als er sich den melodramatischen Mantel umwickelte, »weck deinen Vater nicht auf!«

Als Phil — der die Nacht auf dem Sofa im vorderen Zimmer verbracht hatte, den Kopf auf dem Fransenschal mit den nicht auszuwaschenden Blutflecken —, als Phil am nächsten Morgen mit seiner Mutter von der Kirche zurückkam, schlief sein Gefängniswärter immer noch seinen Rausch aus. So verbrachte der Junge den größten Teil des Tages unbeschwert. Es gab trotzdem Komplikationen, denn als seine Mutter hereinkam, um sein Bett zu machen, sah sie, daß die kleine Reproduktion von Gainsboroughs *Blauer Junge* neben der Tür entstellt worden war. Eine kindliche Hand hatte einen schwarzen Stift genommen und das Gesicht überkritzelt, beinahe ausgelöscht. Sie erkannte die verschmierten Striche als den Versuch, eine Maske zu zeichnen. Eine eiserne Maske, vermutete sie.

»Warum hast du das getan, Phil?«

Er starrte die Reproduktion an. »Das war ich nicht. *Er* muß es getan haben.«

»*Er?*«

Phil lenkte seinen verschlossenen Blick auf den Boden. Sie wiederholte ihre Frage. Ihm entfuhr eine Antwort: »Der Junge mit der eisernen Maske. Er hat es getan.«

Sie fuhr zurück und betrachtete ihn besorgt. Irgend etwas stimmte hier nicht. Wenn das eine Lüge war, dann keine normale Lüge. Und wenn es keine Lüge war, wenn er wirklich daran glaubte...!

»Phil«, brachte sie schließlich hervor, »du mußt diese Geschichte mit der eisernen Maske aus dem Kopf kriegen.«

Aber er fand das leichter gesagt als getan.

An diesem Abend hatte er eine kurze und ziemlich einseitige Diskussion mit seinem Vater — denn Cora hatte dem Sheriff von dem Jungen mit der eisernen Maske wie von einem Wunderwesen erzählt. Phil wollte nicht in seinem Zimmer schlafen, aber sein Vater brachte ihn leicht dazu, es doch zu tun, und das sogar mit dem Anzeichen einer gewissen Bereitwilligkeit.

»Du willst doch nicht, daß ich dich für eine Memme halte, oder?«

Darauf konnte es natürlich nur eine Antwort geben; und die Folge war — nach einer Reihe logischer Schritte, die sein Vater ihn führte —, daß er in dieser Nacht in seinem Zimmer schlafen und solchen Unsinn wie Phantomjungen aus seinem Kopf verbannen mußte. Also ging er ziemlich früh, aber nach dem Abendessen — denn seine Mutter hatte darauf bestanden, daß er zu essen bekam — ging er ziemlich früh die Treppe hinauf, innerlich sehr beunruhigt, aber sich der Tatsache bewußt, daß die Augen seines Vaters auf ihm ruhten und er sich so tapfer er konnte zeigen mußte. Aber er wußte, daß er nie sehr tapfer war, selbst wenn er sein Bestes tat. Er war nicht wie Lu. Lu hatte vor nichts Angst. Vielleicht, dachte er bitter, vielleicht hätte Lu seines Vaters Sohn sein sollen.

Diesmal wurde die Tür nicht verschlossen. Er zog die Pyjamahose an und hielt die Socken an den Füßen ... für den Fall, daß er den Wunsch hätte, schnell zu verschwinden. »Vielleicht bleibt er heute nacht weg«, sagte er zu sich selbst.

Eine Zeitlang lag er wach und wiederholte diesen Satz immer wieder, aber dann mußte er wohl doch eingeschlafen sein. Ganz sicher sogar, denn er wachte auf. Fuhr aus dem Schlaf hoch und fragte sich, was ihn geweckt haben mochte. Er lauschte — aber er sah und hörte nichts, das ihm Angst machte, und doch zitterte er unter dem Laken wie in einer Vorahnung des ... kommenden Winters. Sein offenstehendes Fenster rahmte ein Bild des nächtlichen Himmels ein, mit Sternen gesprenkelt und einem Mond verziert, aber sein Zimmer schien sehr dunkel. Wie er die Dunkelheit haßte! Wenn er es nur wagte, das Bett zu verlassen, um die Schnur seiner Lampe zu ziehen! Aber er wagte es nicht und lag zitternd in der Dunkelheit.

Schließlich, unfähig, die Ungewißheit zu ertragen, fragte er stotternd: »Bist du da?«

Aus der gespannten Dunkelheit seines Zimmers kam keine gesprochene Antwort auf diese Frage. Auch nicht von seinem Tisch. Oder vom Spiegel her. Oder vom Bücherregal. Oder von der Gestalt, die am Rand des rechteckigen Fleckens aus Mondlicht stand. Es war die Gestalt eines Jungen von etwa seiner Größe und, wie er vermutete, seinem Alter, und über dem Gesicht trug er, wie in der vorherigen Nacht, ein eisernes Visier. Die Gestalt war wie in der vorherigen Nacht gekleidet, als wäre sie auf dem Weg zu einer Versammlung der Larven-Loge ... obwohl niemand in dem Alter zu diesem Herrenabend zugelassen würde — ein Gedanke, der von einem anderen verdrängt würde: Was wäre, wenn die Larven ihm einen Streich spielten? Einen handgreiflichen Ulk? Ihn bestrafen, weil er Lus Beerdigung geschwänzt hatte? Natürlich! Das entspräche genau der Art dieser Spaßvögel! Er hatte von einigen Dingen, die sie getan hatten, gehört, wie sie zum Beispiel Tom Potter einen solchen Schrecken eingejagt hatten, daß er zwei Monate lang nüchtern blieb. Er klammerte sich an diesen Einfall. Was hier geschah, war zwar immer noch beängstigend, aber wenigstens ergab es einen Sinn; es war Teil der realen Welt. Aber im nächsten Augenblick sah er etwas, das diese hoffnungsvolle Möglichkeit beiseite fegte, etwas, das ihm einen seltsamen Krampf übelkeitserregenden Abscheus entrang und ihn gebrochen und absolut überzeugt von der Authentizität seines geheimnisvollen Besuchers zurückließ. Das dunkle Metall unter den rechteckigen Augenöffnungen war feucht, von Tränen gestreift. Der Junge mit der eisernen Maske weinte.

Phil wollte wieder sprechen, aber Stimme und Gliedmaßen gehorchten ihm nicht mehr. Er hätte vielleicht gesagt, wäre er in der Lage gewesen, überhaupt etwas zu sagen, daß er sich nicht noch mehr ängstigen konnte, ohne in Ohnmacht zu fallen oder zu sterben. Aber das hätte nicht gestimmt — wie er entdeckte, als die stumme Gestalt sich in Bewegung setzte.

Sie kam auf ihn zu, eine Hand zu dem Gitter erhoben, das ihr Gesicht verbarg, die andere Phil entgegengestreckt. Langsam trat sie vor, bis sie am Fuß seines Bettes stand...

Und kreischte.

Nein. Es war nicht der Junge, der kreischte. Es war Phil. Er hörte sich selbst aufschreien — hörte es so, als sei er weit fort.

Das war entsetzlich, das war schon entsetzlich genug, aber was weit entsetzlicher war: Irgend etwas außerhalb seines Zimmers war mit seinem schwachen, dünnen Schrei völlig unzufrieden und entriß ihn ihm — nahm ihn, erweiterte ihn, vertiefte ihn und verlängerte ihn. Es war, als würde der Schrei vom Stadtrat unterstützt, begutachtet und einmütig gutgeheißen. Denn die Stadt kreischte. Er hörte sie schreien. Hörte den Klang ihres Baritonheulens die Stadt überschütten und sich in das Umland ergießen. Hörte Bombazin, den schwarzen Scotchterrier des Nachbarn, in panischem Schrecken bellen. Hörte alle Hunde der Stadt bellen, die Hunde jenseits des Flusses, auf der Hochlandweide und hinter den Hügeln; hörte ihr leises, ängstliches Kläffen, ihr Knurren und Bellen, die harmonischen Kontrapunkte auf der schwankenden Oberfläche dieses Heulens, das jeden Gedanken betäubte und das Haar auf seinem Kopf sich aufrichten und zu Berge stehen ließ, das den Spiegel über seinem Nachttisch zum Klirren brachte, das Bild des Blauen Jungen an der Wand klirren ließ, das Glas seines Fensters klirren ließ. Und aus dem Augenwinkel sah er durchs Fenster ein weißes Flattern, eine Gestalt ganz in Weiß wie ein gewöhnliches Gespenst oder ein Mann im Nachthemd, und die Gestalt rannte den Pfad auf der anderen Seite des Flusses entlang.

Der Anblick dieses davonrennenden Dings, das Beispiel, das es ihm zeigte, nämlich daß Bewegung möglich war, löste ihn aus seiner Lähmung. Immer noch schreiend, warf er sein Bettuch mit aller Kraft von sich und sprang im selben Augenblick aus dem Bett. Das Laken fiel über das sprachlose Ding am Fußende seines Bettes, als wollte es es austilgen, und Phil, der sich umblickte, während er die Tür seines Zimmers aufriß, sah es dort wie eine halbverhüllte Statue stehen. Er rannte — rannte durch das Kreischen wie durch einen Widerstand leistenden Stoff und durch einen Dunst aus Licht, rannte durch die enge Diele, mit den Armen heftig um sich schlagend. Und stieß mit etwas zusammen — etwas, das so stofflich war wie das Ding in seinem Zimmer, etwas, das ihn beim Arm packte, mit kräftigen Armen hochwirbelte und ihn schüttelte.

»Phil! Phil! Um Gottes willen, reiß dich zusammen!«

Der Schrei, der das Haus, die Stadt und die Nacht erfüllt hatte, erstarb, ein Klageruf, der sich verlor... und Phil hörte nur seine eigene mitleiderregend dünne und einsame Stimme... die ebenso verging. Und die Stille, die folgte, schien einen Augenblick lang so dicht wie eine Baumwollwattierung, als wäre er von diesem Kreischen betäubt worden und könnte nie mehr hören.

Aber sein Vater bewegte sich geräuschvoll. Er schob Phil ins Schlafzimmer und in die Arme seiner Mutter, wandte sich um, rannte mit flatterndem Hemd, einen Stiefel noch unter dem Arm, in den Flur hinunter. Sie hörten ihn die Treppe hinabstolpern, hörten die Haustür zuschlagen.

»Liebling«, sagte Phils Mutter, »es ist alles in Ordnung. Du bist nicht in Gefahr. Wahrscheinlich ist es nur ein Feuer am Sägewerk.«

»Das ist es nicht. Er ist wieder in meinem Zimmer. Der Junge mit der eisernen Maske.«

»Du hast geträumt, Schatz. Die Sirene hat dich mitten in einem Alptraum geweckt.«

»Nein, nein, er ist wirklich da. Ich habe ihn gesehen.«

»Schon gut, Schatz, schon gut«, besänftigte sie ihn. »Du kannst hierbleiben, bis dein Vater nach Hause kommt.«

Eine Stunde später war sein Vater zurück.

»Jesus Christus!« ächzte er. »Das war dieser Barney Glotze. Er ist ins Sägewerk gegangen, um sich nach einem Plätzchen zum Schlafen umzusehen, und irgendwie — durch Zufall, vielleicht, oder aus Bosheit oder aus Verrücktheit, wer weiß das schon? — hat er an der Sirenenleine gezogen und sich drangehängt. Die ganze Stadt hat er aufgeweckt! Mindestens fünfzig Leute sind draußen auf der Straße! Wir haben ihn hinter einem Stapel Holz gefunden, winselnd und zitternd wie ein getretener Hund. Irgendwas muß mit diesem Trottel passieren! Der Stadtrat tritt Mittwoch zusammen, und dann werden sie Barney die Papiere geben. Ich werde dafür sorgen. Rosewood kann ohne einen Dorftrottel auskommen. Mittwoch abend sitzt er im Zug.«

»Aber Schatz, wo wird er hingehen? Er hat sein ganzes Leben hier verbracht.«

»Das ist schon viel zu lang. Wir hätten ihn früher loswerden sollen.« Er zerrte gerade den rechten Stiefel vom Fuß, erstarrte in der Bewegung und blickte starr. »Was machst du hier, Phil?«

»Ich habe ihm gesagt, er könne die Nacht hier schlafen«, sagte Mrs. Carter.

»Mein Gott, bist du so eine Memme, daß eine Sirene dich zu Tode erschreckt?«

»Nein, das ist es nicht. Er hat wieder den Geist gesehen.«

Carter verharrte in seiner starren Haltung, er wirkte wie ein Mann, der den Verdacht hat, daß er Leibschmerzen bekommt. Er stand vom Bett auf und hinkte auf Phil zu, wobei er den halb ausgezogenen Stiefel hinter sich her zog. »Du hast das nur erfunden!«

»Nein, das stimmt. Er ist wirklich da. Ich habe ihn gesehen.«

»Ich mag das nicht«, sagte Carter ruhig. Er schlug Phil hart auf die rechte Gesichtshälfte und dann mit dem Handrücken auf die andere.

Die Augen entsetzt aufgerissen, fuhr der Junge zurück.

»Henry!« schrie Mrs. Carter. »Was ist in dich gefahren? Was tust du...?«

»Ich mag das nicht!« wiederholte der Sheriff. »Wenn du uns ein Märchen erzählst, in Ordnung — diesmal werde ich darüber hinweggehen. Aber ich mag nicht, daß du Dinge siehst. Ich will nicht, daß du wie Barney bist...«

Phil schrie — oder kreischte vielmehr: »Er ist wirklich da, bestimmt. Er war in meinem Zimmer.«

Carter hob erneut die Hand, aber seine Frau, die von der anderen Seite des Betts herumgekommen war, packte seinen Arm. »Was glaubst du, machst du da? — einen Gefangenen verhören?« Ihr Mann sah sie mit einem Blick an, der dem von Phil glich — als hätte sie ihn geohrfeigt.

»Geh in dein Zimmer zurück, Phil!« sagte seine Mutter. »Das Flurlicht ist an, und du kannst dein Licht anlassen und die Tür offen.«

Sheriff Carter sagte nichts, aber er musterte seinen Sohn prüfend, als der Junge aufstand und das Zimmer verließ. Und Phil, der seinen Blick erwiderte, dachte, er würde ihn zeit seines Lebens nicht vergessen. Er wußte, daß er in den Augen seines Vaters ein Feigling war ... und vielleicht etwas, das weniger tadelnswert, aber noch schlimmer war.

Als er zwischen den zerknautschten Laken in seinem hell erleuchteten Zimmer lag, seinen Besucher grausam vertrieben, hörte er seine Eltern noch lange Zeit diskutieren. Sein letzter Gedanke, bevor er einschlief, und sein erster, als er wach wurde, war: *Mein Vati glaubt, der falsche Junge ist bei dem Unfall am Steg gestorben.*

Dr. Vredenburg, der eine Kombination aus Krankenhaus und Sanatorium keine hundert Meter die Straße weiter unten führte, kam direkt nach dem Mittagessen am nächsten Tag vorbei. Die erste Ankündigung seines Kommens war für Phil, als das vertraute Schnurren des Fords Modell A vor dem Haus erstarb, anstatt, wie sonst, sich in der Ferne zu verlieren.

Rundlich und grauhaarig, mit dem verschmitzt-nachdenklichen Gesicht eines Landgeistlichen, war dieser Mann der zugelassene Freidenker der Stadt, in seinen Ansichten außerordentlich radikal, aber so benötigt — im ganzen Kreis gab es nur noch einen einzigen weiteren Arzt —, daß die Leute über seine Eigenarten lächelten, statt sie zu mißbilligen. Er prahlte mit seinem Geburtsort Baltimore, aber obwohl er zu den Hinterwäldlern am Pazifik vertrieben worden war (wegen seiner Ansichten, vermutete man), hielt er seine Finger am Puls der Zeit. Er hatte *The American Mercury* und *The Dial* abonniert, und man erzählte sich, er sei persönlich mit Mencken, George Jean Nathan und Sinclair Lewis bekannt, Männer, deren massige, wenn auch umwölkte Gesichter er in den Mount Shasta gemeißelt haben würde, wenn man ihn nur gelassen hätte.

Phils Vater und Mutter zogen sich unter Hinweis auf Küchenarbeiten zurück, und der Junge fand sich im Wohnzimmer allein mit dieser ehrfurchtgebietenden Persönlichkeit. Er spürte ein vorwarnendes Frösteln. Konnte es möglich sein, daß der Doktor gekommen war, um *ihn* zu besuchen?

Das war er tatsächlich. Die körperliche Untersuchung war oberflächlich und kurz. Phil hatte kein Fieber, und seine Reflexe waren normal. Aber die dann folgenden Fragen waren forschender als alle, die ihm je gestellt worden waren; Fragen über den Jungen mit der eisernen Maske, und Fragen, die nichts mit dem Jungen zu tun hatten, aber persönlich, entsetzlich persönlich waren. Dieser Mann, so viel sachter als sein Vater, war auf seine Art viel grober. Er schien den Wunsch zu haben — und dazu in der Lage zu sein —, sich vorzubeugen und mit seinen dicklichen Fingern in jeder intimsten Stelle zu stochern. Phil, der direkt vor ihm stand, konnte seinen Blick nicht vom Gesicht des Doktors wenden, und dennoch konnte man kaum sagen, daß er es sah... Es schwebte in einer Art Nebel vor ihm. Gelähmt und hilflos, wollte er sich unsichtbar machen, von diesem schrecklichen Mann und seinen schrecklichen Fragen fortkommen — Fragen, die immer weiterbohrten, bis er schließlich, fast erstickt in Angst, Demütigung und unterdrückter Empörung aufschrie:

»Er ist *wirklich*, verdammt noch mal! Er ist *wirklich*! Das ist alles!«

Und er barg das Gesicht in den Händen, seine Finger bedeckten die Augen... aber als er den Kopf von diesem Visier hob, waren seine Augen trocken, sein Blick hart. Der Doktor beobachtete sein Gesicht, seine Augen bewegten sich hin und her, als lese er etwas, das dort geschrieben stand... und er schien eine Schlußfolgerung aus dem Geschehen zu ziehen. In seinem Gesicht war so etwas wie Mitleid, als er sich in seinem Sessel zurücklehnte, aber auch so etwas wie Befriedigung, als er nach seiner Pfeife griff. »In Ordnung, Phil. Frag bitte deinen Vater und deine Mutter, ob sie hereinkommen wollen.«

Als Mr. und Mrs. Carter ins Zimmer zurückkamen, wurde Phil nach oben ins Bett geschickt. Zögernd erklomm er die Stufen, seine Beine zitterten und waren von dieser Prüfung geschwächt. Die körperlose Stimme des Arztes schwebte zu ihm hoch. »Verzeihen Sie... das ist eine ziemlich peinliche Frage, aber... hat es in einer Ihrer Familien irgendwelche..., ääh... Absonderlichkeiten oder Geisteskrankheiten gegeben?«

»In meiner nicht! *Darauf* können Sie wetten!« Und Phil, übers Treppengeländer nach unten blickend, hatte, wahrscheinlich zum ersten Mal in seinem Leben ein Gefühl der Verachtung für seinen Vater. Er ging in sein Zimmer, sein gefürchtetes Zimmer, und ließ die Tür geöffnet. Die Stimme seiner Mutter erreichte ihn später, und als er sie hörte, konnte er ihre Worte nicht verstehen.

»Sicher gab es da was, Cora!« Die Stimme seines Vaters klang eifrig. »Du erinnerst dich doch an deinen Onkel, von dem du mir erzählt hast. Der Pastor, der immer in den Wald ging und für sich allein predigte und seine Bibel in Fetzen riß.«

»Nun ja«, die Stimme des Doktors war trocken, »mit Kirchenleuten ist das so eine Sache.«

»Aber nein, Henry!« Die Stimme von Mrs. Carter wurde jetzt hörbar: »Er war ein angeheirateter Onkel. Seine Frau, Tante Leona, war meine Blutsverwandte.«

Ein kehliges Kichern war zu hören, als ahme der Doktor das Tuckern seines Autos nach. »Das ist gut. Geisteskrankheiten sind durch Heirat nicht übertragbar. Außer, natürlich, auf die Kinder. Nun... danke, Sheriff! Meine Kehle ist tatsächlich etwas staubig. Und ich laufe ja wohl nicht Gefahr, verhaftet zu werden, wenn ich das trinke, oder?« Das Modell A-Kichern verklang erneut im Wohnzimmer, und Phil wußte, daß sein Vater jetzt die Gläser und den Whisky, den er bei einem Schmuggler beschlagnahmt hatte, hinter dem Lexikon hervorholte. Er schaltete das Licht ein. Sein Blick wanderte durch das Zimmer, und unwillkürlich zuckte er zusammen, als er im Spiegel über seinem Nachttisch ein angstvoll verzerrtes Gesicht sah.

Als er sich auszog, hörte er erneut unten seinen Namen erwähnt. »Sie sind beide erwachsene Menschen, und ich will Ihnen nicht verhehlen, daß diese Art von Halluzinationen — denn, glauben Sie mir, er ist davon überzeugt, diesen Jungen wirklich zu sehen — alarmierend sind. Sehr alarmierend. Das darf man nicht einfach ignorieren. Aber Sie sagen mir beide, daß es in Ihren Familien keine Geisteskrankheiten gab, und das gibt uns Hoffnung. Das bedeutet, daß es bei Phil keine konstitutionelle psychische Schwäche gibt, also ist das alles möglicherweise nicht mehr als eine vorübergehende Krise, hervorgerufen durch extreme Schuldgefühle, weil er die Beerdigung des Freunds, der ihm das Leben rettete, geschwänzt hat, um sich diesen Film anzusehen. Verzeihen Sie mir, aber es ist beinahe wundervoll! Ein klassischer Fall von Schuldkomplex. Und der Junge, der ihn besucht, ist natürlich die Verkörperung seiner Schuld. Wir können erraten, wessen Gesicht unter der Maske ist, nicht? Und natürlich würden die Besuche seines Freundes aufhören, wenn man ihn zu dem Eingeständnis bringen könnte, daß er falsch gehandelt hat.«

Sheriff Carters Stimme fiel eine ganze Oktave. »Wenn es das ist, was nötig ist, dann wird er es tun.« Phil rutschte unter dem Laken hin und her und erlaubte sich ein trauriges, bitteres Lächeln.

»Nein, nein, Sie dürfen den Jungen nicht zwingen! Wenn er nur die richtigen Worte wie ein Papagei nachplappert, weil Sie ihm die Pistole auf die Brust setzen, wird es nichts nützen. Er muß es sich selbst eingestehen, nicht Ihnen. Sie sollten labilen Menschen gegenüber niemals Gewalt benutzen — und Phil ist sehr labil. Wenn sich das noch steigert, wenn er weiterhin den Jungen mit der eisernen Maske sieht, dann sollte er vielleicht mit mir kommen und eine Zeitlang im Sanatorium verbringen, wo... Nein, nein Cora, regen Sie sich nicht auf; es war nur so ein Gedanke. So weit sind wir noch längst nicht. Also! Das ist wirklich alles, was ich im Augenblick über Phil zu sagen habe... Aber Sheriff, da ist noch eine andere Sache, die ich mit Ihnen besprechen möchte. Ich habe das Gerücht gehört, daß Sie vorhätten, Barney aus der Stadt zu jagen.«

»Das wollte ich am Mittwoch bei der Stadtratsversammlung aufgreifen, Doc. Dann hätte ich es Ihnen und den anderen schon erzählt. Ich weiß, Ihr von der alten Garde kennt Barneys Familie, aber inzwischen sind alle Angehörigen tot, und für ihn gibt es keinen Grund mehr, in Rosewood herumzulungern. Hier ist er ein öffentlicher Schandfleck, aber in San Francisco, zum Beispiel, würde er niemanden sonderlich zur Last fallen; er würde in der Menge der anderen Herumtreiber untergehen...«

»Genau deshalb sollte er nicht dorthin! Hier kennen wir ihn alle und können uns um ihn kümmern. Sehen Sie, ich habe ihm heute eine Stelle besorgt, und wenn er einen Schlafplatz sucht, kann ich ihm leicht einen beschaffen...«

»Nichts zu machen, Doc. Ich weiß, Sie meinen es gut, aber eine holzverarbeitende Stadt wie Rosewood kann es sich nicht leisten, jemanden mit diesem Makel im Blut in ihren Mauern zu haben. Was, wenn er anfängt, mit Streichhölzern zu spielen?«

»Sheriff, wenn es um Streichhölzer geht, hat Barney ebensoviel Verstand wie Sie!«

»Tut mir leid, Doc. Ich bringe die Angelegenheit am Mittwoch vor die Stadtväter, und so, wie ich sie kenne, werden sie mir zustimmen.«

»Nun, hier ist ein Mitglied des Rats, das gegen Sie stimmen

wird! Sie sitzen auf meiner Jacke, Sheriff. Kaffee? Nein, danke, Cora. Ich muß nach Arcady zu einem Patienten fahren, und Kaffee steigt mir zu Kopf.« Das Geräusch des zurückschnappenden Riegels der Haustür war zu hören. »Es hat sich ein wenig abgekühlt, nicht wahr?« bemerkte Vredenburg; seine Stimme war wieder sehr trocken.

Phil, der unter einer Flickendecke lag (denn die Wetterdiagnose des Arztes war richtig gewesen), hörte seine Mutter langsam die Treppe herunterkommen und sein Zimmer betreten. »Liebling, der Doktor sagt, du wirst bald wieder in Ordnung sein.«

»Ich habe gehört, was er gesagt hat, Mutter. Er glaubt, ich sei verrückt... aber das bin ich nicht.«

»Nein, nein, mein lieber Junge, das weiß ich. Ich sage dir was. Die Schule fängt erst in einem Monat wieder an. Warum fahren du und ich nicht für einige Wochen in die Stadt?« — Sie meinte San Francisco. »Da läuft ein Tonfilm, — *Broadway Melodie 1929*. Möchtest du nicht...?«

»Ja, ja, Mutter. Nicht weinen. Wir gehen fort, wenn du es möchtest. Aber noch nicht morgen. Zuerst muß ich noch einiges erledigen.«

Die Türöffnung wurde von der Gestalt seines Vaters verdunkelt. »Phil... wenn du möchtest, können wir dir auf dem Boden unseres Zimmers ein Bett herrichten.«

»Danke, Vati. Aber weißt du, ich glaube, ich kann genausogut hier drinnen schlafen.« Seine Stimme war ruhig, »reif« — als wäre er im selben Alter wie der Sheriff, der über seinen Tonfall leicht erstaunt war.

»Okay, Phil. Du kannst das Licht an und die Tür offen lassen, und wir lassen unsere auch offen. Komm zu Bett, Cora!«

Nach ein paar Gutnacht-Liebkosungen ging seine Mutter aus dem Zimmer.

Phil stellte seine Kissen hinter sich gegen die Wand und setzte sich aufrecht aufs Bett, die Hände vor sich auf der vielfarbigen Decke gefaltet. Lange Zeit saß er so da. Dann kroch er leise aus dem Bett, schlich zur Zimmertür und lauschte. Das Haus war still. Sein Vater und seine Mutter waren im Bett und schliefen wahrscheinlich. Auf Zehenspitzen schlich er in den Flur und zog an der Lampenschnur: Weder das Klicken noch die plötzliche Dunkelheit riefen im Zimmer seiner Eltern eine Reaktion hervor. Er ging in sein Zimmer zurück und schloß behutsam die Tür. Er zog die Schnur der nackten Glühbirne, die von der Decke hing, und das Zimmer tauchte in die Nacht wie ein Stein, den man in einen dunklen Brunnen wirft — tauchte in eine Nacht, die zuerst absolut und irgendwie wohltuend war. Er ging zu seinem Bett zurück, stieß sich das Schienbein und ertastete sich seinen Weg durch Laken und Decke. Langsam gewöhnten sich seine Augen an die Dunkelheit; sorgfältig richtete er die Kissen wieder auf und setzte sich, mit dem Rücken an der Wand, aufrecht.

Und wartete.

Die Stille nahm von Stunde zu Stunde zu, und immer noch saß der Junge geduldig wartend dort, die Hände auf der Decke vor sich gefaltet, sein ruhiges Gesicht in die erwartungsvolle Dunkelheit gerichtet. Jeder Betrachter hätte gesagt, daß er noch nie einen so ruhigen Jungen gesehen hätte, einen Jungen, der dem Jungen, der wie der persische König auf das Wasser eingeschlagen hatte, so unähnlich war.

Außer seinem Herzen besaß er keine Uhr. Die langen Stunden verloren sich mit dem Herzschlag, bis der untere Rand des Mondes sich behutsam an der Oberkante seines Fensters zeigte ... und immer noch saß er da, geduldig wartend. Und hörte ein Geräusch, ein ganz leises schluchzendes Geräusch, so schwach, daß er zuerst dachte, es wäre nur die Erinnerung an das Weinen seiner Mutter. Aber nein, es berührte, wenn auch nur ganz sachte, sein äußeres Ohr: eine einzelne Geräusch-Spinnwebe, kaum greifbar, aber real. Es war so schwach, daß es das Murmeln des fünfzig Meter entfernten Flusses sein konnte ... falls der Fluß jemals ein Geräusch machte, was nicht der Fall war. Das Mondlicht kroch über den Fußboden, und allmählich bemerkte er, daß das Weinen von einer Gestalt kam, die in seinem Sessel neben der Tür saß. Ihr Gesicht war in den Händen verborgen. Ihre Schultern zuckten leicht, aber sonst war keine Bewegung zu erkennen. Sie weinte ganz still, aber vor Erschöpfung oder Verzweiflung.

Phil stieg aus dem Bett und betrachtete die zusammengekauerte Gestalt einen Moment lang. Dann näherte er sich ihr langsam.

»Kann ich dir helfen? Bitte — gibt es etwas, das ich tun kann?«

Das Geräusch des Weinens hörte auf. Phil, vorsichtig einen Fuß vor den anderen setzend, trat näher, wie ein Schuljunge, der einer Mutprobe wegen um Mitternacht über den Friedhof geht. Und doch war er völlig ohne Angst. Die Schultern unter dem tiefgebeugten Kopf stellten ihr leichtes Zucken ein. Der Junge mit der eisernen Maske lauschte... lauschte, um die Worte wieder zu hören.

»Kann ich dir helfen?« wiederholte Phil und tat einen weiteren Schritt.

Die Gestalt hob das Gesicht von den Händen und drehte ihre Maske wie einen Geschützturm in seine Richtung. Phil wiederholte seine inständige Frage... und der Junge hob zitternde Hände zu dem Visier, das sein Gesicht einsperrte, und zu den Klammern, die seinen Kopf umschlossen.

»Ja. Ja, ich weiß. Du willst die Maske entfernt haben. Ich werde dir helfen, sie abzunehmen. Ich weiß nicht wie... aber ich werde es versuchen.«

Er streckte die Hand aus und berührte die Maske. Sie war kalt, hart, von rauher Oberfläche und stumpf. Sie reflektierte kein Licht außer unter den Augen, wo sie von Tränen benetzt war. Sie war stofflich und fest. Genau wie die bleiche Hand, die sich hob und sein Gelenk umklammerte, es so fest umklammerte, daß er einen Augenblick lang spürte, sie sei ebenso schwer zu entfernen wie jene eisernen Bänder. Aber er war gefeit vor der Angst, die dieser panische Griff, der Griff verzweifelter Dankbarkeit, hätte erzeugen können: Das Eisen war in seine Seele gedrungen. Und er drängte weiter.

»Komm mit in den Hof. Dort sind Werkzeuge.«

Der Junge mit der eisernen Maske stand auf, und die beiden Jungen gingen aus dem Zimmer, durch den Flur und die Treppe hinab, Seite an Seite. Sie hätten Zwillinge sein können — die korsischen Brüder etwa, denn sie waren von ähnlicher Statur. Sie verließen das Haus durch den Hintereingang, und Phil schloß die Tür geräuschlos hinter ihnen. Der Mond war sehr hell und warf ein schräges Licht auf alle vertrauten Gegenstände. Bombazin, der schwarze Scotchterrier von nebenan, stand neben dem Holzstapel. Er hob den Kopf mit aufgerichteten Ohren und starrte mit weiten Augen, ohne einen Laut von sich zu geben, auf die beiden Gestalten, die den Hof überquerten. Aber gewiß, hatte er die beiden Jungen nicht schon vorher gesehen? Was war es dann, was ihn so reglos und stumm machte? Die Bäume hinter dem Zaun wiegten wie im Stadium stillen Wahnsinns gemessen ihre Äste.

Am Ende des Hofes war ein Schuppen, der als Garage für den stattlichen Dienst-Buick diente. Die beiden Gestalten — kein Betrachter hätte feststellen können, welche die gespensterischere war; aber es gab keinen Betrachter bis auf den Hund, der immer noch starrend dort stand — die beiden Gestalten wurden von der gähnenden Schwärze des Schuppens verschluckt. Bombazin lauschte. Unsichere, tastende Laute kamen aus dem dunklen Bau, und dann der Klang von Metall, das auf Metall schlug. *Kling! Klong! Kling!* Bombazin zitterte, drehte sich um und floh.

Kling! Klong! Kling! Der Amboßtakt erscholl, Schlag auf Schlag, monoton weiter. Man hätte denken sollen, das Haus würde aus dem Schlaf gerissen. Und so war es auch. Ein Licht flammte im zweiten Stock auf — im Schlafzimmer von Phils Eltern. Ein zweites folgte, das im Flur, und dann ein drittes, an der Westseite des Hauses in Phils nächtlichem Schlafzimmer. Ein Name wurde gerufen. Es gab keine Antwort außer dem Klang von Metall auf Metall. *Kling! Klong! Kling!*

Phils Vater tauchte an der Hintertür des Hauses auf. Er spähte nach draußen, während er den Gürtel seines Morgenrocks nachdenklich zuzog. Die Tür schlug. Er ging über den Hof auf den Schuppen zu. Phils Mutter, vom erleuchteten Fenster ihres Schlafzimmers eingerahmt, starrte von oben hinab. Sie sah ihren Mann in der Dunkelheit des Schuppens verschwinden.

Das Schlagen von Metall auf Metall hörte auf. Sie starrte ängstlich und wartete. Und dann hörte sie voll Erstaunen das Hämmern wieder beginnen: Metall auf Metall, dasselbe Tempo, derselbe Takt wie zuvor.

Plötzlich wurde eine andere metallene Note angeschlagen: ein einzelner Klang, mißtönend, endgültig, abschließend. Ihm folgte ein Schrei, der sie hochfahren und erschaudernd ihre Hand an die Kehle fahren ließ — so ein Schrei, wie er den Fall der Bastille bejubelt haben mußte, so ein Schrei, wie er der Kehle eines Gefangenen entfahren mochte, wenn die Tür seiner Zelle aufgerissen wurde: ein glücklicher und befreiter Schrei, und doch, wie jener Gefangener, die Zeichen langer Verzweiflung tragend. Ihm folgte — nichts; eine Stille, die schließlich wohltuend vom Quietschen einer unsichtbaren Tür durchbrochen wurde. Und sie sah eine jungenhafte Gestalt auf der anderen Seite des Schuppens auftauchen. Sie ging über den Feldweg am Rand des Ackers davon, an dessen Ende sich das verhängnisvolle Flußbett befand. Konnte es Phil sein? Wo ging er in diesen weißen Socken hin?

Die Gestalt wandte, wie als Antwort auf diese Fragen — obwohl sie die Stille mit keinem entweihenden Ruf durchbrochen hatte —, ihr Gesicht ihr zu, ein Gesicht, das sie entfernt als ein Chiaroscuro aus Mondlicht und Schatten sah. Verzweifelt starrte sie hinaus. Es war ebenso schwierig, und ebenso leicht, wie der

Versuch, in einem Tintenklecks ein Gesicht zu erkennen. Konnte es sein...? Es sah aus, wie... aber nein, es konnte nicht *jenes* Gesicht aus so weiter Vergangenheit sein (denn auch die besten und häuslichsten Frauen haben ihre Geheimnisse). Nein, das war eine Illusion, die das Mondlicht und die weite Entfernung ihr vorspiegelten. War es also wirklich Phil? Die Gestalt ging weiter den dunklen Weg hinab, die weißen Socken leuchteten flimmernd, bis sie ihrem Blick entschwanden.

Unter ihr traten zwei andere Gestalten aus dem Schuppen in den Hof. Ein Junge und ein Mann. Der rechte Arm des Mannes lag kameradschaftlich über der Schulter des Jungen; von seinem linken Arm hing etwas herab, das sie dank der dunklen Nacht nicht erkennen konnte. Der Junge — sie erstarrte erneut, seufzte mit einem schnellen, unmerklichen Lächeln — der Junge war ihr Sohn. Aber natürlich war es ihr Sohn. Wer sonst außer Phil sollte es sein?

Sie eilte nach unten und traf sie am Fuß der Treppe, die an den vorderen Raum grenzte. Ihr kurz angebundener Ehemann gestikulierte mit dem Ding, das er in der Hand hielt — und schleuderte es in das Zimmer, wo es schwer auf das Sofa und den Fransenschal mit den Blutflecken fiel.

Mrs. Carter ging mit angestrengten Bewegungen darauf zu; und es starrte sie an, grauenhaft wie ein altes Folterinstrument.

An diesem Morgen verstummte Doktor Vredenburgs Wagen erneut vor dem Haus. Der Sheriff war kurz aus seinem Büro zurückgekommen, um den Doktor zu treffen, und so war die ganze Carter-Familie im Wohnzimmer versammelt. Von Wolken ungehemmtes Sonnenlicht ergoß sich warm und angenehm durch die Fenstervorhänge.

»Ich höre«, sagte Vredenburg mit einem Blick auf Phil, »daß es neue Entwicklungen gibt?«

»Das ist richtig«, sagte Carter. »Ich habe ihn selbst letzte Nacht gesehen. Den Jungen mit der eisernen Maske.«

Vredenburg warf ihm einen Blick zu, der spontan und unwillkürlich den unausgesprochenen Gedanken offenbarte: Die Geisteskrankheit kommt also doch von Ihrer Seite.

»Nein, nein!« sagte der Sheriff in schroffer Entgegnung auf diesen Blick. »Hier ist der Beweis. Sehen Sie?« — er holte die Maske hinter dem Sofakissen hervor. »Er ist so wirklich wie Sie und ich. Und darüber hinaus weiß ich, wer er ist. In etwa, jedenfalls. Ich kenne seinen Namen nicht, aber er ist ein Vetter zweiten

Grades oder vielleicht der Neffe eines Neffen von mir. Sehen Sie, ich habe in Missouri ein paar Vettern zweiten Grades, die immer alle ziemlich ... nun, komisch gewesen sind. Eigenartiges Verhalten und so. Als wir uns gestern abend unterhielten, habe ich sie nicht erwähnt, weil sie zu weitläufig mit mir verwandt sind. Vettern zweiten Grades, nicht der Rede wert. Es klingt merkwürdig, aber sie haben alle ein ganz besonderes Aussehen, sie ähneln alle einander, und gewöhnlich kann ich jeden von ihnen auf den ersten Blick erkennen, auch wenn ich ihn vorher nie gesehen habe. Und dieser Junge ist einer von ihnen.«

Phil bedachte seinen Vater mit einem langen, neugierigen Blick (genau wie seine Mutter, die es aber diskreter tat). Denn auch er hatte den Jungen erkannt. Als er den letzten entscheidenden Schlag mit dem Hammer getan hatte, hatte der Klang dieses Schlages ihn schrecklich erregt; und wie ein Echo dieses Klanges ertönte ein heißer, unaussprechlich zwingender Gedanke in ihm: *Wenn es Lus Gesicht ist — wenn es auf irgendeine Weise Lu ist —, werde ich weggehen und ihn hier zurücklassen, um meinem Vater ein Sohn zu sein.* Aber als die schwere Maske zu Boden gefallen war, war ein einzelner Mondstrahl, der durch ein Loch im Blechdach des Schuppens drang, auf das verzückt aufblickende Gesicht des Jungen gefallen, und Phil hatte mit unsagbarer Erleichterung und Dankbarkeit gesehen, daß das Gesicht sein eigenes war.

»Ich war so überrascht«, fuhr sein Vater fort, »vor allem von diesem Freudenschrei, als Phil die Maske abbekam — Phil hat darauf bestanden, es selbst zu tun —, daß er, ehe ich auch nur ein Wort sagen konnte (und das mir, dem Sheriff!), sich umdrehte, durch die Hintertür des Schuppens hinausschlüpfte und weg war er! Was, in aller Welt, hat der Junge sich vorgestellt? Genau weiß ich es nicht. Wir verschließen nie unsere Türen — das brauchen wir in dieser Gegend nicht —, und er kann sich jede Nacht ins Haus geschlichen haben, einfach nur, um Phil Angst einzujagen, obwohl er es letzte Nacht sicherlich nicht getan hat, nicht wahr, Phil? Oder vielleicht wollte er Hilfe, um die Maske abzubekommen. Das ist wahrscheinlicher. Sicher konnte er die Maske nicht selbst aufgezogen haben, wahrscheinlich hat ihn also irgendein Erwachsener mißhandelt. Und sie ist ihm nach dem letzten Samstag aufgezogen worden, was weiß ich. Denn noch eines ist seltsam. Ich habe ihn am Samstag im Filmtheater gesehen, als ich nach Phil suchte, nur habe ich ihn damals nicht erkannt. Jimmy« — James Boyle war Sheriff Carters einziger Assistent — »ist jetzt draußen, um nach ihm zu suchen, und wenn er sich noch hier in den Wäldern befindet, erwischen wir ihn.«

Vredenburg stand aus dem Lehnsessel, in den er sich hatte sinken lassen, auf wie ein Mann, der aufsteht, um sich an eine Versammlung zu wenden. Eine Stadtratsversammlung. Er räusperte sich. »Großartig, Sheriff, großartig! Ich bin froh, daß sich alles als so... unerwartet harmlos herausgestellt hat.« Er ging auf die Tür zu, blieb stehen, blickte zurück, offensichtlich von einem Einfall gestoppt, einem nebensächlichen Gedanken ohne große Bedeutung. »Übrigens, Sheriff, ich hoffe, Sie haben Zeit gehabt, über unsere kurze Diskussion gestern abend nachzudenken. Sie wissen schon, was ich meine, die Sache mit Barney. Ich würde ihn ungern aus dieser Gegend vertreiben, trotz dieses — wie sagten Sie doch gleich? —, dieses ›Makels in seinem Blut.‹«

Der Sheriff musterte den phlegmatischen Doktor eingehend, als dämmerte es ihm allmählich, daß er dieses Gesicht schon einmal gesehen hatte. Auf einem Fahndungsplakat. Dann: »Okay, Doc. Wenn Sie ihm einen Job besorgt haben, wie Sie sagen, und wenn Sie ein Auge auf ihn haben, dann habe ich nichts dagegen, daß er bleibt.« Phil fühlte ein innerliches Vergnügen, das jemandem, der doppelt so alt wie er war, angemessen gewesen wäre. Mrs. Carter wandte sich ab, um ein Zierdeckchen glattzustreichen.

»Der Patient wird's überleben«, sagte Vredenburg und blickte mit zufriedener Miene umher. »Bis bald. Ich muß noch ein paar Besuche machen.«

»Dieser alte Quacksalber!« schnaubte Carter im gleichen Moment, als sich die Tür hinter dem Doktor geschlossen hatte. »Der und sein ›klassischer Schuldkomplex‹! Der Junge war also ›die Verkörperung der Schuld‹, was? Er war die Verkörperung von Fleisch und Blut!«

Phil glaubte, daß sein Vater recht hatte. Und der Doktor auch. Er glaubte, daß der Junge real war, dadurch, daß er berührbar war und daß er von außen kam, aber daß er auch etwas mit dem zu tun hatte, was von innen kam — mit Träumen, Wünschen, Erinnerungen und Schuld. Er erkannte — oder glaubte zu erkennen, daß die gewöhnliche Vorstellung von Geistern, Gespenstern, Dämonen und was es sonst noch gibt, einfach zu beschränkt war; sie erfaßte nicht alle möglichen Fälle. Aber er machte sich nicht die Mühe, seine Gedanken zu äußern. Er wußte, daß weder der schlaue Sheriff noch der scharfsinnige Doktor viel Interesse an den Spekulationen eines zwölfjährigen Jungen über solch einen Gegenstand hätten.

Der Sheriff fragte jetzt: »Wohin gehst du, Phil?«

»Oh... nach draußen. Ich muß auch noch ein paar Besuche machen.« Und sein Vater und seine Mutter lächelten über die ernsthafte Würde dieser Ankündigung.

Sein erster Besuch galt Lus Mutter.

»Lu hat mich vor dem Ertrinken gerettet. Er hat mir das Leben gerettet. Und ich wollte noch nicht einmal zu seiner Beerdigung gehen. Statt dessen bin ich ins Kino gegangen...«

Er hatte nicht vorgehabt, zu weinen, aber er merkte, daß er nicht weitersprechen konnte. Tränen stiegen auf und erstickten ihn — es war fast, als ertränke er erneut. Er legte seinen Kopf in ihren weiten Schoß, keuchte nach Atem, gestrandet wie ein schiffbrüchiger Matrose, der ans Ufer gespült wird.

»Hör mir zu, Phil«, sagte sie und strich ihm sanft übers Haar. »Hör mir zu. Ich würde das keinem außer dir erzählen. Aber Ludwig kam letzte Nacht zu mir. Ich habe ihn genauso deutlich gesehen, wie ich jetzt dich sehe. Er war gekleidet, als ginge er zu einer Art Kostümfest — ich glaube, vielleicht war es wirklich so. Er war traurig, aber er war auch glücklich. Und er hat mich gebeten, dir zu verzeihen. Und ich verzeihe dir.«

Phil hatte noch einen weiteren Besuch zu machen. Denn er hielt viel davon, Versprechen zu erfüllen.

Barney Smith, sonst Glotze, ging stolz seinen neuen Pflichten nach (das heißt, er kratzte mit einer Hacke zwischen den unkrautbewachsenen Gräbern des Friedhofs herum, wo er jetzt als Aufseher angestellt war), und er unterbrach seine Arbeit und blickte einige Minuten lang zu einem Jungen hinüber, der an jenem neuen Grab stand. Der Junge stand einfach nur da, schaute auf die frisch aufgeschüttete Erde und — Barney spürte ein Schaudern mitfühlender Identifikation — sprach mit sich selbst. Komisch, der Junge erzählte laut die Handlung des Films, der Samstag im Strand gelaufen war. In allen Einzelheiten.

»Und, Lu«, hörte er den Jungen schließen, »Lu, es war ein *toller* Film!«

Aus dem Amerikanischen übersetzt von Bernd W. Holzrichter

Jeffty ist fünf

Als ich fünf Jahre alt war, gab es einen kleinen Jungen, mit dem ich spielte: Jeffty. Sein wirklicher Name war Jeff Kinzer, und jeder, der mit ihm spielte, nannte ihn ›Jeffty‹. Wir waren beide fünf Jahre alt, und wenn wir zusammen spielten, war es immer sehr dufte.

Als ich fünf war, war eine Clark-Waffel so dick wie der Griff eines Louisville-Baseballschlägers, und sie war fast fünfzehn Zentimeter lang, und sie nahmen richtige Schokolade für den Überzug, und die Waffel knirschte appetitlich, wenn man hineinbiß, und das Papier, in das sie eingewickelt war, roch frisch und lecker, wenn man es am oberen Ende abschälte, um die Waffel so zu halten, daß sie einem nicht die Finger verschmierte. Heute ist eine Clark-Waffel so dünn wie eine Scheckkarte, statt Schokolade nehmen sie irgendwas Künstliches mit einem widerlichen Geschmack, das Ding ist weich und pappig, es kostet fünfzehn oder zwanzig Cents statt einen anständigen, sauberen Nickel, und sie verpacken es so, daß man glaubt, es habe dieselbe Größe wie vor zwanzig Jahren, aber die hat es nicht mehr; es ist dünn und häßlich, schmeckt scheußlich und ist keinen Penny mehr wert, geschweige denn fünfzehn oder zwanzig Cents.

Als ich in diesem Alter war, fünf Jahre, wurde ich zwei Jahre zu meiner Tante Patricia nach Buffalo/New York geschickt. Mein Vater machte eine »schlechte Zeit« durch, und Tante Patricia war sehr schön und hatte einen Börsenmakler geheiratet. Sie nahmen mich zwei Jahre in Pflege. Als ich sieben war, kam ich nach Hause zurück und besuchte Jeffty, um mit ihm zu spielen.

Ich war sieben. Jeffty war immer noch fünf. Ich bemerkte keinen Unterschied. Ich wußte es nicht: Ich war doch erst sieben.

Als ich sieben Jahre alt war, pflegte ich auf dem Bauch vor unserem alten Atwater Kent Radio zu liegen und tollen Sachen zuzuhören. Ich hatte die Erdleitung mit dem Heizkörper verbunden, und ich lag dort mit meinen Malbüchern und meinen Farbstiften (als es in der großen Schachtel nur sechzehn Farben gab) und hörte dem roten NBC-Sender zu: Jack Benny auf dem Jell-O-Programm, Amos und Andy, Edgar Bergen und Charlie McCarthy auf dem Chase and Sanborn-Programm, One Man's Family, First Nighter; der blaue NBC-Sender: Easy Aces, des Jergens-

Programm mit Walter Winchell, Information Please, Death Valley Days; und das beste von allen, der Gemeinschaftssender mit The Green Hornet, The Lone Ranger, The Shadow und Quiet Please. Heute schalte ich mein Autoradio ein, suche die Skala von einem Ende zum anderen ab, und alles, was ich kriege, sind Streichorchester, nichtssagende Hausfrauen und abgeschmackte Fernfahrer, die ihr verqueres Geschlechtsleben mit aufgeblasenen Talkmastern diskutieren, Country and Western-Gewäsch und Rockmusik, die so laut ist, daß sie meinen Ohren weh tut.

Als ich zehn war, starb mein Großvater an Altersschwäche, und ich war »ein schwieriges Kind«, und sie schickten mich in eine Armeeschule, damit mich jemand »in den Griff kriegte«.

Ich kam zurück, als ich vierzehn war. Jeffty war immer noch fünf.

Als ich vierzehn Jahre alt war, ging ich gewöhnlich Samstag nachmittags ins Kino, und eine Vorstellung kostete zehn Cents, und für das Popcorn nahmen sie richtige Butter, und ich konnte immer sicher sein, einen Western zu sehen wie Lash LaRue, oder Wild Bill Elliott als Red Ryder mit Bobby Blake als Little Beaver, oder Roy Rogers, oder Johnny Mack Brown; einen Gruselfilm wie *House of Horrors* mit Rondo Hatton als der Würger oder *The Cat People,* oder *The Mummy* oder *I Married a Witch* mit Fredric March und Veronica Lake; dazu eine Folge aus einer großen Serie wie The Shadow mit Victor Jory oder Dick Tracy oder Flash Gordon; und drei Zeichentrickfilme; ein James Fitzpatrick-Reisebericht; Movietone News; ein Schlagerspot und, wenn ich bis zum Abend blieb, Bingo oder Keno; und Gratisteller. Heute gehe ich ins Kino und sehe, wie Clint Eastwood die Köpfe von Menschen wie reife Melonen zermatscht.

Mit achtzehn ging ich zum College. Jeffty war immer noch fünf. In den Sommerferien kam ich zurück, um im Juweliergeschäft meines Onkels Joe zu arbeiten. Jeffty hatte sich nicht verändert. Jetzt wußte ich, daß an ihm etwas anders war, etwas Falsches, etwas Unheimliches. Jeffty war immer noch fünf Jahre alt und keinen Tag älter.

Mit einundzwanzig kam ich nach Hause, um mir meinen Lebensunterhalt zu verdienen. Um einen Soby-Fernseh-Laden zu eröffnen, den ersten. Von Zeit zu Zeit sah ich Jeffty. Er war fünf.

Auf viele Arten sind die Lebensumstände besser. Die Leute sterben nicht mehr an den alten Krankheiten. Autos fahren schneller, und auf besseren Straßen kommt man rascher voran.

Hemden sind weicher und seidiger. Wir haben Taschenbücher, auch wenn sie soviel kosten wie früher ein gutes, fest gebundenes Buch. Wenn ich bei der Bank überziehe, kann ich mit Kreditkarten einkaufen, bis alles wieder im Lot ist. Aber dennoch glaube ich, daß wir eine Menge guter Sachen verloren haben. Wußten Sie, daß man kein Linoleum mehr kaufen kann, sondern nur noch Vinyl-Bodenbeläge? So etwas wie Wachstuch gibt es nicht mehr; jenen besonderen, süßen Geruch aus der Küche Ihrer Großmutter werden Sie nicht mehr wahrnehmen. Möbel werden nicht mehr hergestellt, um dreißig Jahre oder länger zu halten, denn sie haben eine Untersuchung gemacht und herausgefunden, daß junge Hausfrauen es mögen, ihre Möbel rauszuwerfen und alle sieben Jahre neuen bunten Kitsch aufzustellen. Schallplatten fühlen sich nicht mehr richtig an; sie sind nicht dick und stabil wie die alten, sie sind dünn, und man kann sie biegen... das scheint mir nicht richtig zu sein. Restaurants servieren Kaffeesahne nicht mehr in kleinen Kannen, nur noch das künstliche Zeugs in kleinen Plastikdöschen, und eins reicht nie aus, dem Kaffee die richtige Farbe zu geben. Wohin man auch geht, überall sehen die Städte genauso aus, mit Burger Kings und MacDonald's und 7-Elevens und Motels und Einkaufszentren. Die Dinge mögen besser sein, aber warum denke ich ständig an die Vergangenheit?

Wenn ich fünf Jahre sage, meine ich nicht, daß Jeffty zurückgeblieben ist. Ich glaube nicht, daß es das war. Für fünf Jahre schlau wie ein Fuchs: sehr aufgeweckt, schnell, gewitzt, ein heller Junge. Aber er war gerade neunzig Zentimeter groß, klein für sein Alter, und körperlich vollkommen normal, kein großer Kopf, kein fliehendes Kinn, nichts davon. Ein netter, normal aussehender fünf Jahre alter Junge. Außer, daß er genauso alt war wie ich: einundzwanzig.

Wenn er sprach, dann tat er es mit der quiekenden Sopranstimme eines Fünfjährigen; wenn er ging, dann mit den kleinen Hüpfern und Schlenkern eines Fünfjährigen; wenn er mit einem redete, dann über die Interessen eines Fünfjährigen... Comicbücher, Räuber-und-Gendarm-Spiel, wie man eine Wäscheklammer dazu benutzte, an der Vorderradgabel seines Fahrrads einen Pappendeckel anzubringen, damit er wie ein Motorboot klang, wenn die Speichen an ihm vorbeirasten; er stellte Fragen wie *Warum macht dieses Ding das so,* wie hoch ist oben, wie alt ist alt, warum ist Gras grün, wie sieht ein Elefant aus? Mit zweiundzwanzig war er fünf.

Jefftys Eltern waren ein trauriges Paar. Weil ich immer noch ein Freund Jefftys war, ihn immer noch bei mir im Laden herumlungern ließ, ihn manchmal mit zum Jahrmarkt, zum Minigolf oder ins Kino nahm, kam es dazu, daß ich auch einige Zeit mit *ihnen* verbrachte. Nicht etwa, daß sie mir viel bedeuteten, denn sie waren schrecklich deprimierend. Aber eigentlich, nehme ich an, konnte man von diesen armen Teufeln nichts anderes erwarten. Sie hatten ein fremdes Ding in ihrem Haus, ein Kind, das in zweiundzwanzig Jahren nicht älter als fünf geworden war, das jenes kostbare Stadium der Kindheit für immer bewahrte, ihnen aber gleichzeitig die Freude daran versagte, ein Kind zu einem normalen Erwachsenen heranwachsen zu sehen.

Fünf ist für ein kleines Kind eine wundervolle Zeit im Leben ... oder *kann* es jedenfalls sein, wenn das Kind einigermaßen frei von jener monströsen Biestigkeit ist, der andere Kinder anhängen. Es ist eine Zeit, in der die Augen weit geöffnet und die Strukturen noch nicht gefestigt sind; eine Zeit, in der man noch nicht dazu geformt ist, alles als unveränderlich und hoffnungslos anzuerkennen; eine Zeit, in der die Hände nicht genug tun und der Verstand nicht genug lernen kann, die Welt ist unbegrenzt und farbig und voller Geheimnisse. Fünf ist eine ganz besondere Zeit, bevor sie die tastende, unstillbare, überspannte Seele des jungen Träumers annehmen und sie in enge, öde Klassenzimmer zwängen. Eine Zeit, bevor sie die zitternden Hände, die alles packen, alles berühren, alles begreifen wollen, dazu bringen, ruhig auf dem Pult zu liegen. Eine Zeit, bevor die Leute zu sagen anfangen »Sei vernünftig«, »werde erwachsen« oder »du benimmst dich wie ein Kind«. Es ist eine Zeit, in der ein Kind, das sich jung verhält, immer noch klug, verständig und jedermanns Liebling ist. Eine Zeit voller Freude, Wunder und Unschuld.

Jeffty war in dieser Zeit steckengeblieben, fünf Jahre alt, einfach so.

Aber für seine Eltern war es ein ständiger Alptraum, aus dem niemand — kein Sozialarbeiter, kein Priester, kein Kinderpsychologe, kein Lehrer, kein Freund, kein ärztlicher Zauberer, kein Psychiater, niemand — sie erlösen konnte. Über siebzehn Jahre war ihr Kummer durch Stadien elterlicher Affenliebe zur Unruhe geworden, von Unruhe zu Sorge, von Sorge zu Angst, von Angst zu Konfusion, von Konfusion zu Zorn, von Zorn zu Abneigung, von Abneigung zu nacktem Haß, und schließlich von tiefstem Abscheu und Widerwillen zu einem dumpfen, deprimierenden Sichabfinden.

John Kinzer war Schichtvorarbeiter im Balder Werkzeug & Guß-Werk. Dreißig Jahre bei derselben Firma. Für jeden, außer für den Menschen, der es selbst lebte, war sein Leben auffällig ereignislos. Er war in keiner Hinsicht bemerkenswert... außer daß er einen zweiundzwanzigjährigen Fünfjährigen in die Welt gesetzt hatte.

John Kinzer war ein kleiner Mann, weich, ohne scharfe Konturen, mit blassen Augen, die meinen Blick nie länger als zwei Sekunden zu erwidern schienen. Wenn er sich unterhielt, rutschte er ständig in seinem Sessel hin und her, und er schien in den Ekken des Zimmers Dinge zu sehen, Dinge, die niemand sonst sehen wollte. Ich glaube, das Wort, das ihm am angemessensten war, lautete *gequält*. Was aus seinem Leben geworden war... nun, *gequält* paßte zu ihm.

Leona Kinzer versuchte tapfer, das auszugleichen. Egal, zu welcher Tageszeit ich sie besuchte, immer versuchte sie, mir etwas zum Essen zuzuschieben. Und wenn Jeffty zu Hause war, lag sie *ihm* ständig mit Essen in den Ohren: »Liebling, möchtest du eine Apfelsine? Eine schöne Apfelsine? Oder eine Mandarine? Ich habe Mandarinen. Ich könnte dir eine Mandarine schälen.« Aber in ihr war eine solch offensichtliche Angst, Angst vor ihrem eigenen Kind, daß ihre Angebote immer einen leichten unheilverkündenden Ton hatten.

Leona Kinzer war eine hochgewachsene Frau gewesen, aber die Jahre hatten sie gebeugt. Sie schien immer auf der Suche nach einer tapezierten Wand oder einer Speichernische, in der sie verschwinden konnte; ständig schien sie eine chintz- oder rosenmustrige Schutzfarbe annehmen zu wollen, um sich für immer im Blickfeld der braunen Augen ihres Kindes verbergen zu können, den Atem angehalten und unsichtbar, während diese Augen hundert Mal am Tag über sie strichen und bemerkten, daß sie da war. Sie trug stets eine Schürze. Und ihre Hände waren vom Putzen gerötet. Als könnte sie dadurch, daß sie ihre Umgebung makellos rein hielt, für ihre eingebildete Sünde büßen: die Sünde, dieses fremdartige Geschöpf geboren zu haben.

Keiner von ihnen sah häufig fern. Das Haus war gewöhnlich totenstill, nicht einmal das zischende Flüstern des Wassers in den Leitungen war zu hören, ebensowenig wie das Knacken des arbeitenden Holzes oder das Summen des Kühlschranks. Eine gräßliche Stille, als hätte die Zeit selbst einen Umweg um das Haus herum genommen.

Jeffty war harmlos. Er lebte in dieser Atmosphäre sanfter Verzweiflung und dumpfen Ekels, und wenn er sie begriff, so erwähnte er es nie. Er spielte, wie ein Kind spielte, und schien glücklich. Aber er muß gespürt haben, so wie es ein Fünfjähriger spürt, wie fremdartig er in ihrer Gegenwart war.

Fremdartig. Nein, das stimmte nicht. Wenn überhaupt, dann war er *zu* menschlich. Aber phasenungleich, ausgeklinkt aus der ihn umgebenden Welt, und er hallte von einer anderen Schwingung nach als seine Eltern. Und andere Kinder wollten nicht mit ihm spielen. Wenn sie über ihn hinauswuchsen, fanden sie ihn zuerst kindisch und dann uninteressant, und dann einfach furchteinflößend, wenn ihre Wahrnehmungsfähigkeit mit dem Alter zunahm und sie erkennen konnten, daß er nicht wie von der Zeit beeinflußt wurde. Selbst die kleinen in seinem Alter, die zufällig in die Nachbarschaft kamen, scheuten vor ihm zurück wie ein Hund auf der Straße vor der Fehlzündung eines Autos.

So blieb ich sein einziger Freund. Ein Freund vieler Jahre. Fünf Jahre. Zweiundzwanzig Jahre. Ich mochte ihn; mehr als ich sagen kann. Und ich wußte nie genau, warum. Aber ich tat es, ohne Vorbehalt.

Aber weil wir einige Zeit miteinander verbrachten, verbrachte ich auch — höfliche Gesellschaft — Zeit mit John und Leona Kinzer. Abendessen, manchmal Samstagnachmittag, eine Stunde oder so, wenn ich Jeffty vom Kino nach Hause brachte. Sie waren dankbar; auf geradezu sklavische Weise. Es befreite sie von der unangenehmen Mühe, mit ihm ausgehen zu müssen, vor der Welt so tun zu müssen, als wären sie liebevolle Eltern mit einem vollkommen normalen, glücklichen, hübschen Kind. Und ihre Dankbarkeit erstreckte sich so weit, daß sie mich fütterten. Gräßlich, jede Sekunde ihrer Depression, gräßlich.

Mir taten diese armen Teufel leid, aber ich verachtete sie wegen ihrer Unfähigkeit, Jeffty, der so überaus liebenswert war, zu lieben.

Ich ließ mir nie etwas anmerken, auch nicht an den Abenden in ihrer Gesellschaft, die über alle Vorstellung hinaus unangenehm waren.

Wir saßen dort in dem dunkler werdenden Wohnzimmer — *immer* dunkel oder dunkler werdend, als läge es ständig im Schatten, um zu verbergen, was das Licht durch die hellen Augen des Hauses der Welt draußen enthüllen könnte —, wir saßen dort und starrten uns schweigend an. Sie wußten nie, was sie zu mir sagen sollten.

»Und wie steht's unten in der Fabrik?« fragte ich John Kinzer.

Er zuckte die Achseln. Gespräche behagten ihm ebensowenig wie das Leben. »Bestens, einfach bestens«, sagte er schließlich.

Und wieder saßen wir schweigend zusammen.

»Möchtest du ein feines Stück Biskuit?« fragte Leona, »ich habe ihn heute morgen erst gebacken. Oder eine große Portion Apfeltorte. Oder Milch und Zwieback. Oder einen braunen Pudding.«

»Nein, vielen Dank, Mrs. Kinzer; Jeffty und ich haben uns auf dem Heimweg ein paar Cheeseburgers genehmigt.« Und wieder Schweigen.

Dann, wenn die Stille und Peinlichkeit selbst ihnen zu viel geworden war (und wer wußte, wie lange diese völlige Stille herrschte, wenn sie allein waren und diese Angelegenheit, über die sie nicht mehr sprachen, zwischen ihnen hing), pflegte sie zu sagen: »Ich glaube, er schläft.«

John Kinzer sagte dann: »Ich höre das Radio nicht.«

So ging es weiter, bis ich eine höfliche Ausrede fand, um unter einem fadenscheinigen Vorwand zu entwischen. Jawohl, so ging es weiter, jedesmal, ganz genau so... außer einmal.

»Ich weiß nicht mehr, was ich tun soll«, sagte Leona. Sie fing zu weinen an. »Es ändert sich nichts, nicht ein friedlicher Tag.«

Ihr Mann schaffte es, sich aus dem alten Lehnstuhl zu stemmen, und er ging zu ihr hinüber. Er beugte sich vor und versuchte, sie zu besänftigen, aber an der Art, wie er ihr ergrauendes Haar berührte, ließ er erkennen, daß die Fähigkeit mitzuleiden in ihm abgestorben war. »Schsch, Leona, es ist alles in Ordnung. Schsch.« Aber sie hörte nicht auf, zu weinen. Ihre Hände kratzten sachte über die Schondeckchen auf den Lehnen ihres Sessels.

Dann sagte sie: »Manchmal wünsche ich, er wäre totgeboren.«

John blickte in die Ecken des Zimmers hinauf. Nach den namenlosen Schatten, die ihn ständig beobachteten? War es Gott, den er dort oben suchte? »Das meinst du nicht wirklich«, sagte er sanft, rührend, und sein gespannter Körper und das Zittern in seiner Stimme drängten sie, das zurückzunehmen, bevor Gott den schrecklichen Gedanken wahrnahm. Aber sie meinte es; sie meinte es unbedingt.

Es gelang mir, an diesem Abend schnell fortzukommen. Sie wünschten keine Zeugen ihrer Scham. Ich war froh, gehen zu können.

Und ich blieb eine ganze Woche fort. Von ihnen, von Jeffty, von ihrer Straße, sogar von diesem Teil der Stadt.

Ich hatte mein eigenes Leben. Der Laden, Rechnungen, Lieferantengespräche, Poker mit Freunden, hübsche Frauen, die ich in helle Restaurants ausführte, meine eigenen Eltern, Antifrostmittel in den Kühler schütten, mich bei der Reinigung über zuviel Stärke in Kragen und Manschetten beschweren, im Fitness-Center austoben, Steuern, Jan oder David (wer es auch immer war) dabei erwischen, wie sie in die Registrierkasse griffen. Ich hatte mein eigenes Leben.

Aber nicht einmal jener Abend konnte mich von Jeffty fernhalten. Er rief mich im Laden an und bat mich, ihn zum Rodeo mitzunehmen. Wir waren dicke Freunde, so gut das ein Zweiundzwanzigjähriger mit anderen Interessen es mit einem Fünfjährigen sein konnte. Ich habe nie darüber nachgedacht, was uns miteinander verband; ich dachte immer, es wären halt die Jahre. Das, und die Zuneigung zu einem Jungen, der der kleine Bruder hätte sein können, den ich nie gehabt hatte (außer, wenn ich mich an die Zeit *erinnerte*, als wir zusammen gespielt hatten, als wir beide gleichaltrig gewesen waren; ich *erinnerte* mich an diese Zeit, und Jeffty war immer noch derselbe).

Und dann wollte ich ihn eines Samstagnachmittags zu einem Film abholen, und an diesem Nachmittag begann ich zum ersten Mal Dinge zu bemerken, die ich schon viele Male vorher hätte bemerken müssen.

Ich ging auf das Kinzer-Haus zu und erwartete, daß Jeffty auf der Verandatreppe oder in der Verandaschaukel säße und auf mich wartete. Aber er war nirgends zu sehen.

Hineinzugehen, in diese Dunkelheit und Stille, mitten im Mai-Sonnenschein, war undenkbar. Ein paar Sekunden lang stand ich auf dem Gehweg, dann wölbte ich meine Hände um den Mund und rief: »Jeffty? Hee, Jeffty, komm raus, na los! Wir kommen sonst zu spät.«

Seine Stimme klang dünn, als käme sie aus der Erde.

»Hier bin ich, Donny.«

Ich konnte ihn hören, aber nicht sehen. Es war Jeffty, da gab es keine Frage: Denn niemand außer Jeffty nannte mich, Donald H. Horton, Präsident und Alleininhaber des Horton TV & Hifi Centers, Donny. Er hatte mich noch nie anders genannt.

(Wirklich, das ist keine Lüge. Ich bin tatsächlich, so weit es die Öffentlichkeit angeht, Alleininhaber des Centers. Die Partnerschaft mit meiner Tante Patricia besteht nur, um das Darlehen zurückzuzahlen, das sie mir gab, um das Geld aufzustocken, das ich mit einundzwanzig erhielt; mein Großvater hatte es mir hinterlassen, als ich zehn war. Es war kein großes Darlehen, nur achtzehntausend, aber ich hatte sie wegen der Zeit, in der sie mich als Kind aufgezogen hatte, gebeten, mein stiller Teilhaber zu sein.)

»Wo bist du, Jeffty?«

»Unter der Veranda, in meinem Geheimversteck.«

Ich ging zum Seitenrand der Veranda, bückte mich und zog das Weidengitter weg. Darunter hatte sich Jeffty in der festgestampften Erde sein Geheimversteck gebaut. Er hatte Comics in Apfelsinenkisten, er hatte einen kleinen Tisch und ein paar Kissen, dicke fette Kerzen erhellten es, und wir haben uns dort immer versteckt, als wir... fünf waren.

»Was machst du denn da?« fragte ich, kroch hinein und zog das Gitter hinter mir zu. Unter der Veranda war es kühl, und die Erde roch nach Behaglichkeit, die Kerzen rochen gemütlich und anheimelnd. Jedes Kind würde sich in einem solchen Geheimversteck wohlfühlen: Es hat noch nie ein Kind gegeben, das nicht die glücklichsten, ereignisreichsten und geheimnisvollsten Stunden seines Lebens in einem Versteck verbrachte hätte...

»Spielen«, sagte er. Er hielt etwas Goldenes, Rundes in der Hand. Es füllte seine ganze Handfläche aus.

»Hast du vergessen, daß wir ins Kino wollen?«

»Ach was! Ich habe hier auf dich gewartet.«

»Mutti und Vati zu Hause?«

»Mama.«

Ich verstand, warum er unter der Veranda wartete. Ich ging nicht weiter darauf ein. »Was hast du da?«

»Captain Midnights Geheime Dechiffrier-Plakette«, sagte er und zeigte sie mir auf der ausgestreckten Hand.

Ich merkte, daß ich es anschaute und eine lange Zeit nicht begriff, was es war. Dann dämmerte mir, was für ein Wunder Jeffty in seiner Hand hielt. Ein Wunder, das einfach nicht existieren konnte.

»Jeffty«, sagte ich leise, Verwunderung in der Stimme. »Wo hast du das her?«

»Ist heute mit der Post gekommen. Ich habe es bestellt.«

»Das muß eine Menge Geld gekostet haben.«

»Nicht viel. Zehn Cents und die Verschlüsse von zwei Ovaltine-Bechern.«

»Darf ich es sehen?« Meine Stimme zitterte ebenso wie meine ausgestreckte Hand. Er gab es mir, und ich hielt das Wunder auf meiner Hand. Es war *wunderbar.*

Sie erinnern sich. *Captain Midnight* lief 1940 in allen Staaten im Radio. Ovaltine hat die Sendung finanziert. Und jedes Jahr gaben sie eine Dechiffrier-Plakette der Geheimschwadron heraus. Und jeden Tag, am Ende des Programms, gaben sie ein Rätsel zur Sendefolge des nächsten Tages auf; nur Kinder mit der offiziellen Plakette konnten es auflösen. 1949 haben sie aufgehört, diese wundervollen Dechiffrier-Plaketten herzustellen. Ich erinnere mich an die, die ich 1945 hatte; sie war schön. In der Mitte der Code-Skala hatte sie ein Vergrößerungsglas. *Captain Midnight* verschwand 1950 aus dem Äther, und obwohl es Mitte der fünfziger Jahre noch eine kurzlebige Fernsehserie gab und obwohl sie 1955 und 1956 Dechiffrier-Plaketten herausgaben, stellten sie, was die *echten* Plaketten anging, nach 1949 keine einzige mehr her.

Der Captain Midnight Codeograph, den ich in der Hand hielt, den Jeffty für zehn Cents *(zehn Cents!!!)* und zwei Ovaltine-Aufkleber mit der Post bekommen haben wollte, war brandneu, glänzend-goldenes Metall, kein Kratzer oder Rostfleck wie auf den alten, die man zu aberwitzigen Preisen ab und an in Sammlergeschäften findet ... es war ein *neuer* Dechiffrierer. Und er trug das Datum von *diesem* Jahr.

Aber *Captain Midnight* gab es nicht mehr. Im Radio gab es nichts Ähnliches mehr. Ich hatte mir die ein oder zwei schwachen Nachahmungen der alten Programme angehört, die die Sender zur Zeit ausstrahlten, und die Stories waren lahm, die Klangeffekte matt, die ganze Stimmung war falsch, war überholt, war lauwarme Luft. Aber ich hielt einen *neuen* Codeograph in der Hand.

»Jeffty, erzähl mir davon«, sagte ich.

»Was soll ich erzählen, Donny? Das ist meine neue Captain Midnights Geheime Dechiffrier-Plakette. Die brauch' ich, um rauszukriegen, was morgen passiert.«

»Wieso morgen?«

»Im Programm.«

»Welchem Programm?«

Er starrte mich an, als stellte ich mich absichtlich dumm. »Capt'n Midnight! Oh, Mann!« Ich war dumm.

Ich konnte es nicht kapieren. Hier war es vor mir, ganz offen, und ich wußte immer noch nicht, was vorging. »Du meinst eine von den Schallplatten, die sie von den alten Radioprogrammen gemacht haben? Meinst du das, Jeffty?«

»Welche Schallplatten?« fragte er. Er wußte nicht, was *ich* meinte.

Dort, unter der Veranda, starrten wir einander an. Und dann sagte ich, ganz langsam, fast in Angst vor der Antwort: »Jeffty, wie hörst du *Captain Midnight*?«

»Jeden Tag. Im Radio. In meinem Radio. Jeden Tag um halb sechs.«

Nachrichten. Musik, öde Musik, und Nachrichten. Das gibt es jeden Tag um halb sechs im Radio. Nicht *Captain Midnight*. Das Geheimschwadron war seit zwanzig Jahren nicht mehr gesendet worden.

»Können wir es heute hören?« fragte ich.

»Oh, Mann!« sagte er. Ich war dumm. Ich erkannte es an der Art, wie er das sagte, aber ich wußte nicht *warum*. Dann dämmerte es mir: Es war Samstag. *Captain Midnight* kam von Montag bis Freitag. Samstags und sonntags nicht.

»Gehn wir ins Kino?«

Er mußte die Frage zweimal wiederholen. Mein Verstand war woanders. Nichts Konkretes. Keine Erklärungen. Keine sprunghaften Intuitionen. Einfach irgendwo anders im Versuch, zu begreifen und zu folgern — wie *Sie* gefolgert hätten, wie *jeder* gefolgert hätte, statt die Wahrheit zu akzeptieren, die unmögliche und wunderbare Wahrheit —, schließlich zu folgern, daß es eine ganz simple Erklärung gab, die ich noch nicht entdeckt hatte. Irgend etwas Weltliches und Langweiliges, wie der Lauf der Zeit, der uns aller guten, alten Sachen beraubt und uns im Austausch Ramsch und Plastik aufhalst. Und alles im Namen des Fortschritts.

»Gehn wir ins Kino, Donny?«

»Da kannst du Gift drauf nehmen, Junge«, sagte ich. Und ich lächelte. Und ich reichte ihm den Codeographen. Und er steckte ihn in die Seitentasche seiner Hose. Und wir krochen unter der Veranda hervor. Und wir gingen ins Kino. Und keiner von uns sagte den Rest des Tages irgend etwas über *Captain Midnight*. Und es gab den ganzen Rest des Tages keine zehn Minuten, in denen ich nicht darüber nachdachte.

Die ganze nächste Woche hatte ich Inventur. Jeffty sah ich erst am Donnerstag wieder. Ich muß gestehen, ich überließ Jan und David den Laden, sagte ihnen, ich hätte einige Besorgungen zu machen, und ging früh weg. Um vier Uhr. Ich kam etwa um 4.45 Uhr bei Kinzers an. Leona, müde und entfernt wirkend, kam an die Tür.

»Ist Jeffty da?« Sie sagte, er wäre oben in seinem Zimmer... und hörte Radio.

Ich nahm zwei Stufen auf einmal.

In Ordnung, ich hatte schließlich den unmöglichen, unlogischen Sprung getan. Hätte die Strapazierung meiner Vorstellungskraft jemand anderen als Jeffty — Erwachsenen oder Kind — betroffen, hätte ich erklärlichere Antworten erdacht. Aber es *war* Jeffty, offensichtlich eine andere Art Lebensgefäß, und was ihm widerfahren mochte, mußte nicht unbedingt in die gängige Ordnung passen.

Ich gebe es zu: Ich *wollte* hören, was ich hörte.

Obwohl die Tür geschlossen war, erkannte ich sofort das Programm:

»Da ist er, Tennessee! Hol ihn!«

Es folgte der dumpfe Knall eines Gewehrschusses und das schrille Jaulen des Querschlägers, und dann gellte dieselbe Stimme jubelnd: *»Erwischt! T-o-o-o-o-t-punkt!«*

Er hörte dem Programm der American Broadcasting Company zu, 790 Kilohertz, und er hörte Tennessee Jed, eine meiner Lieblingssendungen aus den Vierzigern, eine Westernserie, die ich seit zwanzig Jahren nicht mehr gehört hatte, weil sie seit zwanzig Jahren nicht mehr existierte.

Ich setzte mich auf die oberste Treppenstufe, dort auf dem Treppenabsatz im Haus der Kinzers, und ich hörte mir die Sendung an. Es war keine Wiederholung eines alten Programms, denn im Handlungsablauf gab es einige Bezüge zu gegenwärtigen kulturellen und technischen Entwicklungen, und Formulierungen, die in den Vierzigern nicht gebräuchlich waren: Aerosol-Sprühdosen, Tätowierungen auslasern, Tansania, das Wort »abschlaffen«.

Ich konnte nicht an der Tatsache vorbei. Jeffty hörte eine *neue* Folge von *Tennessee Jed.*

Ich rannte die Treppen hinab und zu meinem Wagen hinaus. Leona muß in der Küche gewesen sein. Ich drehte den Zündschlüsel, schaltete das Radio ein und stellte auf 790 Kilohertz. Der ABC-Sender — Rockmusik.

Einige Sekunden saß ich dort, dann ließ ich den Sendersucher langsam von einem Ende zum anderen gleiten. Musik, Nachrichten, Talkshows. Kein *Tennessee Jed.* Und es war ein *Blaupunkt,* das beste Radio, das ich kriegen konnte. Ich verpaßte nicht einen der regionalen Sender. Es war einfach nicht da!

Nach einigen Sekunden schaltete ich Radio und Zündung aus und ging leise wieder nach oben. Ich setzte mich auf die oberste Stufe und hörte dem ganzen Programm zu. Es war *wunderbar*.

Aufregend, phantasievoll, gefüllt mit allem, was in meiner Erinnerung zu den neuesten Entwicklungen des Hörspiels gehörte. Aber es war modern. Es war nicht antik und dazu ausgestrahlt, die Bedürfnisse der schrumpfenden Zuhörerschaft, die sich nach den alten Tagen sehnte, zu stillen. Es war eine neue Sendung mit all den alten Stimmen, aber dennoch jung und strahlend. Selbst die Werbeeinblendungen waren für die marktgängigen Produkte, aber sie waren nicht so laut und aufdringlich wie die Schreier-Spots, die man zu dieser Zeit im Radio hörte.

Und als *Tennessee Jed* um 5.30 Uhr zu Ende war, hörte ich, wie Jeffty einen anderen Sender suchte, bis ich die vertraute Stimme des Sprechers Glenn Riggs ankündigen hörte: *Stellen wir Hop Harigan vor! Amerikas As in den Lüften!* Dann das Geräusch eines Flugzeugs in der Luft. Es war ein Propellerflugzeug, *keine* Düsenmaschine! Nicht das Geräusch, mit dem Kinder heute aufwachsen, sondern das Geräusch, mit dem *ich* aufgewachsen bin, das *wirkliche* Geräusch eines Flugzeugs, der dröhnende, anschwellende kehlige Klang der Art von Flugzeugen, die G-8 und seine Fliegerasse flogen, die Art, die Captain Midnight flog, die Art, die Hop Harrigan flog. Und dann hörte ich Hop sagen: »*CX-4 ruft Kontrollturm. CX-4 ruft Kontrollturm, Kommen!*« Eine Pause, und dann: »*Okay, hier ist Hop Harrigan ... im Anflug!*«

Und Jeffty, der wie alle Kinder in den Vierzigern das Problem hatte, die Lieblingshelden auf den verschiedenen Sendern gegeneinander abzuwägen, drehte den Sendeknopf, nachdem er Hop Harrigan und Tank Tiger seinen Respekt gezollt hatte, wieder auf ABC zurück, wo ich einen Gongschlag hörte, die wilde Kakaphonie unsinnigen chinesischen Geplappers, und dann schrie der Sprecher: »*Te-e-e-rry and the Pirates!*«

Ich saß dort auf der obersten Stufe und hörte Terry und Connie und Flip Corkin zu, und — ach mein Gott! — Agnes Moorehead als die Drachenlady, sie alle in einem neuen Abenteuer, das in einem Rotchina stattfand, das in Milton Caniffs Version des Orients von 1937 nicht existiert hatte; damals gab es die Flußpiraten, Tschiang Kai Tschek, Kriegsherren und den naiven Imperialismus amerikanischer Kanonenbootdiplomatie.

Ich saß da und hörte der ganzen Sendung zu, und ich saß noch länger und hörte *Superman* und eine Folge von *Jack Armstrong, the All-American Boy,* und eine Folge von *Captain Midnight,* und John Kinzer kam nach Hause, und weder er noch Leona kamen nach oben, um zu entdecken, was mir dort geschah oder wo Jeffty war, und ich saß noch länger dort und merkte, daß ich zu weinen angefangen hatte, und ich konnte nicht aufhören, saß nur dort, während die Tränen mein Gesicht hinabliefen, in die Mundwinkel, saß dort und weinte, bis Jeffty mich hörte, seine Tür öffnete und mich sah und mich in kindlicher Verwirrung anschaute, als ich hörte, wie das Gemeinschaftsprogramm aufhörte und die Titelmusik von *Tom Mix* einsetzte: »Wenn in Texas der Viehtrieb beginnt und der Salbei in Blüte steht«, und Jeffty berührte meine Schultern und lächelte mich an und sagte: »Hi, Donny. Willst du nicht reinkommen und mit mir Radio hören?«

Hume verneinte die Existenz eines absoluten Raums, in dem jedes Ding seinen Platz hat; Borges verneint die Existenz einer einzigen Zeit, in der alle Ereignisse miteinander verknüpft sind.

Jeffty empfing Radioprogramme von einer Stelle, die logischerweise in der von Einstein beschriebenen natürlichen Struktur des Raum-Zeit-Universums nicht existieren konnten. Aber das war nicht alles, was er empfing. Er bekam per Post Artikel, die niemand herstellte. Er las Comicbücher, die seit drei Jahrzehnten ausgestorben waren. Er sah Filme mit Schauspielern, die seit zwanzig Jahren tot waren. Er war die Empfängerstation für zahllose Freuden und Vergnügen der Vergangenheit, die die Welt am Wege hatte liegen lassen. Auf rasenden selbstmörderischen Flug in neue Morgen hatte die Welt ihr Schatzhaus einfachen Glücks weggrasiert, hatte Beton über ihre Spielplätze ausgegossen, hatte ihre koboldhaften Außenseiter im Stich gelassen, und all das wurde auf unerklärliche, wunderbare Weise durch Jeffty zurück in die Gegenwart geholt. Wieder zum Leben erweckt, modernisiert, blieben die Traditionen dennoch zeitgemäß. Jeffty war der ungebetene Aladin, dessen Wesen die Zauberlaterne seiner Realität schuf.

Und er nahm mich mit in seine Welt.

Weil er mir vertraute.

Wir hatten ein Frühstück aus Quakers Weizenflocken und warmer Ovaltine, die wir aus Little Orphan Annie-Bechern von *diesem* Jahr tranken. Wir gingen ins Kino, und während alle einen Lustfilm mit Goldie Hawn und Ryan O'Neal sahen, genossen Jeffty und ich Humphrey Bogart als Berufsdieb in John Hustons brillanter Verfilmung des Donald Westlake-Romans *Slayground*. Im zweiten Film spielten Spencer Tracy, Carole Lombard und Laird Cregar in der Val Lewton-Produktion von *Leinengen Versus The Ants*.

Zweimal im Monat gingen wir zum Zeitungsstand und kauften die neuen Ausgaben von *The Shadow, Doc Savage* und *Startling Stories*. Jeffty und ich saßen zusammen, und ich las ihm aus den Magazinen vor. Er mochte vor allem die neue Story von Henry Kuttner »The Dreams of Achilles« und die neue Kurzgeschichtenserie von Stanley G. Weinbaum, die im aus subatomaren Partikeln bestehenden Universum Redurna spielt. Im September genossen wir die erste Folge des neuen Conan-Romans von Robert E. Howard, ISLE OF THE BLACK ONES, in *Weird Tales;* und im August wurden wir nur ein wenig enttäuscht von Edgar Rice Burroughs' vierter Novelle in der Jupiter-Serie mit John Carter von Barsoom — »Corsairs of Jupiter«. Aber der Herausgeber von *Argosy All-Story Weekly* versprach, in dieser Serie kämen zwei weitere Stories, und das war für Jeffty und mich eine so überraschende Ankündigung, daß sie unsere Enttäuschung dämpfte, ebenso wie sie die Qualität der neuen Erzählung minderte.

Wir lasen zusammen Comics, und Jeffty und ich entschieden — einzeln, bevor wir es gemeinsam besprachen —, daß Doll Man, Airboy und The Heap unsere Lieblingsfiguren waren. Außerdem beteten wir die Strips von George Carlson in den *Jingle Jangle Comics* an, vor allem die Geschichten mit dem Tortenkopf-Prinzen von Old Pretzleburg, die wir gemeinsam lasen und über die wir gemeinsam lachten, obschon ich Jeffty, der zu jung war, um diese verzwickte Denkweise nachzuvollziehen, einige besonders knifflige Wortspiele erklären mußte.

Wie soll man das erklären? Ich kann es nicht. Ich habe ausreichend Physikunterricht im College gehabt, um ein paar Stegreiferklärungen zu raten, aber sie sind wohl eher falsch als richtig. Das Gesetz der Energieerhaltung wird gelegentlich außer Kraft gesetzt. Die Physiker sagen, ein solches Gesetz wird »leicht verletzt«. Vielleicht war Jeffty ein Katalysator für die schwache Verletzung von Erhaltungsgesetzen, deren Existenz wir uns erst jetzt allmählich klarmachen. Ich versuchte, mir auf diesem Gebiet einiges anzulesen — My-Mesonen-Zerfall der »verbotenen« Art: Gamma-Zerfall, zu dessen Produkten kein My-Meson-Neutrino gehört — aber ich fand nichts, nicht einmal die neuesten Berichte des Schweizer Instituts für Nuklearforschung in der Nähe von Zürich gaben mir einen Aufschluß. Ich wurde auf ein vages Eingeständnis an die Philosophie, daß der wirkliche Name für »Wissenschaft« *Magie* ist, zurückgeworfen.

Keine Erklärungen, aber eine tolle Zeit.

Die glücklichste Zeit meines Lebens.

Ich hatte die »reale« Welt, die Welt meines Ladens, meiner Freunde und meiner Familie, die Welt von Gewinn & Verlust, die Welt der Steuern und der Abende mit jungen Frauen, die übers Einkaufen redeten oder die Vereinten Nationen, über die steigenden Kaffeepreise und Mikrowellenherde. Und ich hatte Jefftys Welt, in der ich nur existierte, wenn ich mit ihm zusammen war. Die Sachen aus der Vergangenheit, die er als frisch und neu kannte, konnte ich nur in seiner Gesellschaft erleben, und die Membrane zwischen den beiden Welten wurde immer dünner, immer durchsichtiger. Ich hatte aus beiden Welten das Beste. Und wußte irgendwie, daß ich nichts von einer in die andere bringen konnte.

Als ich das einen Moment lang vergaß, als ich Jeffty betrog, indem ich vergaß, machte das allem ein Ende.

Bei so viel Vergnügen wurde ich sorglos und dachte nicht mehr daran, wie zerbrechlich die Beziehung zwischen Jefftys Welt und meiner Welt wirklich war. Es gibt zwar einen Grund dafür, weshalb die Gegenwart der Existenz der Vergangenheit mißgünstig gegenübersteht, aber ich habe ihn nie wirklich verstanden. Nirgendwo in den Tierbüchern, in denen das Überleben als Schlacht zwischen Klauen und Fängen, Tentakeln und Giftbeuteln gezeigt wird, gibt es eine Entsprechung für die Grausamkeit, die die Gegenwart stets der Vergangenheit entgegenbringt. Nirgendwo gibt es eine detaillierte Beschreibung darüber, wie die Gegenwart auf der Lauer liegt, darauf wartet, daß das, was eben noch Jetzt-In-Diesem-Augenblick ist, zum Was-War wird, damit sie es mit ihren gnadenlosen Fängen zerreißen und vernichten kann.

Er könnte so etwas wissen... in welchem Alter... und gewiß nicht in meinem Alter... wer könnte so etwas verstehen?

Ich versuche mich zu entlasten. Ich kann es nicht. Es war meine Schuld.

Es war wieder ein Samstagnachmittag.

»Was wird heute gespielt?« fragte ich im Wagen auf dem Weg in die Stadt.

Er blickte von der anderen Seite der Vorderband zu mir hoch und lächelte eins seiner besten Lächeln. »Ken Maynard in *Bull-*

whip Justice und *The Demolished Man*.« Er hörte nicht auf zu lächeln, als hätte er mir einen Bären aufgebunden.

»Du machst *Witze*!« sagte ich vergnügt. »Besters THE DEMOLISHED MAN?« Er nickte, vergnügt, weil ich vergnügt war. Er wußte, daß es eins meiner Lieblingsbücher war. »Oh, Mann, das ist Klasse!«

»*Super*klasse«, sagte er.

»Wer spielt mit?«

»Franchot Tone, Evelyn Keyes, Lionel Barrymore und Elisah Crook jr.« Er wußte viel mehr über Filmschauspieler als ich. Er konnte die Charakterdarsteller eines jeden Films nennen, den er gesehen hatte. Selbst die Massenszenen.

»Und Zeichentrickfilme?« fragte ich.

»Drei Stück, ein *Little Lulu*, ein *Donald Duck* und ein *Bugs Bunny*. Und eine *Pete Smith Specialty* und ein *Lew Lehr is da C-r-r-raziest Peoples*.«

»Oh, Mann!« sagte ich erneut, von Ohr zu Ohr grinsend. Und dann sah ich den Block mit Lieferscheinen auf dem Sitz. Ich hatte vergessen, sie im Laden abzugeben.

»Ich muß mal am Center anhalten«, sagte ich. »Muß da was reinbringen. Dauert nur 'ne Minute.«

»Okay«, sagte Jeffty. »Aber wir verspäten uns doch nicht, oder?«

»Zu deinen Filmchen nicht«, sagte ich.

Als ich hinter dem Center auf den Parkplatz fuhr, beschloß er, mit mir zu kommen; wir wollten dann zu Fuß zum Kino gehen. Es ist keine große Stadt. Es gibt nur zwei Lichtspielhäuser, das Utopia und das Lyric. Wir wollten zum Utopia, nur drei Blocks vom Center entfernt.

Ich ging mit dem Formularblock in den Laden, und dort war es das reinste Tollhaus. David und Jan bedienten jeder zwei Kunden, und Leute standen herum und warteten darauf, daß man sich um sie kümmerte. Jan wandte sich mir zu, und ihr Gesicht war ein einziges Flehen. David rannte gerade vom Lager in den Ausstellungsraum, und alles, was er im Vorbeizischen flüstern konnte, war »Hilfe!«, und schon war er wieder fort.

»Jeffty«, sagte ich und bückte mich hinab, »hör mal, gib mir noch fünf Minuten. Jan und David haben Angst mit den vielen Leuten hier. Wir kommen nicht zu spät, Ehrenwort. Aber ich muß ein paar von diesen Kunden abfertigen.« Er wirkte nervös, nickte mir aber sein Okay zu.

Ich ging zu einem Stuhl und sagte: »Setz dich nur etwas hin, ich bin gleich wieder bei dir.«

Er ging zu dem Stuhl — »Bitte, wie du willst« — und setzte sich, obwohl er wußte, was geschah.

Ich fing an, mich um Leute zu kümmern, die Farbfernsehgeräte wollten. Das war die erste nennenswerte Partie, die wir hereinbekommen hatten — erst damals bekamen Farbfernseher ein vernünftiges Preisniveau, und das war Sonys erste Promotion-Kampagne —, und für mich brachen goldene Zeiten an. Ich konnte absehen, daß das Darlehen zurückgezahlt werden konnte und wie ich zum ersten Mal mit dem Center auf einen grünen Zweig kam. Geschäft ist Geschäft.

In meiner Welt kommt ein gutes Geschäft an erster Stelle.

Jeffty saß da und starrte auf die Wand. Ich will Ihnen die Wand beschreiben.

Vom Boden bis knapp unter die Decke war eine Trägerkonstruktion angebracht. Fernsehgeräte waren sinnreich an dieser Wand aufgebaut. Dreiunddreißig Fernsehgeräte. Alle liefen zur gleichen Zeit. Schwarz/Weiß, Farbe, kleine, große, alle liefen zur gleichen Zeit.

Jeffty saß da und betrachtete an einem Samstagnachmittag dreiunddreißig Fernsehgeräte. Einschließlich der UHF-Bildungsprogramme können wir insgesamt dreizehn Kanäle empfangen. Auf einem Kanal war Golf; auf einem zweiten Baseball; Prominentenbowling auf einem dritten; der vierte Kanal brachte ein religiöses Seminar; auf dem fünften gab es eine Teenager-Tanzshow; der sechste brachte die Wiederholung eines Lustspiels; der siebte zeigte die Wiederholung einer Polizeiparade; auf dem achten lief ein Naturprogramm, sie zeigten einen Mann, der endlos Fliegen warf; auf dem neunten waren Interviews und Nachrichten; im zehnten ein Stock Car-Rennen; im elften berechnete ein Mann Logarithmen auf einer Tafel; im zwölften führte eine Frau im Trikot Sitzübungen vor; und auf dem dreizehnten Kanal lief eine schlechte Trickfilmserie in spanischer Sprache. Bis auf sechs wurden alle diese Programme auf drei Geräten wiederholt. Jeffty saß da und betrachtete die Wand aus Fernsehgeräten, während ich, so gut ich konnte, verkaufte, um meiner Tante Patricia das Geld zurückzuzahlen und in Kontakt mit meiner Welt zu bleiben. Geschäft ist Geschäft.

Ich hätte es besser wissen sollen. Ich hätte die Gegenwart verstehen sollen und wie sie die Vergangenheit tötet. Aber ich verkaufte mit Händen und Füßen. Und als ich schließlich nach einer halben Stunde zu Jeffty hinüberblickte, sah er wie ein anderes Kind aus.

Er schwitzte. Dieses schreckliche Schwitzen, wenn man eine Magengrippe hat. Er war bleich, bleich und käsig wie ein Wurm, und seine kleinen Hände hielten die Stuhllehnen so fest gepackt, daß ich seine Knöchel hervortreten sah. Ich flitzte zu ihm, nachdem ich mich bei dem Ehepaar entschuldigt hatte, das sich das neue 56er-Modell anschaute.

»Jeffty!«

Er sah mich an, aber seine Augen erfaßten mich nicht. Er war völlig verängstigt. Ich zerrte ihn aus dem Stuhl und ging mit ihm zur Tür, aber die Kunden, die ich verlassen hatte, schrien hinter mir her. »Hee!« sagte der Mann, »wollen Sie mir nun das Ding verkaufen oder nicht?«

Ich blickte von ihm zu Jeffty und wieder zurück. Jeffty sah aus wie ein Zombie. Er war mitgekommen, weil ich ihn gezogen hatte. Seine Beine waren wie Gummi, und er zog die Füße nach. Die Vergangenheit, die von der Gegenwart verschlungen wird, der Klang von etwas voller Schmerz.

Ich klaubte etwas Geld aus meiner Hosentasche und steckte es in Jefftys Hand. »Junge... paß mal auf... geh sofort hier raus!« Er konnte seine Augen immer noch nicht scharf einstellen. *»Jeffty«*, sagte ich so eindringlich wie möglich, *»hör mir zu!«* Der Kunde und seine Frau kamen auf uns zu. »Hör zu, Junge, geh sofort hier raus! Geh rüber zum Utopia und kauf die Karten! Ich komme sofort hinterher.« Der Mann und seine Frau waren fast bei uns. Ich schubste Jeffty durch die Tür und sah ihm nach, wie er in die falsche Richtung stolperte, dann stehenblieb, als käme er wieder zu Verstand, sich umdrehte und am Center vorbei in die Richtung des Utopia ging. »Ja, Sir«, sagte ich mich aufrichtend und ihnen entgegenblickend, »ja, Madam, das ist ein tolles Gerät mit ein paar sensationellen Eigenschaften! Wenn Sie mal mit mir hierherkommen...«

Der schreckliche Klang von etwas Schmerzendem war zu hören, aber ich konnte nicht feststellen, von welchem Kanal oder aus welchem Gerät er kam.

Das meiste davon erfuhr ich später von der Kartenverkäuferin und von einigen Leuten, die ich kannte und die zu mir kamen, um mir zu berichten, was passiert war. Als ich zwanzig Minuten später zum Utopia kam, hatten sie Jeffty schon zu Brei geschlagen und ins Büro des Geschäftsführers gebracht.

»Haben Sie einen ziemlich kleinen Jungen gesehen, etwa fünf Jahre alt, mit großen braunen Augen und glattem braunen Haar... er hat auf mich gewartet?«

»Oh, ich glaube, das ist der kleine Junge, den die Burschen zusammengeschlagen haben.«

»Was!?! *Wo ist er?*«

»Sie haben ihn ins Büro des Geschäftsführers gebracht. Keiner wußte, wer er ist oder wo seine Eltern zu finden sind...«

Ein junges Mädchen in Platzanweiser-Uniform legte ein feuchtes Papierhandtuch über sein Gesicht.

Ich nahm ihr das Handtuch weg und schickte sie aus dem Büro hinaus. Sie sah beleidigt drein und schnaubte irgendwas Unfeines, aber sie ging. Ich setzte mich auf den Rand des Sofas und versuchte das Blut von den Fleischwunden zu wischen, ohne sie dort, wo das Blut geronnen war, wieder aufzubrechen. Beide Augen waren zugeschwollen. Sein Mund war böse aufgerissen. Sein Haar war mit getrocknetem Blut verklebt.

Er hatte in der Reihe hinter zwei Burschen von etwa zehn Jahren gestanden. Um 12.30 Uhr hatten sie mit dem Kartenverkauf begonnen, und die Vorführung fing um 1.00 Uhr an. Die Türen wurden erst um 12.45 Uhr geöffnet. Er hatte gewartet, und die Burschen vor ihm hatten ein Transistorradio mit. Sie hörten sich eine Sportübertragung an. Jeffty hätte gern ein anderes Programm gehört, Gott weiß, was für eins, vielleicht *Grand Central Station* oder *Land of the Lost,* Gott allein weiß welches.

Er hatte sie gefragt, ob sie ihm das Radio eine Minute leihen würden, damit er das Programm hören konnte, und es wurden gerade wohl Werbespots eingeblendet, und die Jungs hatten ihm das Radio gegeben, wahrscheinlich aus einer boshaften Anwandlung von Höflichkeit, die es ihnen später erlauben würde, den kleinen Jungen fertigzumachen. Er hatte einen anderen Sender eingestellt... und sie hatten die Sportübertragung nicht mehr reinkriegen können. Sie war in der Vergangenheit eingeschlossen, auf einem Sender, der ein Programm ausstrahlte, das für niemanden außer Jeffty existierte.

Sie hatten ihn schlimm zugerichtet... und alle hatten zugeschaut. Und dann waren sie weggerannt.

Ich hatte ihn allein gelassen, die Gegenwart ohne ausreichende Waffen abzuwehren. Ich hatte ihn wegen des Verkaufs eines 56er-Standgeräts im Stich gelassen, und jetzt war sein Gesicht ein matschiger Brei. Er stöhnte etwas Unhörbares und schluchzte leise.

»Schsch, schon in Ordnung, Junge, Donny ist hier. Ich bring'
dich nach Hause, es kommt schon in Ordnung.«

Ich hätte ihn direkt zum Krankenhaus bringen sollen. Ich weiß
nicht, warum ich es nicht getan habe. Ich hätte es tun sollen. Unbedingt.

Als ich ihn durch die Tür trug, starrten John und Leona Kinzer
mich nur an. Sie bewegten sich nicht, um ihn von meinen Armen
zu nehmen. Eine seiner Hände hing herunter. Er war bei Bewußtsein, aber nur kurz. Sie starrten, dort im Halbdunkeln eines
Samstagnachmittags in der Gegenwart. Ich blickte sie an. »Ein
paar Burschen haben ihn am Kino zusammengeschlagen.« Ich
hob ihn ein wenig in meinen Armen und streckte sie aus. Sie
starrten mich, uns beide an, nichts in den Augen, keine Bewegung. »Um Gottes willen!« schrie ich, »er ist verprügelt worden!
Er ist euer Sohn! Wollt ihr ihn nicht einmal anfassen? Was, zum
Teufel, seid ihr eigentlich für Menschen!«

Da trat Leona sehr langsam auf mich zu. Sie stand einige Sekunden vor uns, und auf ihrem Gesicht lag ein bleierner Stoizis-
mus, der schrecklich anzusehen war. Er drückte aus, *ich bin schon
viele Male hier gewesen, und ich kann es nicht ertragen, wieder hier zu
sein; aber nun bin ich hier.*

Also gab ich ihn ihr. Oh, Gott, ich gab ihn ihr!

Und sie nahm ihn mit nach oben, um sein Blut und seine
Schmerzen abzuwaschen.

John Kinzer und ich standen im düsteren Wohnzimmer ihres
Hauses, und wir starrten einander an. Er hatte mir nichts zu sagen.

Ich schob mich an ihm vorbei und ließ mich in einen Sessel fallen. Ich zitterte.

Ich hörte, wie oben das Badewasser lief.

Nach einer scheinbar sehr langen Zeit kam Leona herunter,
ihre Hände an der Schürze abwischend. Sie setzte sich aufs Sofa,
und nach einem Moment setzte John sich neben sie. Von oben
hörte ich den Klang von Rockmusik.

»Möchtest du ein schönes Stück Streuselkuchen?« fragte
Leona.

Ich antwortete nicht. Ich hörte dem Klang der Musik zu. Rockmusik. Im Radio. Auf dem Couchtischchen neben dem Sofa
stand eine Lampe. Sie warf ein trübes, vergebliches Licht in den
düsteren Wohnraum. Rockmusik aus der Gegenwart, in einem
Radio dort oben? Ich setzte an, etwas zu sagen, und dann *wußte*
ich . . .

Ich sprang auf, als im gleichen Moment ein scheußliches Knistern und Zischen die Musik auslöschte, und die Lampe wurde immer trüber und flackerte. Ich schrie irgend etwas, ich weiß nicht, was es war, und rannte zur Treppe.

Jefftys Eltern bewegten sich nicht. Sie saßen mit zusammengefalteten Händen auf dem Platz, den sie so viele Jahre innehatten.

Zweimal stürzte ich, als ich die Treppe hinaufraste.

Im Fernsehen gibt es nicht viel, das mich interessiert. Ich habe in einem Gebrauchtwarenladen ein uraltes, kathedralenförmiges Philco Radio gekauft, und ich habe alle ausgebrannten Teile durch Röhren ersetzt, die ich aus noch funktionierenden Radios ausschlachten konnte. Ich nehme keine Transistoren oder gedruckte Schaltungen. Sie würden nicht funktionieren. Manchmal habe ich stundenlang vor dem Apparat gesessen, und den Sendersucher so langsam, wie nur möglich, hin und her bewegt, so langsam, daß es manchmal aussieht, als bewegte er sich gar nicht.

Aber ich kann *Captain Midnight* oder *The Land of the Lost, The Shadow* oder *Quiet Please* nicht finden.

Sie liebte ihn also nach all den Jahren doch noch ein wenig. Ich kann sie nicht hassen: Sie wollten nur wieder in der Welt der Gegenwart leben.

Das ist gar nicht so schrecklich.

Wenn man alles bedenkt, ist es eine gute Welt. In mancher Weise ist sie viel besser als früher. Die Menschen sterben nicht mehr an den alten Krankheiten. Sie sterben an neuen, aber das ist Fortschritt, oder nicht?

Oder nicht?

Sagt es mir.

Bitte, jemand muß es mir sagen.

Aus dem Amerikanischen übersetzt von Bernd W. Holzrichter